U0536393

〖中华诗词存稿·名家专辑〗

中华诗词学会 编

师之集

赵安民诗词

赵安民 著

图书在版编目（CIP）数据

师之集：赵安民诗词 / 赵安民著 . -- 北京 : 中国书籍出版社 , 2019.9

（中华诗词存稿）

ISBN 978-7-5068-7398-7

Ⅰ . ①师… Ⅱ . ①赵… Ⅲ . ①诗词—作品集—中国—当代 Ⅳ . ① I227

中国版本图书馆 CIP 数据核字 (2019) 第 175095 号

师之集：赵安民诗词

赵安民 著

责任编辑	王星舒　袁　靖
责任印制	孙马飞　马　芝
封面设计	采薇阁
出版发行	中国书籍出版社
地　　址	北京市丰台区三路居路 97 号（邮编：100073）
电　　话	(010) 52257143（总编室）(010) 52257140（发行部）
电子邮箱	eo@chinabp.com.cn
经　　销	全国新华书店
印　　刷	北京虎彩文化传播有限公司
开　　本	710 毫米 ×1000 毫米 1/16
字　　数	220 千字
印　　张	27.5
版　　次	2019 年 9 月第 1 版　2019 年 9 月第 1 次印刷
书　　号	ISBN 978-7-5068-7398-7
定　　价	198.00 元

《中华诗词存稿》
编委会名单

天高云淡望断
南飞雁不到
长城非好汉
屈指行程二万
六盘山上高峰
红旗漫卷西风
今日长缨在手
何时缚住苍龙
毛泽东词一首
赵安民敬书

赵安民书毛泽东词《清平乐 · 六盘山》

2014 年东京参加第三届中日出版界友好交流会，中国出版代表团将赵安民书自作诗《东京书展赠日本书友》（见本书 144 页）书法作品赠送给日本出版协会理事长上泷博正先生（右侧持话筒者为赵安民）

作者简介

赵安民，名师之，字安民。编审。现任中国书籍出版社副总编辑。兼任中国新闻出版研究院书画社社长，天山书画院名誉院长，中央国家机关书法家协会会员。中华诗词学会理事，中国毛泽东诗词研究会常务理事，北京诗词学会副会长，上海大学诗词创作研究院特邀研究员。国际易学联合会理事。1987年湖南中医学院本科毕业后曾任中医院门诊医师。1992年毕业于北京中医学院医古文专业，获硕士学位。曾任中国书店出版社编辑部主任，线装书局国学（诗词）编辑部主任，新疆人民出版社副社长（援疆挂职）。

从事以诗词、书法、国学经典为主的图书编辑工作20多年。策划主编“中国法书精选”丛书（已出版《行书经典》《草书经典》《唐四家墨迹经典》《宋四家墨迹经典》《元四家墨迹经典》《明四家墨迹经典》《清四家墨迹经典》《古代禅宗墨迹经典》）。擅长行草书法，作品曾多次获奖、刻碑、入载书刊，赠送日本出版协会、俄罗斯诗歌协会，捐赠参加中华慈善总会为振救白血病儿童举办的“慈善书画万里行”和“全球华人笔墨丹青迎奥运”等大型公益活动。

近十一年专注当代诗词出版工作，并兼及诗词创作与评论。审稿编辑的当代诗词图书约300种。作品见载各大报刊与书籍。

2015年出版专题诗词集《新疆诗稿：丝路新貌与西域故事》，2017年入选美国克鲁格出版社与中国新疆文化出版社联合出版“中国新疆丛书”中英文对照版美国发行。

编著出版有《周易注解》，另参与或者主持整理出版有《黄帝内经》《医心方》《易经》《老子》《小儿药证直诀》《千家诗》等诸多古籍图书。

《出版史料·文化自述》《诗刊·人物聚焦》《文艺报·世纪美术》各有专文评介赵安民的编辑、诗词、书法成就。

《沁园春·汉字颂》词见本书 第 187 页

故国东方汉字通神
文脉久昌庖羲皇创
卦开天一画颉后造字
思破洪荒独体方圆
笔意扬抑义见形声
万物彰抒情志有华章
发正唱国风韵意长
余朗

策馬崑崙求大道
浮舟滄海濟蒼生

師之聯稿

师之联稿

总　　序

我们这个诗歌大国有一个很好的传统，历来注重“采诗”、搜集整理诗歌材料。作为唯一的全国性诗词组织的中华诗词学会，自1987年5月成立以来，就十分重视这项工作。学会每年的学术研讨会和历届“华夏诗词奖”，都出版论文集和获奖作品集。纪念学会成立二十年、三十年时，还专门编辑出版了《大事记》《论文选集》《诗词选集》。《中华诗词》创刊以来，每年都制作年度合订本。2007年5月，在北京天识东方文化艺术传播有限公司的资助下，以近代以来诗词创作、诗词理论、诗词运动重要文献汇编，当代名家个人作品专集等为主要内容，出版了《中华诗词文库》。经过十来年的编辑整理，已经出了近百卷。这些诗集、文集的出版，记录了近百年来尤其是改革开放四十多年来，中华诗词从起步、复苏走向复兴的砥砺前行的历程，为近、当代诗歌史的撰写准备了丰富的资料。

党的十八大以来，中华民族优秀传统文化重新受到应有的重视。习近平总书记《念奴娇·追思焦裕禄》词和《军民情》七律的相继发表，引领中华大地诗潮滚滚而来。《中共中央关于繁荣发展社会主义文艺的意见》和中办、国办《关于实施中华优秀传统文化传承发展工程的意见》，都明确提出“加强对中华诗词、音乐舞蹈、书法绘画、曲艺杂技和历史文化纪录片、动画片、出版物等的扶持。”国家教育部组织制定由中华诗词学会起草的新中国语言体系中的新韵书《中华通韵》已经通过国家语言文字工作委员会语言文字规范标准审定委员会审定，即将颁布全国试行。这些都使我们真切地感受到，中华诗词的春天真的到来了。诗人们乘着骀荡春风，正以高昂的激情，书写着中华民族伟大复兴的新时代、新史诗，国家富强、民族振兴、人民幸福的中国梦；正以与人民同呼吸、共命运的诗人之心，对人民的欢乐、人民的忧患、人民的情怀给以诗意的表达；正以“美”或“刺”的诗人之笔，对市场经济大潮中人民对幸福生活的期待，对美好未来的希望，对假丑恶的深恶痛绝，或给以方向，或给以赞美，或给以鞭挞。正如习近平总书记所指出的：“好的文艺作品就应该像蓝天上的阳光、春季里的清风一样，能够启迪思想、温润心灵、陶冶人生，能够扫除颓废萎靡之风。”

当前，传统诗词创作者和诗词爱好者队伍发展迅速，已超过三百万。每天创作的诗词作品超过唐诗、宋词、元曲的总和。诗词评论研究队伍也成长很快，诗词评论、诗词学、诗词创作理论研究成果丰硕。如何从浩如烟海的诗词作品中“淘”出优秀作品，并使之存下来、传下去，如何使诗词研究理论成果“面世”并发挥应有的指导作用，确实是摆在我们面前的无可回避的一个重要课题。中华诗词学会是一个没有国家编制，没有国家拨款的社会团体，事业的运转主要靠社会赞助和会员费支撑。俊识（北京）文化传媒有限公司总经理吕梁松、北京采薇阁总经理王强，两位一直是对中华传统文化情有独钟的热心人，慷慨解囊，愿意同中华诗词学会一起，搜集整理编辑推出《中华诗词存稿》这套书，共同为中华诗词文化的继承和发展，做成这件十分有意义的事情。

《中华诗词存稿》主要搜集整理出版三部分内容的资料：一是当代诗词名家的个人作品集；二是当代诗词评论家、诗词学者的学术著作集；三是当代诗词作品、诗词理论学术成果阶段性、专题性、地域性的集成类作品集。诗词作品强调精品意识，沙里淘金，把“有筋骨、有道德、有温度”的优秀诗词作品搜集起来。诗词评论、研究类资料强调理论性和创新性，应具有鲜明的个性特点，具有创建性的见解。集成类的资料应有一定的史料保存价值。总之，做成一套具有当代价值和历史意义的好书。在此，我们编委会人员，向提供资料、筛选编辑、版面设计、校对勘误，包括所有为这套资料付出辛勤劳动的同志们，表示真诚的谢意！

郑欣淼

二〇一九年七月于北京

小　引

师之者，以之为师，学之也。之者何也？见贤思齐，之者贤也。贤者何也？贤人也，贤德也，贤艺也。孔子所云“志于道，据于德，依于仁，游于艺”者是也。师之者，师道师德师仁师艺也。艺者六艺，礼乐射御书数也，《诗》《书》《易》《礼》《乐》《春秋》也。道德仁义，以为筑基，所师既多，由博返约，钟情诗书。

师之者，师艺也；师“诗”也，师“书”也。诗者，诗词韵文也，诗友也；书者，书写，书籍，书法，书道，书话，书友也。“读书破万卷，下笔如有神。”（杜甫诗句）编辑书籍之余，游泳艺海之中。中国文字所形成之文学艺术，诗词书法乃其核心也。游泳国学，师法诗书，创造国学，不敢踌躇。

师之者，师人文也。之者何也？王羲之也，毛润之也；师人文者，吾意首在师法羲之也，师法润之也。王羲之公认古代书圣，毛润之可谓当代书圣。师法王羲之者，师其书法为主，兼及诗词。二王帖学，书学主脉，书法正宗。欧褚颜柳，苏黄米蔡，赵鲜祝董，无不宗法二王，无不可以师之。师法毛润之者，师其诗词书法。润之诗书，国学双辉，艺术奇葩，创造精神，意蕴无穷，师之不倦，冀有所得。师之者，风骚乐府，唐诗宋词；婉约豪放，感惠徇知。

师之者，师人事也，江湖之远与庙堂之高，工农兵学商网，俱可师之也。师之之法，遵圣人明训。《论语·述而》：“三人行，必有我师焉；择其善者而从之，其不善者而改之。”《论语·里仁》：“见贤思齐焉，见不贤而内自省也。”

师之者，师造化也。师笔师墨师纸师砚也，文房清供俱当师之；日月星云风雨雷电，山川草木鳞甲翎毛；龙跳天门，虎卧凤阙；群鸿戏海，群鹅咏波；既须刻鹤图龙，也要傅彩点睛。“别裁伪体亲风雅，转益多师是汝师。”（杜甫诗句）世间万物万事，师之无尽无涯。

笔下功，万卷书；诗外功，万里路。
细雨骑驴入剑门，自是征行有诗句。

外师造化得心源，物我交流兴会间。
慧眼灵明情意厚，高天大地涌诗泉。

本书所集，涵盖近三十年来诗词习作，主要是近十年诗词编辑工作之余，学习诗词创作的诗稿选集。分为新疆诗稿、台湾行吟、京华雪鸿、旧作留踪四个部分。

《新疆诗稿》是2012年我有幸参加中宣部文化援疆活动的收获。该书2015年出版发行以来，得到诗友读者的关注和评论，并且2017年由美国克鲁格出版社与中国新疆文化出版社联合出版中英文选本，于美国发行，本集选收部分作品以见其概貌。

《台湾行吟》，则是2014年12月，国务院参事室中央文史馆下属中华诗词研究院，时任执行副院长的蔡世平先生组织的大陆诗人赴台开展诗词交流活动，躬预此行，行吟呈正。

《京华雪鸿》，是我自负笈京华及从事出版工作近三十年的诗词创作选。“琉璃集”名，源自北京琉璃厂文化街，所选作品就是我在中国书店出版社从事古籍编辑工作十多年间所作；“海楼集”，是在后海与鼓楼之间的线装书局从事国学图书（重点是当代诗词）编辑工作时期的作品；“幽莲集”则是我调到北京西南右安门外菜户营桥西北的中国书籍出版社工作时期的作品，办公楼东边有条由北向南流淌的莲花河，据学者考证，其上游不远处曾与唐幽州城西垣护城河有交汇。

《旧作留踪》则是将赴京读研前后数年间的十几首作品录作纪念。

虽数十年与书为伴以书为业，然读书庞杂，所涉浮浅，甚解未求。虽有兴趣，但乏别才；加之生活局限，缺乏“万里路”之征行，近十年涉足当代诗词编辑工作，学习诗词较为便利，然思厄笔拙，所写不多而且粗糙，然敝帚自珍，聊为选集以作纪念，并借以与诗友读者交流。书后附录几篇拙作评介诗词的文章，以及专家评论拙作诗词、书法的文章，以供诗友读者参考。

师之受益，应当感恩。感谢先贤创制汉字汉语，感谢历代诗人留下大量的中华好诗词，感谢编辑工作中接触学习当代诗词家们的大量诗词佳作；感谢诗友读者关注师之诗词，感谢即将到来的肯定和批评意见。

年高德劭的著名诗人、文艺理论家贺敬之同志应邀挥毫题写书名，敬致谢忱。

赵安民（师之）

2018 年 7 月于北京南城

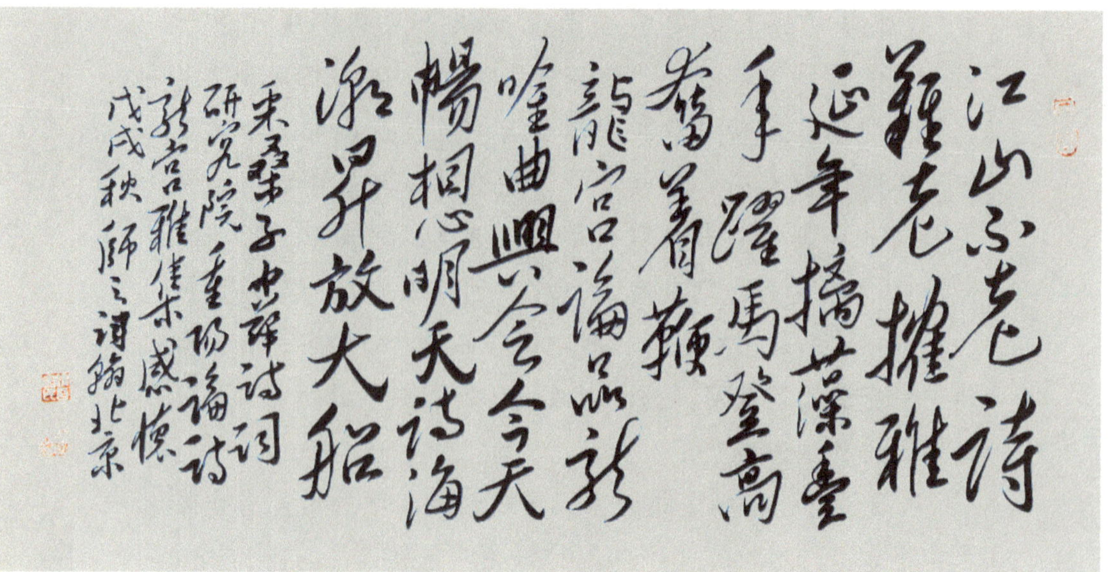

《采桑子·重阳论诗》词见本书第 203 页

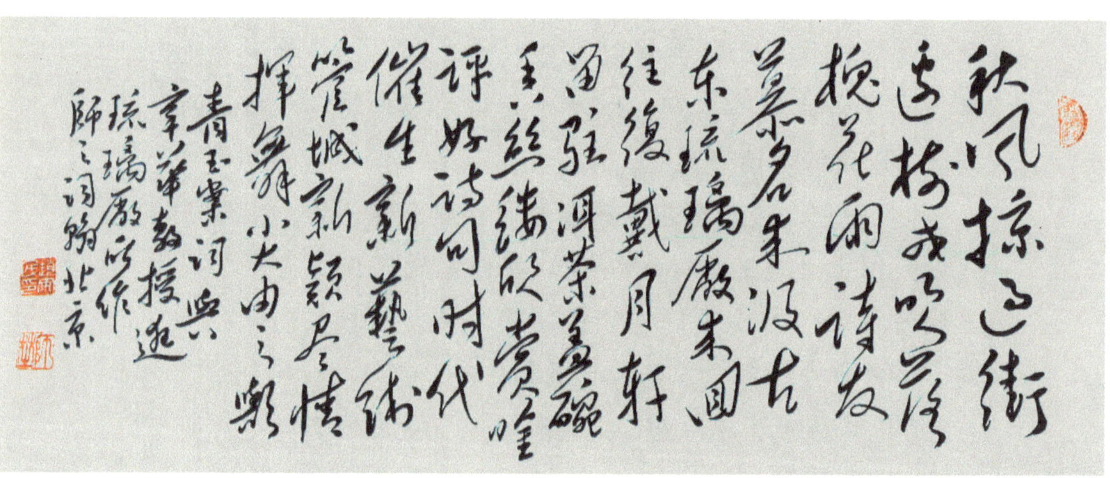

《青玉案·与曹辛华教授逛厂并戴月轩饮茶谈诗》词见本书第 196 页

目　　录

上篇　新疆诗稿

卷一 天山放歌

卷二 西域叙事

中篇 台湾行吟

下篇 京华雪鸿

卷一 琉璃集

卷二 海楼集

卷三 幽莲集

附篇　旧作留踪

附录　诗书评论

附 本书插图目录

Tune Prelude to the Melody of Water • Splendid Xinjiang

（《水调歌头·大美新疆》，中文词见本书 25 页）

China full of picturesque scenery,while Xinjiang
filled with splendid beauty,
Where innumerable mountains and valleys wave,
Which embellished with flocks of cattle and sheep.
Ranges of mountains hug with basins
Where snow lotus blossom full against cold,
Bulks of oases sprinkle in gobi,
Where poplar stand upright against wind.

Vast land nourish fine land,
Where all people live happily,
Who sing and dance to Maxirap joyfully.
Silk Road link east and west,
Where cultures gather together,
Where trade boom fast.

The ancient city full of new vitality,
The SilkRoad filled with new energy,
Is writing a splendid new chapters of Xinjiang.

By Zhao Anmin

May,2015

Beijing

Translator： Huang Run

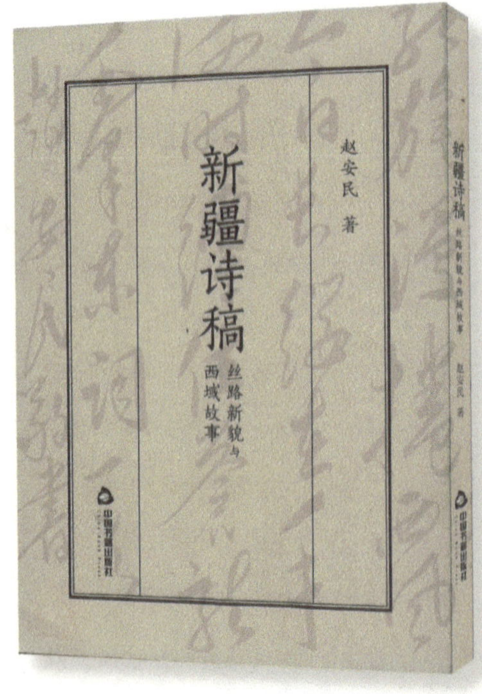

2015 年出版中文简体字版

2017 年出版繁体汉字与英文对照版美国发行

上篇　新疆诗稿

作为国家援疆举措，中宣部举行中央宣传文化单位与新疆宣传文化单位干部交流活动。笔者作为这期活动国家新闻出版总署唯一代表，2012 年 4 月底至 12 月底在新疆人民出版社挂职副社长。《新疆诗稿》卷一“天山放歌”就是挂职期间留下的诗词作品。卷二“西域叙事”则是在新疆酝酿而回京后创作。

文胜社长：

您好！拙作《新疆诗稿》入选"中国新疆丛书"出版了中英文版，到美国发行，实现了拙作"走出去"的夙愿，十分荣幸！感谢您的大力支持！也感谢英译者黄润老师以及贵社编辑同志和版権部发行部等所有同志的辛劳！现遵嘱呈上办理版税赠书的委托书，烦请贵社迪那·迪里木拉提同志帮我办理有关事务，谨特呈信深表再次感谢之忱！顺颂编祺！

胡安民上 2018.4.11

致新疆文化出版社于文胜社长信

卷一　天山放歌

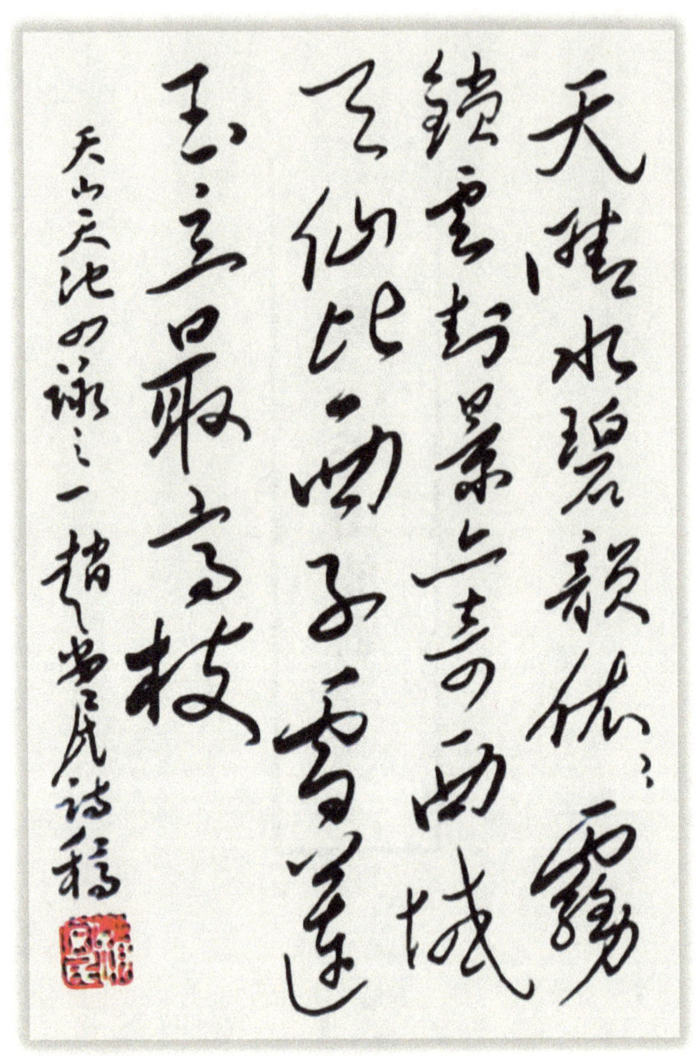

赵安民（师之）诗稿（《天山天池四咏》之一）

赴疆履新，湘贤赠诗，次韵奉答

遥寄左公柳，西陲送我行。
洞庭无限意，丽句故乡情。
文化新丝路，春风绿北庭。
千年传古韵，万里赴新程。

2012年4月23日

吴贤章《送赵安民乡友赴新疆出版社任职》

君绍左公柳，春风惠梓行。
天山明素志，文苑寄真情。
正气光西域，朝霞向北京。
新疆无限美，高步蹑鹏程。

2012年4月22日

天山天池四咏

（一）

夙慕西陲夙愿还，雪松高耸遍天山。
天池圣水天仙醉，涤我凡心入自然。

（二）

自然莫过水潺潺，上善从容下雪山。
汇聚深潭见深邃，群峰环抱映天蓝。

（三）

天蓝水碧韵依依，雾锁云封景亦奇。
西域天仙比西子，雪莲玉立最高枝。

（四）

高枝矮树并轩昂，圣水甘甜润渴乡。
老干虬遒亦苍劲，榆林未必逊胡杨。

2012 年 4 月 29 日

【注】

天池古称“瑶池”，地处天山博格达峰北侧，位于阜康市南偏东 40 余公里，距乌鲁木齐市 110 公里。天池是世界著名的高山湖泊，为 200 余万年以前第四纪大冰川活动中形成的高山冰碛湖，其北岸的天然堤坝就是一条冰碛垅。

乌鲁木齐市人民公园

花繁林密树参天，碑刻杂诗忆晓岚。
老纪当年纳凉地，市民游乐变公园。

2012 年 5 月 9 日

【注】

纪晓岚《乌鲁木齐杂诗》由当代书家书写刻碑立于园内碑廊。

新疆水利建设今昔

良田水利不难求，渠道疏通听我流。
老纪精心谋划处，如今功效已全收。

2012 年 5 月 11 日

【注】

纪晓岚《乌鲁木齐杂诗·风土·其二十一》："良田易得水难求，水到深秋却漫流。我欲开渠建官闸，人言沙堰不能收。"当年谋划建堤坝蓄水的设想，在他身后一个半世纪，后人在乌鲁木齐市南郊修建了乌拉泊水库，市区修建了和平渠，在市北五十公里处修建了猛进水库。

红山眺远

河流迹没变车流，两岸新楼接旧楼。
登上虎头穷望眼，遥岑环抱玉烟稠。

2012 年 5 月 10 日

【注】

红山嘴又名虎头峰，是乌鲁木齐市的标志。红山与妖魔山之间的河滩路车流如注，正是乌鲁木齐河原来的河道所在。乌市位处天山北麓，处于东南西三面的天山群峰环抱之中。

玉德颂

玉洁冰清不染尘，亭亭玉立美无伦。
琼楼玉宇何由觅？一片清凉在我心。

2012 年 5 月 12 日

乌鲁木齐市玉店林立、美玉琳琅

玉门关外玉家乡，玉店楼高玉满堂。
摄取月华千万载，晶莹品质发幽光。

2012 年 5 月 13 日

【注】

《新唐书·西域传》：有玉河，国人夜视月光盛处，必得美玉。

中央交响乐团来疆举办
庆贺中央新疆工作座谈会两周年音乐会

飞扬序曲启欢腾，舞曲萦牵手足情。
管乐弦音浑交响，异腔齐步奏和声。

2012年5月16日

为乌市钟山先生润之行玉店题句

玉门关外玉家乡，玉店楼高玉满堂。
火焰山头行者圣，和田玉界润之行。
钟情美玉情温润，比德高山德厚长。
玉艺辉煌何所似，钟山风雨起苍黄。

2012年5月30日

新疆玉王歌

西域有玉王，美髯身舒泰。
美石广搜罗，和田寻至爱。
君子善琢磨，艺术见精彩。
日日拓新疆，尚德精神在。

2012年6月2日

和田玉歌

神仙何日下昆仑，种得和田玉满盆。
恰似精神难比洁，若为肌骨易销魂。
新疆大美情无限，百族骈阗乐有群。
珠宝自应传盛世，晶莹幸好配斯文。

2012 年 6 月 3 日

昆仑玉河

横空出世莽昆仑，雪化清流润渴村。
日月灵魂凭摄取，晶莹美石璨星云。

2012 年 6 月

天山博格达雪峰

守望坚持亿万年，天边候我到今天。
阳光生处冰峰耀，兴会瑶池一段缘。

2012 年 6 月 4 日

【注】

博格达峰坐落在新疆阜康市境内，是天山山脉东段的著名高峰，海拔 5445 米，位于东经 88.3 度，北纬 43.8 度，峰顶冰川积雪，终年不化，银光闪烁，与山谷中的天池绿水相映成趣，构成了此地高山平湖的优美景色。

新疆（其一）

雄踞塞外不孤悬，内地河西一脉连。
大美三山两盆地，亚欧腹地好家园。

2012 年 6 月 5 日

【注】

古有西域“孤悬塞外”之说。

新疆（其二）

贩客商胡日夜驰，马绢茶马交易之。
长安户户学胡乐，西域纷纷着汉衣。

2012 年 6 月 5 日

【注】

《汉书·西域传》言西域人“乐汉朝衣服、制度”。又《后汉书·西域传》：“驰命走驿不绝于时月，商胡贩客日款于塞下。”

新疆（其三）

神州广袤河山好，自古新疆为我司。
二十四部中国史，西域篇篇传记之。

2012 年 6 月 5 日

新疆（其四）

从来战略重新疆，蒙古河西赖保持。
门户敞开交朋友，战时屏障卫京师。

2012 年 6 月 5 日

新疆（其五）

苍茫西域阔胸怀，民族交流大舞台。
南北东西互迁徙，兼融众美百花开。

2012 年 6 月 6 日

新疆（其六）

大非大是要分清，真理谣言善辨明。
铁壁铜墙团结紧，铲除分裂保和平。

2012 年 6 月 6 日

新疆（其七）

苍茫云海绕天山，明月盈盈浴海间。
世界文明新丝路，天山儿女共婵娟。

2012 年 6 月 11 日

新疆（其八）

一为新客到新疆，不辨他乡与故乡。
昔日边陲成腹地，神州热土赛天堂。

2012 年 7 月 3 日

端午即事

西域风情美，客远动歌吟；
屈子行泽畔，我踏塞外云。
端午依时至，边城气象新；
维汉娴双语，温婉似琴音。
诗意飘然至，飘逸酒盈樽；
酒来西域外，西域饮尤醇。
醇情动歌舞，醇酒对佳人；
佳人起歌舞，翩翩韵律均。
海内多朋友，朋友在交心；
知心贵文化，交融乐友群。

胡杨颂

未到西陲梦已亲，英雄气概早传闻。
旌旗猎猎排山至，战鼓通通倒海倾。
策马挥刀驰戈壁，迎风沐雪砺丹心。
三个千年非浪语，龙盘虎踞扎深根。

2012 年 6 月 27 日

【注】

人称胡杨乃沙漠上的英雄树，其能生而千年不死，死而千年不倒，倒而千年不朽。

沙漠红柳

花红叶绿干犹红，秀美柔姿诗意浓。
锁住黄沙性坚毅，遍生荒漠亦英雄。

2012 年 6 月 27 日

【注】

新疆沙漠常见灌木红柳，开花粉红，枝条赤红，古称观音柳。人称胡杨为沙漠上的英雄树，则红柳堪称巾帼英雄也。

吐鲁番诗六章

2012 年 7 月 11 日至 13 日，随同来乌市参加全国连环画、插图装帧艺术巡展的十多位画家们前往吐鲁番地区采风、创作。由新疆人民出版总社领导安排，将我的“名字列在书画艺术家的行列里”（张新泰书记、总编辑语），在鄯善县文联和吐鲁番文联的两次创作活动中，我创作了十几幅书法作品（大都是自己关于新疆题材的诗作）。并在吐鲁番行署玉副专员的亲自安排、引导下参观了多处历史名胜。在此期间，写成了下列这组小诗。

一、大型民族歌舞音画《吐鲁番盛典》

羊皮鼓上舞胡旋，木卡姆吟伴响泉。
盛典欢歌情热烈，葡萄架下意缠绵。

二、交河故城

车师前国苦心谋，掘垒孤城水上头。
一去两千三百载，残垣犹记故都秋。

【注】

交河故城又名崖儿城，建在两水环抱的30米高台地上。明代陈诚有《崖儿城》诗曰：“沙河二水自交流，天设危城水上头。断壁残垣多险要，荒台故址几春秋。”说明明代当时已经成为“故城”。

三、坎儿井

天山南麓金盆地，物燥风干火焰山。
智掘井渠数千里，滋润丰饶吐鲁番。

四、火焰山

火焰山头似火烧，自然之力并非妖。
西游神话饶文化，虚构悟空法术高。

【注】

由东向西横卧的200里火焰山，将吐鲁番盆地分隔为南盆地和北盆地。

五、葡萄沟

双峰夹峙大山沟，雪水欢腾涧底流。
两岸葡萄香满架，火洲驰誉遍神州。

【注】

吐鲁番别名火洲。

六、鲁克沁史记

树阴掩映老城头，汉将钟情细柳柔。
古道文明通欧亚，驼铃悠远送丝绸。
楼兰故地黄沙重，鄯善新天碧叶稠。
木卡歌吟千载史，绿洲生长界沙丘。

【注】

吐鲁番地区鄯善县鲁克沁镇，曾是丝绸古道重镇；今天以维吾尔古民居及其民间木卡姆歌舞传承久远而闻名。鲁克沁又名柳中城，据说西汉时该城遍植柳树，驻城汉军曾是京师细柳营精锐，遂命城名为柳中城，以志军魂。

喀纳斯湖

北疆佳丽有名姝，养在深闺出落初。
善舞高山牵雾绕，能歌流水遏云居。
阴晴雨雪容颜靓，春夏秋冬色彩殊。
浪漫多情饶变化，风姿亮丽赛明珠。

2012 年 7 月

【注】

喀纳斯湖是新疆阿勒泰地区布尔津县北部著名淡水湖，位于阿尔泰山脉中，面积45.73平方公里，平均水深120米，最深处达到196米，蓄水量达53.8亿立方米。外形呈月牙，被推测为古冰川强烈运动阻塞山谷积水而成。该湖风景优美，四周林木茂盛，主要居民为图瓦人，为国家5A级的旅游景区。喀纳斯湖不仅自然资源和生物的物种非常丰富，而且旅游环境和人文资源也别具异彩，既具北国风光之雄浑，又有南国山水之娇秀，确是西域之仙境！北面是白雪皑皑的奎屯山、高耸入云的友谊峰，湖周重峦叠嶂，山林犹如画屏。林间空地野草遍生，草甸如茵，百花齐放。风静波平时，湖水似一池翡翠，随着季节天气的变化，湖水又更换着不同的色调，自晨至夜变换着风采。每当烟云缭绕，雪峰、春山若隐若现，恍若隔世。

从北疆禾木山庄乘汽车往喀纳斯机场

盘山百里快何如，岭舞青蛇景色殊。
处处山原铺锦绣，群群羊畜撒珍珠。
白云幻马峰头跃，绿水游龙涧底汩。
回首频频看不够，无垠大美笔难书。

2012年7月

飞越天山

翼下翔云絮万堆，版图俯瞰是西陲。
天日晴和人意好，凭窗不倦眺千回。

2012年7月

北疆五彩湾捡玛瑙石子

五彩湾为五彩滩，滩中土石色斑斓。
神仙不必求方外，玛瑙晶莹掌上看。

2012 年 8 月 11 日

北疆五彩湾古海温泉

戈壁杳人烟，荒滩涌碧泉。
温汤喷热浪，游客欲驻颜。
地下两千米，海沉七亿年。
曾经是沧海，早已变桑田。

2012 年 8 月 11 日

乌市东外环路改造工程纪实

此次到新疆人民出版社挂职援疆，住在乌市南门国际城社区高楼 19 层上，凭窗俯瞰楼侧东外环路改造工程日夜兼程，见证“团结奉献”新疆精神的有效实例。

援疆住宿在南门，彻夜轰鸣入梦频。
桥面吊装真费劲，路桥交叉好多层。

几千工友连轴转，万米长龙翘首腾。
汗水拓宽大动脉，团结奉献效如神。

2012 年 8 月 16 日

天山北麓农家小院为朋友写字

大块文章任我裁，天山好景为君排。
农家院静农家乐，向日葵圆向日开。
饭碗权当盛墨砚，餐桌且用作书台。
天光洒共墨光耀，对友挥毫尽纸材。

2012 年 8 月 18 日

从乌鲁木齐飞往南疆喀什

飞向西南更向西，凭窗俯瞰白云低。
天山起伏驼峰密，塔水蜿蜒玉带颀。
大漠苍茫波浪漫，冰峰素雅絮纷披。
巡天似旅瑶台上，帕米高原入望迷。

2012 年 8 月 21 日

阿图什广场所见流动图书馆

帕米高原景一奇，搬来桌凳摆书堤。
入迷读者情难却，夕照依依不忍离。

2012 年 8 月 21 日

【注】

克州图书馆流动书车每年 5 月—10 月间，每天傍晚送书到阿图什广场，临时搬来桌凳摆设图书供市民阅读。只见晚 10 点时日光微暗，服务员正将桌上陈列图书收至车上，仍有几位读者手执图书看得入迷、不忍释手。

初访南疆农家书屋

2012 年 8 月随同新疆人民出版总社领导和喀什维文出版社领导等维吾尔出版家们到喀什疏附县乌帕尔乡农家书屋调查。

随车访问到南疆，夹道欢迎有白杨。
才见株株包谷翠，又逢片片稻花黄。
葡萄架下维语重，农友面前热心长。
和煦东风拂绿柳，温馨小屋播书香。

南疆喀什吐曼河边参观纪念班超的盘橐城

纵横西域看班超，投笔从戎胆气豪。
虎穴探囊擒虎子，戍边定远建功高。

2012 年 8 月 24 日

喀什印象

麻扎看过逛巴扎，物质精神两不差。
伟人寺外高挥手，各族人民是一家。

2012 年 8 月 24 日

【注】

维吾尔人称陵墓为麻扎，称集市为巴扎。人言喀什旅游主要看三个麻扎一个巴扎。三个麻扎是《福乐智慧》长诗的作者玉素甫哈斯·哈吉甫陵墓、《突厥语大词典》作者麻赫穆德·喀什噶尔陵墓和香妃墓。市中心还有世界著名的艾提尕尔清真寺、人民广场上的巨型毛主席挥手塑像（像高 12.26 米、基座高 11.74 米，是“文革”期间群众集资建造）。

大型歌舞晚会《大美新疆》

大美新疆舞乐张，律兼夷则与宫商。
弦歌十二饶风味，维女翩翩炫彩裳。

2012 年 9 月 5 日

【注】

晚清林则徐《回疆竹枝词》描写新疆民乐“律谐夷则少宫商”。今天的新疆则大不相同了，民族和谐，“夷则”与“宫商”多元并美，是则谓之大美新疆也。

重阳节咏雪菊

今又重阳日，天山就菊花。
风霜重西域，赤瓣竞芳华。
晶饮昆仑玉，研磨大漠沙。
红霞飞塞外，雪蕊遍天涯。

2012 年 10 月 23 日

为石河子大学题句

天山壮美画屏排，大块文章任我裁。
丝路绿洲多沃土，芬芳桃李满园开。

2012 年 11 月 10 日

古尔邦节纪事

古尔邦节期间，应维文编辑部吾买尔江先生邀请往其家中“拜年”，晚宴上听其维吾尔朋友克里木拉手风琴并唱歌。

感恩虔敬宰牲酬，地毯花鲜色彩稠。
悦耳琴声歌浑厚，和谐韵律漾高楼。

2012年11月14日

天山北麓沙湾县参加笔会题句

花飞遍地絮，云起一天山。
何处人文盛，西域有沙湾。
青松经冻翠，疏影傲寒妍。
柔毫挥有意，心写咏梅篇。

2012年11月24日

【注】

因早些天在石河子大学诗会笔会上见到我作书，朱兆川先生邀请我到天山书画院参加为我举办的专场笔会。大厅墙上张贴着“热烈欢迎新疆人民出版社副社长、著名毛体书法家赵安民同志光临笔会”的大型横幅。一整天为沙湾各界朋友创作了大量书作，当晚由天山书画院黄祥峰院长授予我“名誉院长”的聘书。

天山月

遥望天山月，神州万古情。
东风吹塞外，春意盎边城。
指引诗仙路，高擎亘古灯。
嫦娥舒广袖，玉兔祷声频。

2012 年 11 月 29 日

一剪梅·新疆边境农场

审阅《新疆兵团史料：边境农场卷》书稿，书中概括边境农场“五好”建设是——好条田、好林带、好渠道、好道路、好居民点。

无限山光与水光，绿也白杨，肥也牛羊。条田林带韵悠扬，美好村庄，美好家邦。　　带剑扶犁本领强，不着军装，不领军粮。雄浑西域挽弓长，富我边疆，固我边防。

2012 年 12 月 10 日

南歌子·回望天山

可爱天山雾，来纾过客愁。飞机延误几钟头。让我整暇回顾、送青眸。　　飞跃千山雪，冰封亿万秋。日光溶化送清流。滋育天山儿女、上层楼。

2012 年 12 月 31 日

【注】

新疆挂职结束辞别乌鲁木齐时遇雾滞留机场，登机延迟数小时。

水调歌头·大美新疆

新疆维吾尔自治区成立六十周年，特制此词志庆。

华夏山河美，大美数新疆。浪涌千山万壑，彩锦缀牛羊。峻岭高原盆地，瀚海森林戈壁，苍劲看胡杨。雪域冰峰耀，玉洁雪莲香。　　版图阔，民族众，好家乡。欢会麦西来甫，热烈舞刀郎。古道沟通欧亚，荟萃东西文化，驼旅万邦商。喜阅新时代，丝路大文章。

西江月·北京赴安丘车上微信看新疆孤岛作品朗诵会海报

高铁离京飞快，手机传信堪夸。遥看一朵雪莲花，开在天山脚下。　　文字张开翅膀，文思绽放奇葩。江南塞北我们家，期待昆仑并驾。

2016 年 10 月

南歌子·丝路文化传播新篇

时念天山峻，忽惊电话来。听传嘉信豁吟怀。诗稿汉英翻译、早安排。　　大漠胡杨劲，和田子玉乖。丝绸之路卷新开。华夏骆驼登上、大平台。

【注】

中国书籍出版社出版拙作《新疆诗稿：丝路新貌与西域故事》入选克鲁格出版社（美国）新疆文化出版社（中国）联合出版《中国新疆丛书》中英文版美国发行。2018 年 1 月底，于文胜社长电话通知并快递样书，制词以致谢忱。（二书书影见本书上篇 新疆诗稿前）

卷二　西域叙事

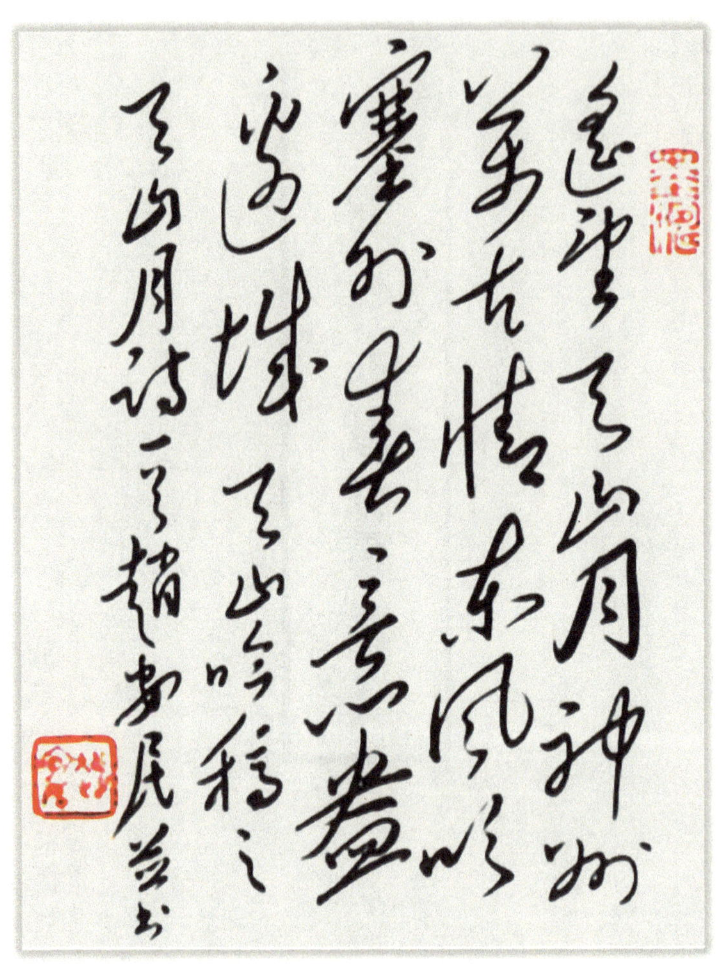

赵安民（师之）诗稿（《天山月》诗句）

黄帝时期西域探险

传说非虚幻，史实谜雾中；
远古在黄帝，即与西域通。
黄帝诏伶伦，东土至昆仑；
取竹嶰溪谷，截三寸九分。
次制十二管，吹效凤凰鸣；
终制十二律，乐奏天籁声。
春秋古乐篇，文字记得真；
乐官至西域，探险第一人。

【注】

《吕氏春秋·古乐篇》记载："昔黄帝诏伶伦作为音律，伶伦自大夏之西，及之昆仑之阴，取竹于嶰溪之谷，以生窍厚薄均者，断两节间，其长三寸九分而吹之，以为黄钟之宫，吹日含少，次制十二管，以之昆仑之下，听凤凰之鸣，以制十二律……"

中原西域间的玉石之路

请看考工记，详记夏商周；
三代王宫里，中原玉事稠。
玉府司玉器，琢玉有玉人；
殷墟妇好墓，陪葬玉器群。
和田子玉美，玉河采玉频；
中原与西域，玉路早相通。

【注】

早在大约新石器时代，由西域向中原（和西亚）运送玉石的商道“玉石之路”就已形成。《考工记》称，夏商周三代都设有专管玉器的“玉府”和专门琢玉的“玉人”，曾不断派人去西域采玉。玉石之路与后来的丝绸之路（必有重叠）一道，成为东西方互相往来的欧亚大陆桥的代表，这交往中贯穿着一个永恒的主题：化干戈为玉帛。

周穆王远巡西域

上溯三千载，周代有穆王；
行程几万里，长征起洛阳。
西巡御八骏，探险过天山；
丝绢传西亚，玉石送中原。
左传山海经，史实记得清；
幸会西王母，葱岭绮窗明；
瑶池宴歌舞，浪漫盛风情。

【注】

《史记·秦本纪》说，“造父善御，得八骏，穆王使驾而西行巡狩”，穿天山，登昆仑，与西王母会见。《左传》《山海经》《穆天子传》《竹书纪年》等对周穆王远巡西域会见西王母史实均有记载。李商隐有描写此传说的《瑶池》诗：“瑶池阿母绮窗开，黄竹歌声动地哀。八骏日行三万里，穆王何事不重来。”穆王远巡西域开创了玉石成批东运和中原丝绢、铜器西传的新纪元。

葱岭：帕米尔高原的古称。葱岭有“世界屋脊”之称，万山千壑，寒气逼人。

张骞出使西域，开辟丝绸之路

西汉建元三年（前 138 年），张骞奉汉武帝命率团从长安出发，秘密出使西域，不料于河西西部沙漠被匈奴骑兵包围俘获。在遭软禁的十年放牧生活中张骞始终“持汉节不失”，至公元前 128 年张骞和随从甘父等残部逃出匈奴王廷，绕过罗布泊，穿塔里木盆地，翻越葱岭至大宛（乌兹别克斯坦费尔干纳），经康居国（今哈萨克斯坦境内）到达大月氏。返回时翻过葱岭经塔克拉玛干大沙漠南缘，从青海返回长安。途中又被匈奴拘禁一年多才逃脱。第一次出使西域共十三年，历尽惊险悲壮。汉元狩四年（前 119 年），张骞再次奉诏率领三百壮士组成的使团，携带大量丝绸金银远行西域，出使乌孙等国。汉元鼎三年（前 114 年）夏天回到长安。两次西域之行，广结友好，赢得西域诸国人心，使汉朝盛名远扬，开拓了东西方文化交流，成就了一条后来称作“丝绸之路”的沟通欧亚大陆的通道。汉宣帝神爵二年（前 60 年），匈奴集团发生分裂，日逐王率众归附汉朝，汉宣帝令屯田于龟兹、尉犁的郑吉率兵前去迎接。至此，西域广大地区正式归入汉朝版图，郑吉出任第一任西域都护。《汉书》总结说：“汉之号令颁西域矣，始自张骞而成于郑吉。”

淫威西北有匈奴，小国众多尽被欺；赶走月氏王被杀，远徙伊犁西更西。汉武雄风持正道，遣使西域抗顽凶；张骞应募肩大任，队伍百人组精兵。① 堂堂男儿持汉节，西经狄道出陇西；沿洮北上金城过，渡过黄河更向西。② 西出西域有通道，河西走廊为必经；曾是乌孙游牧处，此刻侵占匈奴兵。③ 河西名城金张掖，此时亦被匈奴占；其南草滩潜绕行，匈奴骑兵遭遇战。死伤大半不得脱，力量悬殊没奈何；匈奴单于拘汉使，汉使持节志不磨。匈奴营中十年羞，持节不失志不丢；趁其监视渐松懈，带领随从脱久囚。夜行躲过巡逻兵，暴风沙漠苦重重；银龙迤逦多枯骨，艰难困苦死中生。④ 碧浪浩然罗布泊，鸟飞鱼跃百草生；大泽之畔高墙起，楼兰驻守匈奴兵。塔里木河溯西行，绿洲诸国见异情；越过葱岭到中亚，汗血马名大宛中。⑤ 大宛国王很热情，久闻大汉早欲通；喜迎汉使明来意，护送张骞向西行。半月来到康居国，草原广阔多羊群；派给向导与翻译，妫水终见月氏人。⑥ 富丽堂皇大宫殿，国王隆礼相接见；张骞转达武帝谋，月氏远逸回缰倦。鞭长莫及情何限，联合抗匈未实现；月氏大夏留一年，团结友谊同战线。东越葱岭下昆仑，回道于阗玉色纯；若羌且末楼兰过，匈奴拘捕一年春。张骞终返长安城，沉重轻松复杂情；一十三年使西域，来泪眼对君臣。抗匈同慨未结萌，汉月联谊亦有成；西域宣威友诸国，千年丝路赖凿通。大宛康居大月氏，乌孙大夏及安息；条支身毒黎轩国，一一详情告武帝。⑦ 葡萄苜蓿石榴葱，西域珍奇物产丰；羌笛胡琴连乐舞，张骞携带到西京。骁将卫青霍去病，大军北索匈奴命；张骞奉命为从军，大败匈奴节节胜。伊犁大国有乌孙，势力威强廿万兵；东匈奴南龟兹国，西北康居大宛邻。匈寇乌孙结怨深，联乌抗匈办法新；张骞度势谋夹击，再使西宣大汉心。公元前一一九年，三百壮士再西前；每人骏马配双匹，丝绸万匹银数千。此时西域非往昔，河西已是汉版图；外交使团兼商队，装备精良探险途。浩荡西出玉门关，沙海罗布泊楼兰；沿着塔河向西去，龟兹姑墨向天山。越过冰川和隘口，终于抵达伊犁河；宣威西域大汉使，持节赏赐乌孙国。汉军大战胜狂奴，劝返河西复版图；许嫁公主赠厚礼，汉乌结盟抗匈奴。不巧乌孙闹分裂，国分为三不团结；匈奴近迫汉朝远，举国东迁恐难得。预期目的未全遂，乌汉结盟谊永垂；派出副使交邻国，给养翻译力助推。持节访问安息国，安息隆礼迎副使；将军率领两万人，边界欢迎显威势。张骞班师回汉土，乌遣数十使者随；天马数十赠汉帝，汉乌互使远怀归。[8]元鼎三年是夏天，回朝策马紧加鞭；远方诸国相来往，西域翻开新史篇。

【注】

① 汉武帝时，匈奴占据天山南北及葱岭以西大片疆土，恃强逞凶，不断侵扰中原，威胁汉朝统治。武帝谋求讨伐匈奴大计，得知文帝时匈奴征服了楼兰等二十多国，攻占大月氏居地后杀了其国王，逼迫大月氏远徙，先游牧于伊犁河流域，后西迁到葱岭以西阿姆河边的大夏之地（今阿富汗至乌兹别克一带），与匈奴结下了深仇大恨。于是决定实施联合月氏抗击匈奴的策略。

② 狄道：时为陇西郡府驻地（今甘肃临洮）。这里是当时汉朝控制的最西郡府。张骞使团从狄道折向西北，沿洮水北上，先至金城（今兰州市），过黄河直奔姑臧（今甘肃武威）。

③ 河西走廊：指从姑臧到敦煌的狭长地带，穿行在沙漠、雪山、戈壁、绿洲之间，长达一千多公里。这里曾是乌孙的游牧地区，时被匈奴占据。

④ 张骞一行历尽艰辛，穿过河西走廊，涉流沙河，来到面对西域门户的盐壳地白龙堆——起伏不平、接连不断的盐碱风蚀土台，在阳光照耀下银光闪烁，堆起一条腾跃逦迤的白色巨龙，古人称之为白龙堆或龙城。其地多见倒毙的人和马的枯骨，这竟成了人们闯入西域古道的标识。越白龙堆即到罗布泊。

⑤ 张骞一行溯塔里木河西行，经龟兹（库车）、温宿（阿克苏）、苏勒（喀什葛尔），越葱岭而至中亚第一国大宛国。

⑥ 妫（guī）水：今阿姆河，从葱岭西麓发源，浩荡流入西海（今咸海）。月氏在妫水北岸立国（今阿富汗至乌兹别克一带），此处原是大夏之地，月氏反客为主成统治者。

⑦ 安息：即波斯，今伊朗。条支：叙利亚及伊拉克境内。身毒：古印度。黎轩：古罗马所属之埃及。

⑧ 张骞回朝时，乌孙昆莫（昆莫即国王）猎骄靡不仅同样为之配备翻译、向导，还派遣使者数十人随行，携乌孙天马数十匹，以答谢汉朝并了解汉朝情况。

晋僧法显西天取经传奇

东晋高僧法显，于后秦姚兴弘始元年（公元399年，时法显六十二岁）从长安出发，公元414年回到南京。成书于416年的《佛国记》（即《法显传》），乃“东晋沙门法显自记游天竺事”，是中国人第一部详述西域、中亚、南亚、东南亚史地、交通、宗教、文化、风俗及社会状况的旅行实录。

东晋僧人佛国记，西域云游详自叙；同学十几渡流沙，佛教原地求真律。敦煌太守予资助，风至黄沙漫天舞；后继前赴枯骨标，四顾茫然辄迷路。[①] 途经鄯善又焉耆，佛法盛行多僧侣；僧侣诵经用梵文，绿洲诸国各胡语。斜穿塔克拉玛干，死亡之海何所惧；沙棘重重野茫茫，终见于阗广殿宇。举国奉佛多僧房，秩序井然僧有素；国王隆礼待客僧，瞿摩帝寺相安住。每年四月浴佛忙，各路僧人喜齐聚；三丈高车走四轮，七宝豪华彩夺目。行像入城鸣乐鼓，城楼散花有彩女；国王赤足出城迎，浴佛大典真盛举。[②] 子合於麾竭叉国，法会盛大广施布；最令法显起惊奇，佛齿佛壶观圣物。[③] 万山之祖数昆仑，冰雪长龙成险阻；不畏艰难意志坚，敢上高原越天路。喜马拉雅遇风雪，九死一生忍回顾；葬别同伴且孤行，有志竟成抵天竺。参观名胜瞻圣迹，研读佛经学梵语；三十余国皆历经，五年足迹遍印度。[④] 满载佛经与佛像，恒河商船随波逐；狮子国里添真经，扇引乡思泪满目。[⑤] 攀越葱岭达印度，贯通长安与天竺；舟游南海返南京，陆去海归为创举。[⑥] 西行奇迹十五年，见闻详记受赞誉；梵汉译经第一人，丝路文明新道路。[⑦]

【注】

① 法显离开敦煌进入沙漠，常常迷路，“唯有以死人枯骨为标识耳”。

② 法显在《佛国记》中对于阗国记述尤详，成为西域佛国记胜的精彩篇章。于阗国位于丝绸之路南道，是佛教东传的首途和通道，很早即成为西域佛教文化中心，当时仅大型寺院就有十四座，小佛寺更多。法显被安排居住的瞿摩帝佛寺，是一座大乘学佛寺，共有三千僧人。于阗国每年四月一日至十四日举行盛大的行像浴佛仪式，每天在一个佛寺举行。法显为一睹浴佛大典盛况而留住于阗三个月。

③ 法显离开于阗国，先后经子合国、於麾国、竭叉国。子合国在今叶城地区。於麾国在今塔什库尔干。竭叉国在今塔什库尔干附近帕米尔山中，该国佛教极盛，国王每五年要主持举行一次大法会，法显幸好赶上一次盛会。法显在竭叉国惊奇地见到了佛的石质洗漱壶，还有供在专塔中的佛齿等圣物。

④ 法显抵达天竺，从北天竺到中天竺，在今巴基斯坦、印度游历。其行程大略为印度河上游、喀布尔河下游、朱木河上游和恒河下游一带，先北后南访问了古印度大部地区。

⑤ 法显在印度游学五年后，带着经卷、佛像，由恒河口乘商船到狮子国访学两年，又找到汉地所缺的一些三藏真经版本。在游览一座佛寺时看到玉佛像前供奉一件中国南方产的白绢扇，勾起对故乡的眷念，“不觉凄然下泪满目”。

⑥ 法显离开狮子国，搭上一条商船，经印度洋过苏门答腊，循南海而还。

⑦ 法显回到南京，与东来的外国法师合作翻译多部佛经，开梵文直接译成汉文的创举（以前传入中原的佛经是由西域诸国语言转译成汉文的）。法显是我国第一个越葱岭到印度，贯通长安与天竺又经险恶海路返国的僧人。

唐僧玄奘西游记

唐太宗贞观元年（公元627年）玄奘因感各派学说分歧，不得定论，决心至天竺学习佛教。他从京都长安出发，经凉州出玉门关西行，历经艰难抵达天竺。初于那烂陀寺从戒贤受学。后游学天竺各地，并与当地学者论辩，名震天竺。经十八年，行程五万里，带回佛经六五七部。回国后奉召译经弘法，并口授弟子辩机记录，著成西游见闻录，记载西域历史地理、宗教文化的鸿篇巨制《大唐西域记》。

唐僧玄奘最知名，探秘西天建巨功；求取真经觅真谛，孤身履险是英雄。宏愿西游无反顾，功德圆满树丰碑；西域古道增豪迈，丝绸之路焕新辉。父母早亡不幸人，剃发洛阳净土寺；辗转长安与成都，诵经宣法无异志。游学三州荆扬苏，赵胡二州访名僧；殷勤学佛十三载，满腹经纶为圣僧。再返长安究佛法，高僧刮目看玄奘；叹称佛门千里驹，大唐佛界增名望。东土佛学寻访遍，唐僧饱学学不厌；学问愈多疑愈多，西游发愿求深验。太宗有诏禁出行，矢志偷离长安城；勇担风险抗君命，卓尔不凡见赤诚。河西走廊大都会，西域僧商凉州萃；开讲佛经析妙理，玄奘德能皆赞佩。西出凉州到瓜州，疏勒河深藐激流；更向玉门关外去，五烽独闯不回头。[①]胡人老者赠老马，一人一马一皮囊；野马泉招识途马，绝处逢生免死亡。[②]莫贺延碛流沙河，一生九死难如何！西域门户伊吾国，尊佛优待僧侣多。[③]高昌国王遣好马，欢迎玄奘把佛弘；又涉沙漠过戈壁，六天到达白力城。[④]天山南麓高昌城，佛教兴盛是中心；暮鼓晨钟香火旺，法轮常转塔如林。玄奘夜抵高昌城，国王率众出城迎；列烛宝帐齐参拜，计程盼见仰大名。碛路艰难不可挡，玄奘独自向西来；国王赞佩流眼泪，僧众感动善胸怀。国王遣僧说玄奘，一片赤诚相挽留；既向西来更向西，取经天竺愿须酬。国王苦劝留玄奘，愿做弟子长供养；高昌人尽为弟子，仰仗传经把佛讲。高昌国王鞠文泰，挽留玄奘三而再；誓望法师信勿疑，葱岭不转意不改。苦劝不成终动怒，或留或回相胁迫；玄奘绝食舍骨头，休阻向西之魂魄。绝食四天气息微，国王感动改初衷；誓助西行求佛法，共拜佛前结弟兄。西行准备留一月，为讲《仁王般若经》；国母玄奘结母子，代代引度鞠家人。特设大帐听讲经，国王大臣列坐听；王执香炉恭迎迓，日跪座前凭踏登。⑤西行资费为厚备，御寒服具并袈裟；运夫五十马三十，二十四封信最佳。特派殿中侍御史，护送玄奘向西行；信中嘱托西突厥，各国驿马护征程。鞠文泰对僧玄奘，关怀备至兄弟情；玄奘启表深言谢，葱岭重不及恩情。玄奘谢词情真切，文笔精妙美文传；倾城相送西郊外，西域中原播美谈。⑥一行浩荡别高昌，天山南路入银山；银山高峻如魔兽，抵达焉耆岂简单。⑦焉耆西南二百里，爬山再过孔雀河；继续前行七百里，终又抵达屈支国。⑧国王群臣与众僧，城东门外钟鼓鸣；张幔敬花安佛像，宴仪隆重相迓迎。龟兹大国方千里，城郭雄伟物丰盈；高僧王子齐聚此，乐舞佛教最风行。对河两昭怙厘寺，佛像庄严僧勤励；或遇斋日烛光明，堂中玉履佛足迹。⑨五年一度大法会，城门外立双巨佛；彩车载佛为行像，规模最大龟兹国。离开龟兹继西行，遭逢响马险余生；跋禄迦国更西去，料峭春寒大漠风。阿克苏河穿戈壁，西北行进宿餐风；汗腾格里托木尔，横亘天山最高峰。⑩二峰之间冰达坂，库马力克河浪翻；达坂名为木札题，关隘必经是凌山。⑪凌山险峻极于天，冰凌雪顶与云连；崔巍挺拔或崩落，驮马随从死道边。[12]古道冰川刺骨寒，万死一生勇开拓；山河浩叹闻唏嘘，草木动情见零落。过了雪山再向西，四百里到大清池；沿池西北五百里，碎叶城寒林木稀。[13]玄奘来到西突厥，叶护可汗大帐迎；达官锦服赫然列，高昌国书更添情。玄奘为讲十善戒，可汗叩额信虔诚；备好国书配翻译，护送法师去求经。西涉沼泽与沙漠，石国康国传因果；又经安国与史国，南出铁门渡阿姆。[14]又经活国缚喝国，南入兴都库什山；六百里到梵衍那，雪域艰危倍凌山。梵衍那国真雪域，凝云飞雪长不晴；国土东西二千里，国王供养献殷勤。[15]雪山翻过向南行，迦毕试国远相迎；大乘小乘多佛寺，玄奘兼通僧众惊。[16]公元六二八年夏，唐僧迤逦向东方；越黑岭至滥波国，抵达印度夙愿偿。[17]名僧各派峰林立，佛祖故乡不虚传；大德云集常集会，雅词赡美论纷繁。唐僧游学参圣迹，拜访高僧析疑难；考其优劣明真谛，领悟幽深众妙参。犍驮罗国惊玄奘，佛雕艺美令人叹；古希腊王昔东征，东西合璧遗典范。[18]王城东北舍利台，毕钵罗树高十丈；四佛并坐是如来，高塔旁边造佛像。[19]布色羯逻伐底城，四佛说法留圣地；阿育王建纪念塔，印度著名佛遗迹。[20]跋涉来到乌仗国，释迦忍辱曾割体；献身弘法感精神，佛塔奇瑞是圣地。[21]遍地佛塔与佛像，玄奘过目不能忘；雕像绘画世闻名，永不磨灭好印象。印度境内路艰难，度危千里向东南；佛教中心罽宾国，寺百余所僧五千。[22]幢盖盈途花满路，国王亲迎玄奘入；象载玄奘进王城，佛法辩论僧无数。释迦训诫口耳传，误差纷杂统一难；弟子高僧共忆诵，编撰佛经千万言。千万言经卅万颂，四次结集经律论；五百僧人重解释，三藏宝库多学问。[23]罽宾国王感唐僧，远来慕学见精神；遣数十人供驱使，读抄经典学梵文。第一大德号僧称，爱贤倾谈阐深奥；智力宏赡赞唐僧，继承圣业真开窍。离开罽宾遭强盗，赶进枯塘满荒草；沙弥随从洞口钻，死里求生终逃跑。杰迦国里遇高僧，得知玄奘被劫空；动员钱物相施舍，物资经卷得补充。支那甫底中国城，一年学业就高僧；公元六百三十载，离北印度中印行。曲女城学三个月，受到戒日王接见；恒河顺下百余里，森林强盗忽出现。[24]盗贼信奉印度教，年杀活人把神祷；仪容伟丽见唐僧，体骨当之来得好。玄奘分辩众求情，盗贼不许欲开刀；坐定礼拜十方佛，同伴惊惧大哭号。折树飞沙风突起，河流浪涌船漂覆；贼徒大骇特惊奇，忙问和尚来何处。中国高僧号玄奘，一旦杀他罪无量；连忙忏悔众贼惊，惹怒天神狂风降。玄奘巡游众地方，来到迦毗罗卫国；此是佛祖出生地，圣迹仰瞻虔礼佛。[25]在拘尸那揭罗国，佛涅槃处婆罗林；石柱记载涅槃事，河边树下塔迎人。[26]继续前行近千里，恒河之畔来巡礼；鹿野寺佛法初传，楼台殿宇连云起。[27]摩揭陀国成道处，玄奘参拜菩提树；四大圣迹记佛陀，大唐西域芳千古。[28]菩提树下佛修磨，金刚座上跏趺坐；沉思冥想七昼夜，四谛十二成正觉。万里迢迢志不移，魂牵梦绕此菩提；五体投地泣悲泪，唐僧终得到天西。最高学府那烂陀，出迎僧侣二百多；千名施主举幢盖，门前迎候齐诵佛。庭序别开分八院，宝台星列峙群楼；烟霞缭绕轩檐隐，绿水逶迤林木稠。印度伽蓝上千万，崇高壮丽此为极；诸院僧室阁四重，高僧才俊常聚集。戒贤高德兼重望，一切经论皆能讲；僧徒主客上万人，那烂陀寺推宗匠。晋谒戒贤敬无比，顶礼膜拜行大礼；十年苦读那烂陀，学习生涯从此启。贞观五至十五年，那烂学习苦犹甜；其间不断外游学，足迹五印度相连。求法取经遍印度，讲经辩论亦无数；弘开异域力无穷，印度佛界鸣高誉。南印摩诃剌陀国，参观阿旃陀石窟；开凿二纪公元前，傍水高地临峡谷。[29]窟寺佛像与壁画，艺术精美传佳话；七十余尺佛像高，姻缘故事非神话。游学贞观十四年，重回那烂饱学全；精通唯识与中观，大乘小乘广钻研。戒贤法师推玄奘，寺中辩论与讲经；力求精髓辨真伪，论争全胜地位升。印度求学十多年，祖国思念日增添；返回决计无反顾，归心似箭向东边。印僧诚意相挽留，玄奘不从归意决；戒贤出面相劝阻，唐僧婉言相谢绝：此国诞佛为圣地，唐僧我岂无留意，特来求法利群生，回国译经广传递；蒙讲瑜伽师地论，诸部精深旨意全，回国弘法度真经，为报师恩广结缘。戒贤感动知玄奘，佛界前途不可量；菩萨本意在弘扬，西法东传为厚望。收拾经卷与佛像，欲归东土魂东向；迦摩罗波国使来，恭请唐僧把经讲。坚辞不从欲回国，九摩罗王霸蛮抢；被迫讲经一个月，王率群臣虔供养。戒日王争请玄奘，与之争执不相让；九摩罗王没奈何，如期亲自送玄奘。戒王出行最威风，节步金鼓数百面；迎请玄奘礼节隆，顶礼散花虔参见。秦王破阵乐悠扬，未知何人是秦王；支那国人如此颂，秦王敬受此赞扬。玄奘回答戒日王，支那天子乃秦王；平定天下清海内，天下怀德人敬仰。戒日遣使往长安，唐朝遣使回印度；往来友好从此始，中印交流新进步。戒日王听讲大乘，复读制恶见论文；[30]小乘浅薄显局促，大乘深阔无比伦。特办法会曲女城，特邀玄奘讲大乘；五印国王与僧众，共扬佛法扼小乘。六四一年在春天，玄奘连讲十八天；大乘高论攻不破，颇引小乘教者嫌。戒日王明颁命令：邪党乱真由来久；埋隐正教惑众生，幸有唐僧来东土。无有上贤何鉴伪？支那法师指迷津；为伏群邪来万里，弘扬大法利群生。妖妄之徒应惭愧，切勿鲁莽谋不轨；苟起歹心害法师，严刑治罪莫后悔！十八天后散会时，玄奘大得赞颂声；称扬大法圆功德，多人弃小归大乘。戒日王施舍玄奘，金钱万枚银三万；各国国王赠百珍，分毫不受无牵绊。特饰大象张幢盖，高捧玄奘坐上头；支那法师破异见，大乘论辩第一流。大乘称他大乘天，小乘称他小乘天；玄奘就此名全盛，功德圆满奏凯旋。大象军马载钱两，更有经卷与佛像；历史多谢戒日王，赤胆真诚送玄奘。玄奘西来由南路，回国则取北路程；经阿富汗越葱岭，苏勒于阗鄯善行。帕米高原山外山，万山之祖雪峰寒；葱岭方圆数千里，崖谷千重只等闲。帕米山中渴盘陀，国王文雅笃学佛；王族众多中国貌，华夏裔民印象多。[31]苏勒莎车过叶城，于阗富饶佛教兴；玉美人和好歌舞，伽蓝百所五千僧。停驻于阗七八月，国王僧侣听讲经；建筑民俗与画艺，历考周详记最清。葱岭途中象溺水，部分经卷亦随亡；派人苏勒龟兹去，补充经卷请帮忙。玄奘虔诚具表文，西游求法述详情；高昌商人马玄智，带到长安奏太宗。太宗接表兴致豪，派使下诏礼相招；敕令各国相迎送，大唐丝路创新高。风尘仆仆未离鞍，日夜兼程返长安；城西迎接人塞路，姑且留宿漕河滩。次日京都派人接，随从如云礼节隆；传令各寺齐会集，迤逦舆帐礼相迎。殊域归来装异样，马载经卷与佛像；人头攒动长安城，争睹风采迎玄奘。艰辛历尽十八年，为取真经到天边；满载而归见天子，大唐西域记尤全。

【注】

① 瓜州：古瓜州在今甘肃安西县境内。当时瓜州刺史是佛教徒，殷勤接待玄奘，供应丰厚。

② 玄奘在瓜州经西域僧人石槃陀引见一位胡人老翁，老翁来去伊吾国三十多趟，深知路途险恶，劝阻玄奘不成，将自己那匹往返伊吾十五个来回的老马换予玄奘。幸亏这匹老马后来将玄奘带出沙漠迷途，绝处逢生。

③ 伊吾国：当今哈密。

④ 玄奘在伊吾国巧遇高昌国使者，使者回国报告了国王，高昌国王鞠文泰乃虔诚佛徒，旋即派专使往其属地伊吾国，命伊吾国礼送玄奘到高昌，并挑选好马数十匹沿途设站迎候玄奘。高昌境内的白力城，即今鄯善县。

⑤ 为了请玄奘宣讲被视为护国经典、乐民法宝的《仁王般若经》国王鞠文泰特命设立大帐，国王及大臣等按班次列坐听讲。每次开讲时，国王都亲执香炉恭迎，且跪伏座前为台阶，让玄奘踏登上座。

⑥ 玄奘离开高昌国前写下《启谢高昌王表》向鞠文泰诚挚致谢。

⑦ 玄奘离别高昌经笃进城（今托克逊县）过天山南麓狭长隘口银山道（今甘沟）抵阿耆尼国（即焉耆）。

⑧ 屈支国：即龟兹国。

⑨ 玄奘在龟兹国滞留六十余日，游历甚广。来到荒城北四十余里，一山中间隔着河水，河两岸相对各有一座佛寺，同名曰“昭怙厘寺”，东西对称。玄奘看到东昭怙厘寺佛堂中有巨大的玉石，“其上有佛足履之迹”，“或有斋日，照烛光明”。

⑩ 玄奘一行在跋禄迦国只停留一宿就继续西行，沿着阿克苏河和库马力克河岸边的戈壁，向西北行三百多里，来到天山脚下，横在面前的是天山高峰汗腾格里峰（海拔七千米）及与之毗邻的天山第一峰托米尔峰（意为铁峰，海拔七千四百多米），是古代褶皱隆起的天山山体的最高部分。

⑪ 玄奘一行要从二峰之间的凌山关隘翻越天山，此凌山隘口即

库马力克河出山口附近的一个叫木扎提的冰达坂。达坂即山口，即山中通道，往往也是大风风口。冰山风口，其寒冷之盛可想而知。

⑫ 玄奘一行用了七天才走出凌山关隘。清点人数，随从们十有三四竟被冻死，牛马冻饿而死者更多。凌山关隘是翻越天山去中亚一带的要冲，后来步玄奘后尘者都从此经过。

⑬ 大清池又名热海、咸海，即今吉尔吉斯斯坦的东北部伊塞克湖，位于天山山脉西部。此湖东西长南北狭，周长千余里，四面环山，众流交汇于湖中，洪涛浩瀚，惊波激荡，鱼跃浪涌，水族杂处，湖水“色带青黑，味兼咸苦”，但人们“莫敢渔捕”。由此西北行五百余里到达素叶水城（即碎叶，位今吉尔吉斯斯坦楚河之滨的托克马克城附近），玄奘在此见到西突厥的叶护可汗，可汗出大帐三十余步拜迎玄奘。

⑭ 玄奘自碎叶城西去，经千泉沼泽、赭时国（又称石国，今乌兹别克斯坦塔什干境内），到达飒秣建国（又称康国，今乌兹别克斯坦的撒马尔罕附近），该国不信佛而奉拜火教，玄奘为其国王讲人天因果以及敬佛可获福气的道理，国王很高兴而敬重玄奘。西行经安国、史国（均在乌兹别克斯坦境内）又南行山道，经西突厥的关隘要塞铁门。出铁门到睹货逻国（即汉时大月氏国，今阿富汗兴都库什山下）。再数百里渡阿姆河，到达活国（今阿富汗境内）。又经缚喝国（今阿富汗北部），南行进入大雪山（兴都库什山脉）。

⑮ 梵衍那国：其国“东西二千余里，南北三百余里，在雪山之中也”。国都在今阿富汗喀布尔西北的巴米扬。

⑯ 迦毕试国：其地在今阿富汗西部兴都库什山以南的喀布尔河流域。

⑰ 自迦毕试国“东行六百余里，山谷连接，峰岩峭峻，越黑岭，入北印度境，至滥波国”。

⑱ 犍驮罗国：其地在今阿富汗境内的库纳尔河与今巴基斯坦的印度河之间。

⑲ 毕钵罗树：梵文Pippala的音译，即菩提树。四佛：即“过去四佛”，指“过去七佛”中的后四佛，即拘留孙佛、拘那含牟尼佛、

迦叶佛和释迦牟尼佛。

⑳ 布色羯逻伐底成：是犍驮罗国的故都。在今巴基斯坦白沙瓦东北十七英里处，位于斯瓦特河与喀布尔河的交汇口的东岸，今名却尔沙达。阿育王：古印度摩揭陀国孔雀王朝第三代国王，佛教护法名王。

㉑ 乌仗国：为印度北部边境山国，故址在今印度河上游及斯瓦特河地区。玄奘其后所至的钵露罗国（今达地斯坦以东和以北的巴尔帖斯坦）、叉始罗国、僧诃补罗国、乌剌尸国、迦湿弥罗国、半笯蹉国、曷逻阇补罗国等七国，同属印度北部境内。国王常住的瞢揭厘城东南有大佛塔，极灵验，是释迦牟尼佛前身为忍辱仙时，被羯利王截割肢体的地方。

㉒ 从乌剌尸国东南行，“登山履险。度铁桥，行千余里，至迦湿弥罗国”。迦湿弥罗国即罽宾国，即今克什米尔。是北印度大国，国王崇奉佛教，感念玄奘远道取经尚无经本，派遣二十名抄书手为之抄经，所用文书纸墨材料，概由公家供给，对玄奘帮助极大。玄奘在此留学两年。

㉓ 佛在世时，没有把他的训诫法理用文字记载下来，弟子们全靠口耳相传，误差很大。佛逝世后，前曾举行三次结集，由弟子高僧共同忆诵、编撰和确立佛教经典。释迦牟尼佛逝世四百年时，犍驮罗国迦腻色迦国王召集的第四次结集，就在罽宾国举行。

㉔ 曲女城：曲女城国，音译名是羯若鞠阇国，位于中印度恒河与卡里河合流处，为印度有名古都，《法显传》《住五天竺国传》都记载了它的繁华。玄奘经过该国时，正值戒日王称霸印度、崇奉佛教的时期。

㉕ 迦毗罗卫国：即劫比罗伐窣堵国，又名迦吡罗、迦维罗阅等。在中印度，是释迦如来降生之地，净饭王所治之境。

㉖ 拘尸那揭罗国：又称拘尸那、拘尸那竭等，意译为角城、茅城等。释迦牟尼自吠舍离赴王舍城时，途中得病，于此城婆罗双树下涅槃，所以此城被佛教徒视为圣地。婆罗林：拘尸那揭罗城阿里罗跋提河边，婆罗树四方各二株双生，佛在中间入灭，故佛入灭之处谓之婆罗林。婆罗，为树名梵文音译，指槲树类。

㉗ 鹿野寺：在中印度的婆罗尼斯国（又名波罗奈国）。此国即古代的迦尸国，为古印度十六大国之一。婆罗尼斯为其首都，佛初转法轮之处（即初说法度人之处）鹿野寺为鹿野苑中寺院。

㉘ 摩揭陀国：古印度十六大国之一，其领域大致相当于今印度比哈尔邦的巴特那和加雅两地。该国在公元前七世纪时已很强大，首都初为王舍城，后迁华氏城。其历史上一些著名国王，如频毗婆罗王、阿育王（无忧王）对保护与弘扬佛教作出过重大贡献；释迦牟尼一生中大部分时间都在该国度过，故有关佛陀胜迹大都在王舍城附近。玄奘在此国的那烂陀寺习经十年，其间游历了很多圣迹胜地。戒贤为戒日王时期大乘佛教权威学者，曾经主持那烂陀寺，玄奘译有其著作《佛地经》。

㉙ 摩诃剌陀国：在南印度境内，其国名意译为大国。都城故址可能是今印度、孟买西北的纳西克。玄奘离开摩揭陀国继续向东，游历中印度恒河流域多国，后沿次大陆东海岸南下，到达南印度地区，游历多国后来到印度西南的摩诃剌陀国。阿旃陀石窟原名阿遮罗石窟，由阿遮罗罗汉为感谢母亲生养之恩、感慨因果因缘的应现而建造的石窟寺，规模巨大，浮雕、壁画众多且有重要历史和艺术价值。

㉚ 玄奘撰写《制恶见论》，讲述大乘教论，指出小乘和外道的弊端。

㉛ 渴盘陁国：又译作汉盘陀、去喝盘陀。即今叶尔羌河上游的塔什库尔干城，塔什库尔干塔吉克自治县治所。《大唐西域记》详记其建国传说，云乃由波斯国王远娶汉朝女子迎亲行至帕米尔高原山中（即渴盘陀国所在），忽遇战乱，停留三个月，将国王新娘安置在孤峰之上严加警戒保护。三个月后兵乱平息，正欲赶紧上路归国，不料新娘已怀孕，众大惊惧，侍女对使臣说，每日正午有一男子从太阳中乘马来与王后相会。于是不敢回国，在此筑宫定居生活，而有此国。因其先祖身世，母亲为汉人，父亲是太阳神，所以称汉日天种，后人容貌多近汉人。

岑参天山放歌

岑参于公元749年和754年两度从军出塞，佐幕西行。在西域生活的五年时间里，频繁往返于北庭、轮台和高昌之间，长途跋涉在沙漠戈壁和高山之地，足迹遍及天山南北，留下大量诗篇，为我国边塞诗书写了最亮丽壮阔的风景。

唐朝天宝是盛期，岑参出塞到安西；佐幕安西节度使，唐诗边塞铸传奇。初入西域伊吾道，涉过流沙入高昌；过交河沿天山麓，安西都护府奔忙。① 初出西域锋芒露，才华横溢肯登攀；北庭节度使赏识，表请岑参为判官。② 二使西疆出玉门，节度判官是诗人；西域风情诗记录，边塞诗名属岑参。文书出土吐鲁番，记录岑参未下鞍；交河郡坊马肥壮，驮载判官过天山。③ 异域阴山外，孤城雪海边；黄河西际海，白草北连天。十日过沙碛，终朝风不休；走马碎石里，四蹄皆血流。④ 终日大风与飞雪，连天戈壁山连山；西南几欲穷天尽，历经酷热与奇寒。西域地广民族多，互相学习互切磋；西域番王能汉语，花门将军善胡歌。番书文字别，胡俗语言殊；乐杂异方声，座参殊俗语。⑤ 君不闻边塞诗声剧高亢，唐诗神采添豪放；时空穿越遏云歌，策马天山骋雄壮。两度从军到西域，五年风采遍天山；异情奇景凝佳句，边塞诗添壮丽篇。

【注】

①天宝八年（749）岑参第一次出塞，乃应安西节度使高仙芝辟召，到安西幕府（今新疆库车）任书记之职。于天宝十年（751）随高仙芝返回长安。

② 天宝十三年（754），他又应安西、北庭节度使封常清的表请，到北庭幕府（在今新疆吉木萨尔北）任职节度判官。至德二年（757）自北庭东归长安。

③ 吐鲁番出土文书提供了岑参行役于天山南北的实证。如天宝十三年交河郡长行坊马料帐记载："郡坊马六匹迎岑判官，八月二十四日食麦四斗五升，付马子张记作。"同年十月二十五日又记："岑判官马七匹，共食青麦三斗五升，付健儿陈金。"

④ 以上四联乃集改岑参诗句而成。

⑤ 岑参诗句记载了军队与地方多民族杂处的和谐境况。

北宋使团西州使程记

宋代初期，僧侣西行一度出现高潮。在朝廷资遣下，宋僧曾九次赴天竺求法（留学），人数多者一次达三百之众。同时也不遗余力遣使出访西域，其中最著名的是由王延德率领的出使高昌使团。太平兴国六年（981 年），高昌回鹘阿斯兰汗（狮子王）遣使至北宋朝贡。同年五月，宋朝组成以供奉官王延德为正使、殿前承旨白勋为副使的百人使团回访高昌。太平兴国八年（983 年）王延德离开高昌时，高昌狮子王又派了百人谢恩使团随同王延德于次年到达开封。王延德的高昌之行，实现了宋太宗对辽朝远交近攻战略，成功地联络了高昌回鹘、鞑靼、党项及沿途诸部，牵制了契丹势力。更重要的是增进了中原同西域各地经济文化交往。王延德回汴京后根据旅途见闻及在高昌、北庭等地的考察，写出了《西州使程记》（又称《王延德使高昌记》），献给太宗皇帝。

太平兴国六年间，回鹘遣使来朝贡；宋使随之返高昌，回访使团百人众。渡过黑水入沙碛，民族杂居散财多；继续前行向西北，羊皮筏子过黄河。前行更遇大沙漠，沙深三尺名六窝；不生五谷无人住，马不能行换骆驼。[①] 鄂尔多斯河流域，鞑靼部落相安抚；过小石州向西行，河西蒙古结合部。无边大患鬼魅碛，无人无水不毛地；[②] 终至伊州见绿洲，豁然振奋无堪比。[③] 伊州戈壁多苦参，苦参叶上野蚕生；居民习用此蚕茧，制作绵帛利众生。茫茫戈壁漫无边，片片胡杨骨傲然；林中放牧羊肥壮，马奶腥浓民意虔。曲折一万五千里，一年终得到高昌；高昌王为契丹梗，左右为难慢宋方。王舅先见王延德，高昌国王在北庭；等待会见居闲日，西州察访探民情。地无雨雪热难当，穿地为穴有阴凉；

飞鸟日灼伤羽翼，天山引水绕民房。粮棉丰产庄稼茂，人多寿考无夭亡；俗好骑射与歌舞，梵音曼妙礼佛忙。佛寺五十皆唐额，御札缄藏敕书楼；另有摩尼寺多座，波斯僧法各自由。[④] 高昌风物收眼底，西域版图阔胸怀；国王请去夏宫见，北越天山踏雪来。度过金岭达北庭，草原广阔顿凉爽；马群无数多牛羊，动物乐园景开朗。北庭街市多巧匠，金银玉器色琳琅；马市良马绢一匹，劣马只值绢一丈。西州访问到安西，沿途各国赠帛礼；伊斯兰教盛南疆，库车佛寺仍林立。[⑤] 宋使四月抵高昌，天山南北考察详；中原东望苍茫气，七月接见高昌王。北庭热情相接待，国王臣子向东拜；乐奏一回拜一回，罗拜受赐德恩戴。乐舞盛宴至深夜，次日池舟鸣鼓乐；阿斯兰汗示友好，汉土封域不由说。冲破契丹之离间，宋使威严不容践；义正词严对国王，国王虔表通好愿。国王虔诚劝宋使，贵和不杀契丹使；忍让免生节外枝，大国大度待之礼。高昌通好愿虔诚，信诺殷勤重践行；遣使谢恩团百众，跟随宋使回汴京。宋使不负宋太宗，西州出使广交通；撰著西州使程记，联谊丝路固和平。

【注】

① 六窝沙，即乌兰布和沙漠，地处内蒙古自治区西部巴彦淖尔盟和阿拉善盟境内。

② 大患鬼魅碛，即莫贺延碛，敦煌与哈密之间的大沙漠（玉门关和罗布泊之间）现称“哈顺戈壁”，唐时此处以西皆称“域西”，就是我们今天常说的“西域”的起点。

③ 伊州，即今哈密。

④ 高昌从汉唐至宋一直是西域佛教中心，王延德亲见其佛教繁盛景象：“佛寺五十余区，皆唐朝所赠额。”寺中所藏文献很多，王延德

亲见者有《大藏经》《唐韵》《玉篇》《经音》等。不仅所有佛寺皆有唐朝所赠匾额，而且寺内敕书楼中收藏着唐太宗、唐明皇的“御札诏敕，缄锁甚谨”。除了佛教隆盛，摩尼教也很受重视，有摩尼寺多座，“波斯僧各持其法”。其时高昌王国所统领的有南突厥、北突厥、大众熨、小众熨、样磨、割录、黠戛斯、末蛮、格多族、预龙族等众多民族杂居其地，表明高昌回鹘王国是一个多元文化共存的开放国度。

⑤在北庭考察时，王延德还到高昌王国的西境安西（今库车一带）访问，并给沿途各国赠送“袭衣、金带、缯帛”等礼物。其时，喀拉汗王朝在南疆大肆推行伊斯兰教，但库车的佛教由于高昌王国的坚持，香火依然旺盛，佛寺林立，梵呗之声不绝于耳，呈现一派佛国景象。

耶律楚材扈从西征记

耶律楚材字晋卿，号湛然居士，乃契丹王族后裔。公元一二一八年成吉思汗诏征耶律楚材“扈从西游”。次年，耶律楚材随大军西征花剌子模，从漠北出发，西南越金山（阿尔泰山）渡额尔齐斯河，经别失把（别失八里，今吉木萨尔）、不剌城、阿里马城（即阿力麻里）穿越果子沟，渡亦烈河（伊犁河），经虎思斡鲁朵、塔剌斯城、苦盏城、讹打剌城、寻思干（撒马尔罕）、蒲华城（布哈拉）渡阿姆河抵玉里键城、黑色印度城。至一二二四年随成吉思汗班师，此番西征行程六万里，留居西域达六年之久，对西域历史风物、山川地理进行了别具慧眼的探察与文采飞扬的诗意描写。回京后每遇“里人问异域事”，因写《西游录》作书面回答；另有《湛然居士文集》其中有大量咏颂西域的诗作，记述了其鲜为人知的西域经历和见闻。这一部行记，一部诗文，成为元代西域文献的宝贵财富。

湛然居士契丹族，汉文修养称独步；蒙古灭金仕新朝，诏随大汗征西域。扈从西游随大汗，初到克鲁伦河旁；车帐如云营万里，山川相缪郁苍苍。西征花剌子模军，漠北出发向西行；西域山水景壮丽，诗人激动起豪情。阴山诗句炫生花，八月千山雪满沙；横空万里雄西域，江左名山不足夸。[①] 又过阴山和人韵，诗句缤纷情豪壮；千山万壑横东西，山上镜湖浮气象。深谷长坂绝行人，果子沟险横屏障；凿石理道木为桥，窝阔台兵从天降。[②] 亦烈河洪掀巨浪，铁流西注兵雄壮；山河壮美畅豪情，耶律诗才逞豪放。[③] 一路随军西更西，寻思干物丰地肥；吟成五律颂中亚，西域河中十咏诗。[④] 铁骑万里大汗雄，横扫千军骋亚中；随军文士挥奇笔，雄浑西域记繁荣。扈从西伐劝大汗，一句名言万世知：天下虽得之马上，不可以马上治之。西拓行程六万里，吟怀壮阔六春秋；里人每问西域事，请向西游录里求。

【注】

①耶律楚材初到天山一见锺情，写下多首优美诗篇，既有《过阴山和人韵》的长篇七言歌行，也有七律《阴山》这样的经典诗作："八月阴山雪满沙，清光凝目炫生化。插天绝壁喷晴月，擎海层峦吸翠霞。松桧丛中疏畎亩，藤萝深处有人家。横空千里雄西域，江左名山不足夸。"

②果子沟自古是阻隔西域的天险，甚至"猿猱鸿鹄不能过"。为了行车用兵，成吉思汗第三子窝阔台率军"始辟其道"，"凿石理道，刊木为四十八桥，桥可并车"。

③过果子沟向西即到了耶律楚材《过阴山和人韵》诗中所述"百里镜湖山顶上，旦暮云烟浮气象"的"圆池"。"又西有大河曰亦烈河"，亦烈河即伊犁河。

④耶律楚材随军西征至中亚河中地区，在寻思干（撒马尔罕）、蒲华（布哈拉）留居一段时间，对河中府丰饶的物产和美丽的风光留下美好印象，写成十首五律的《西域河中十咏》。

陈诚衔命五使西域

陈诚使团五使西域，皆奉明朝廷之命而为。元末以来，战祸与割据使丝绸之路一度阻塞。正是陈诚等不遗余力地冒险西使，明初才恢复了与西域的联系也开通了中原与意大利、西班牙、波斯、土耳其等国的贸易。正如《明史》所记，中原与西亚之间“站驿相通，道路无雍，远国之人咸得其济”。

郑和下西洋，陈诚使西域；大明国势强，宣威两壮举。世徒知郑和，而不知陈诚；中西交通史，耀眼并双星。明史记洪武，太祖通西域；诸国竞献琛，遐迩皆宾服。① 洪武廿九年，战乱甫平定；撒里畏兀尔，陈诚奉使命。柴达木西北，地界甘青新；战罢宜善后，陈诚勇挺身。撒里畏兀尔，重建新秩序；三卫安曲阿，土邦各安抚。使命行使毕，使团持节归；酋长随入朝，贡马谢恩威。② 永乐十一至十八，陈诚三度离北京；迎来送往使西域，报施之礼结友情。③ 首使哈烈归京时，西域诸国极感恩；纷纷派使来朝贡，明实录里记尤真。为向明朝表忠诚，遣使来朝献殷勤；哈烈等三国使团，各自多达三百人。三使哈烈交通广，每回来去两年多；大国宣威边镇远，驰驱往返似穿梭。其以藐藐一身，深入不毛之地；极沙漠而遐征，路迢遥几万里。周览山川之异，备录风俗之多；用图王令之盛，允协万邦之和。西域行程记，西域番国志；更有狮子赋，著作喜问世。④ 子鲁多才情，诗句纪旅程；明代中亚史，记录谢陈诚。⑤

【注】

①据《明史》记载：“洪武中，太祖欲通西域，屡遣使诏谕。”“威

德遐被，四方宾服，受朝命而入贡者殆三十国，幅员之广，远迈汉唐，成功骏烈，卓乎盛矣！”献琛：敬献珍宝，表示臣服。宾服：古指诸侯或边远部落按时朝贡，表示臣服。

② 陈诚首次出使西域是洪武二十九年（1396）三月至九月，奉命到撒里畏兀尔地区，处理战乱平定后的善后恢复统治秩序的使命。其地在今甘肃、青海、新疆交界，柴达木盆地西北一带。陈诚不负使命，重建了安定、曲先、阿端三卫，稳定了局势。“诚还，酋长随之入朝贡马谢恩。”

③ 陈诚出使西域，重点是第二次、第三次和第四次，这三次出使的地点相同，使命相似，送哈烈等国使臣回国，以行“报施之礼”，并向西域诸国赠送礼品以“宣谕德意”，缔结友好。哈烈城是帖木儿帝国的都城。帖木儿帝国与明朝本是藩属关系。中间一度前恭后倨，与明朝关系有所反复。后帖木儿病殁，帖木儿四子沙哈鲁乘机夺取了统治权，定都哈烈（今阿富汗境内的赫拉特），明朝称为哈烈国。此时哈烈国向明朝示好，派使团频繁到明朝进贡。明朝也不断派使团回访哈烈等西域诸国。因有陈诚使团的西域之行。陈诚第五次出使西域是永乐二十二年（1424）四月至十一月。此时陈诚已六十高龄，行至肃州将出塞时，仁宗皇帝继位，停止四夷差使，陈诚被中途召回，未达西域。

④ 陈诚著有《西域行程记》《西域番国志》《狮子赋》等著作。

⑤ 陈诚以其卓越诗才与高昂激情，对所到之地每每留下优美诗篇。如《鲁陈城》诗（鲁陈城即汉唐时之柳中，今名鲁克沁，地处吐鲁番盆地）：

楚水秦山过几重，柳中城里遇春风。
花凝红杏燕脂浅，酒压葡萄琥珀浓。
古塞老山晴见雪，孤城僧舍暮闻钟。
羌酋举首遵声教，乃国车书一大同。

这些诗作记录下陈诚在西域长期旅行中的亲历亲见和现场慨叹，是他学识渊博和才情勃发的可贵结晶。

林则徐谪戍西疆

清代康熙、乾隆二帝，先后出兵西征，勘定了葛尔丹的叛乱，收复了伊犁，平定了南疆。乾隆二十四年（1759 年）12 月，清朝政府正式向国内外宣布，将西域正式改名为西域新疆。道光二十二年（1842）林则徐谪戍伊犁。道光年间的新疆屯田因林公参与而推向高潮。他以花甲之年，多病之躯，万里驰驱，不避艰险，开发伊犁农田水利，遍历南疆以及东天山吐鲁番、托克逊、哈密一带履勘垦田，兴修水利，忘我奉献，以富有实效的工作推动西疆经济建设，发展生产，促进民族和谐，贡献卓著。

销烟禁毒是英雄，却被朝廷罪抵功；谪戍西陲勋卓著，疆南疆北忆林公。道光二十二年时，离别西安意恐迟；风雪兼程车上宿，方经四月到伊犁。浩荡胸怀总有诗，登程赴戍几人知？苟利国家生死以，岂因祸福避趋之！[①] 车载诗书出玉关，胡天八月雪飞寒；天山万笏琼瑶耸，万里长征不畏难。[②] 峰回路转近伊犁，赛里木湖景色奇；果子沟深胸襟豁，高山入眼亦觉低。不顾途中很辛苦，每日见闻详记叙；丝路北道至伊犁，《荷戈纪程》全载录。[③] 伊犁将军布彦泰，委托林公管粮饷；国库短缺须补充，先行了解屯田档。《衙斋杂录》汇一书，新疆屯田知指掌；深入实地助垦荒，西疆大地真宽广。[④] 阿齐乌苏大工程，待垦荒地十万亩；必先开通哈什河，关键工程属龙口。主动捐资此工程，带病督修工十万；历时四月大功成，官员百姓交口赞。[⑤] 阿齐乌苏通渠道，道光皇帝获捷报；十万亩地得耕耘，“甚属可嘉”朱批好。[⑥] 北疆垦田起高潮，南疆各地奏仿照；道光传谕林则徐，南疆履勘求实效。[⑦] 一八四五新年始，衰年病体赴南疆；抵达焉耆会全庆，勘田辛苦半年强。南疆勘地事躬亲，水利屯田不可分；餐风宿露浑闲事，八城遍历寄情深。[8] 南疆勘垦修水利，工余坚持记日记；民情景物收笔端，《乙巳日记》无余意。[9] 将军再奏林公好，勘田水利力奔驰；皇帝降旨释谪臣，饬令回京候补之。七城履勘精力尽，接旨获释精神振；哈密候旨入关前，东疆勘垦肩新任。伊拉里克地平阔，板土沙石尤渴旱；二百里外阿拉沟，渠底铺毡引水灌。[10] 此地屯田水利成，再回哈密垦官荒；塔尔纳沁八千亩，勘查事竣再离疆。西戍屯田不知倦，北南东疆田垦遍；大兴水利灌良田，不遗余力皆奉献。万里驱驰万里诗，江山助力赋佳思；回疆绝徼风情异，锦囊满载是竹枝。[11]

【注】

① 林则徐于道光二十二年（1842年）七月初六从西安出发，十一月初九到达遣戍目的地伊犁惠远城，行程仅四个月。其为人熟知的名句“苟利国家生死以，岂因祸福避趋之”，即出自谪戍出发时所写《赴戍登程口占示家人》诗中。

② 林公诗《载书出关》有句：“荷戈绝徼路迢遥，故纸差堪伴寂寥。纵许三年生马角，也须千卷束牛腰。”其诗《塞外杂咏》：“天山万笏耸琼瑶，导我西行伴寂寥。我与山灵相对笑，满头晴雪共难消。”

③ 《荷戈纪程》是林公谪戍从西安到伊犁四个月日记，是林公沿丝路北道四个月风雪兼程的详尽纪录。

④ 林公初到伊犁，伊犁将军布彦泰委派他掌管粮饷事务。林公收集阅读历史档案、文献资料，将新疆屯田资料汇编成《衙斋杂录》，彻底掌握了清朝在新疆屯田情况。同时还协助布彦泰筹画开垦红柳湾、三棵树、阿勒普斯等处荒地。

⑤ 一八四四年，布彦泰委托林公负责开垦阿奇乌苏地亩工程。为

开垦这十万亩荒地，必先解决水利问题，开通哈什河渠道。林公主动捐资认修其中最艰巨的龙口工程。

⑥ 道光皇帝得到布彦泰报告，得知渠道开通，阿奇乌苏十万亩废地均得灌溉，春耕不误，于是挥笔朱批："所办甚属可嘉。"

⑦ 道光皇帝下诏曰："着即传谕林则徐，前赴阿克苏、乌什、和阗，周历履勘。"并指定喀拉沙尔（焉耆）办事大臣全庆与之会办。

⑧ 一八四五年新年伊始，林公从惠远出发，经吐鲁番折赴焉耆与全庆会合，半年多奔波于沙漠绿洲之间，先后勘查了库车、乌什、阿克苏、和阗、叶尔羌（莎车）、喀什噶尔、喀拉沙尔七城垦地，共计六十万亩。途径英吉沙，遍历南疆八城。

⑨ 勘田事务纷繁复杂，林公仍"从容就案记事"且"途间日日如之"，形成了南疆之行的重要文献《乙巳日记》，记下了所经台站里数、屯垦事务、天文气象、山川地形和风土民情，是了解当时南疆社会经济、军事边防、自然环境和民族风情的第一手资料。

⑩ 林公在哈密接到布彦泰传旨，继续勘测伊拉里克（今吐鲁番地区鄯善县之伊拉湖乡）垦地。于是便由哈密折回吐鲁番抵伊拉里克。当地人称此地是"扳土戈壁"，其西为"沙石戈壁，要从二百里外阿拉沟自西而东引水灌溉。林公采纳建议，用旧毡铺垫沙石渠底以防渗漏，胜利完成此项工程。

⑪ 林则徐谪戍西疆三年多所写一组竹枝词是比较完整地描述维吾尔族群众生活和宗教信仰的诗歌，展示了清代西域新疆维吾尔族人民的民俗风情与艰辛生活的生动画卷。林则徐的著作《云左山房诗抄》中收二十四首。在二〇〇二年海峡文艺出版社出版的《林则徐全集》第六册诗词卷中增加了六首，共有三十首。

中篇　台湾行吟

2014年12月15至19日，国务院参事室下属的中华诗词研究院、中国国学中心联合组织大陆诗人“雅韵山河·台湾行”活动，分别与台南成功大学、彰化县国学研究会、台北瀛社诗学会举行“两岸当代诗词学术交流会”以及诗词书法笔会和吟唱会。时任执行副院长的蔡世平，率北京大学赵为民教授、韩山师范学院赵松元教授、《诗刊》杂志编辑部江岚副主任、中国国学研究与交流中心对外交流合作处副处长陈爽、中华诗词研究院学术部负责人莫真宝、中华诗词研究院编辑部负责人刘威和我一行八人，赴台开展活动。在系列座谈研讨、诗书雅集活动中，两岸诗人赋诗唱和，即兴挥毫，结下了深厚友谊，见证了海峡两岸诗人共同的文化情怀。有幸躬预此行，得诗多首，既为记事以作纪念，并祈求正于师友同好云尔。

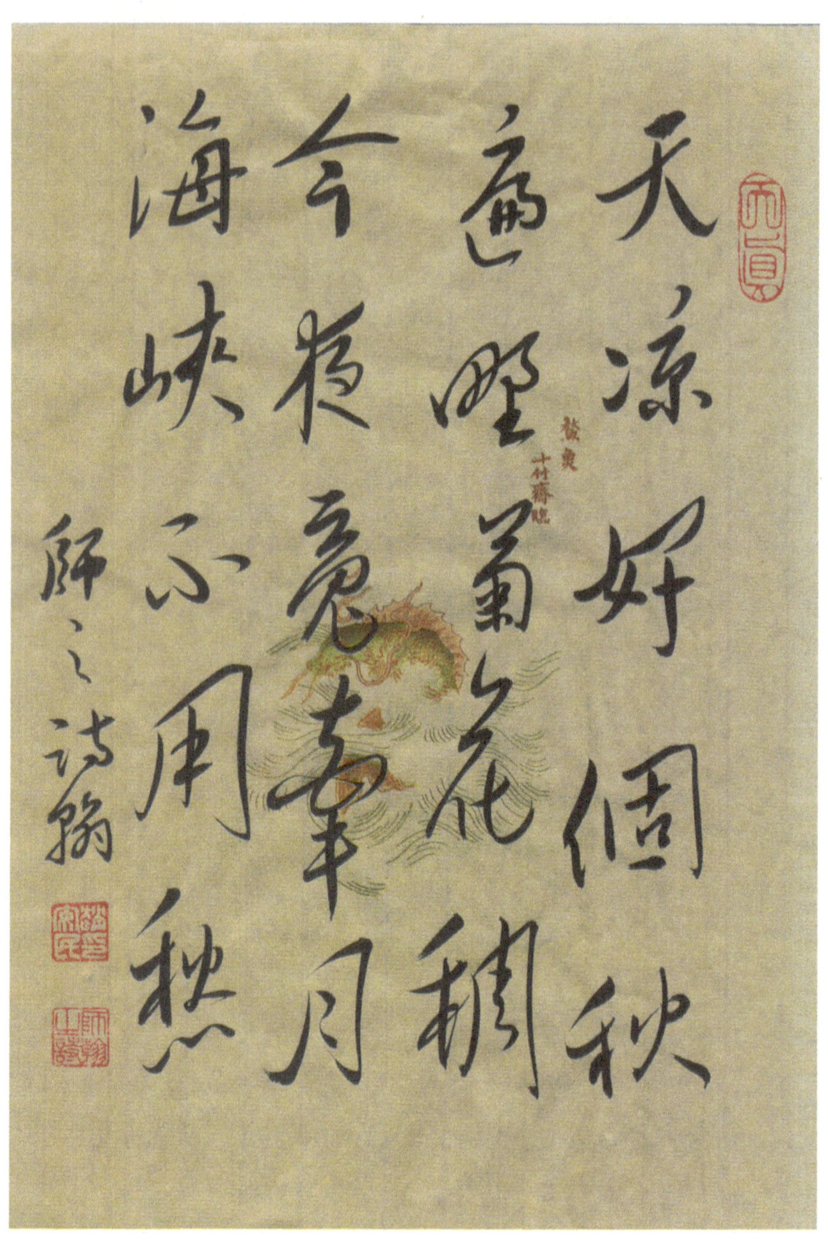

赵安民（师之）诗稿（《中秋夜短信问候台湾书友》）

从地图看台湾

一叶玲珑似玉雕，海间盆景翠瑚礁。
清风月夜摇船橹，福尔摩沙戏碧涛。

【注】

葡萄牙人把台湾称作“福尔摩沙”（音译，意为美丽的岛屿）。

台湾传说之一

梦里台湾梦里神，佑航妈祖不沉沦。
大船游过海峡去，阿山阿海探亲人。

台湾传说之二

宝岛高擎宝塔灯，汪洋一片指迷津。
屏山立女屏西望，妈祖长祈靖海尘。

两岸诗桥

同胞两岸本同根，海峡难分骨肉亲。
一种乡思寄明月，心桥永架是诗魂。

雅韵山河・台湾行

一样诗经籽，分开两岸花。
同根同沃土，雅韵绽奇葩。
禹甸山河壮，神州儿女佳。
弦歌传海峡，乐土是中华。

访彰化国学研究会，参观兴贤书院，次韵并现场书赠吴春景先生

交流岂止在三通，两岸同根尚古风。
雅韵山河数彰化，兴贤志在竞文雄。

台湾彰化国学研究会前理事长吴春景先生原诗《中华诗词研究院两岸学术交流》

文化交流两岸通，昌诗立礼播淳风。
炎黄后裔才华捷，共振纲常笔阵雄。

台中市弘道书学会夜宴，喜获张月华教授书赠“无碍”扇面

时空穿越到台中，书道弘扬陆岛通。
禹王疏导终无碍，月华心照总圆融。

台北瀛社诗学会“两岸当代诗词学术交流会”，即席次韵许哲雄理事长

诗访台湾觅法门，吟朋喜迓热忱敦。
句长句短惟声美，台北台南独笔尊。
雅韵山河圆好梦，同胞血脉继宗源。
唐松宋柏新枝茂，大树龙盘固扎根。

台北瀛社诗学会理事长许哲雄原诗《两岸当代诗词学术交流有感》

千里欧鹏入海门，不辞途远见情敦。
骚俦白屋开扉候，处士青云秉笔尊。
昔析山河归异梦，今盟鸡黍悟同源。
笑谈休听外人语，风雨焉能妄拔根。

台北瀛社诗学会两岸诗人雅集

初冬到台北，雨后已天晴。
此享鹏飞境，兼怀海晏情。
台遗环水碧，湾带古榕清。
瀛岛诗人会，神州弦诵声。

鹧鸪天·台南赤嵌城遗址

四百年轮几树霜？当年赤崁几条枪？那些故事多忘却，旧影唯存这断墙。　　云聚散，月匆忙。后来城堡驻文昌。铿然坠落菩提叶，又是秋风片片凉。

清平乐·台湾印象

台湾虽小，岛上风光好。往事辉煌妈祖庙。弥望椰风缥缈。　　台南榕老菩提，台中夜画云霓，台北雨楼林立，三台历数传奇。

“雅韵山河·台湾行”纪实

2014 年 12 月，国务院参事室、中央文史研究馆下属的中华诗词研究院、中国国学中心联合组织“雅韵山河·台湾行”两岸诗词交流活动，有幸躬逢其盛，联句记事。

一、15 日北京乘飞机抵桃园机场，转乘高铁夜入台南。

美丽台湾岛，曾闻故事多；
所欣今有幸，跨海若飞梭。
高铁发桃园，夜灯点点燃；
沧波浮梦远，宝岛幻桑田。
连夜入台南，风景似曾谙；
车行徐缓转，几度旧街弯。
台南为旧府，开台自此处；
纪念郑成功，策马像高矗。
亭亭椰子树，宝岛擎天柱；
处处见古榕，长须挂无数。
堂皇妈祖庙，宝殿势恢宏；
高明悬皓月，皎皎阔颜容。

二、16日成功大学，上午参加“两岸当代诗词学术交流会”，下午诗词教学观摩，听王伟勇、吴荣富教诗词吟诵课。

成大校园美，大树掩层楼；
青铜塑鲁迅，思想正凝眸。
诗词交流会，师生同听讲；
诗作与诗学，两岸互分享。
诗集与诗刊，互赠互学习；
不辞添负担，书籍增行李。
台湾爱传统，岭南文化重；
闽语唱诗词，腔调强弦诵。
成大重人文，人文重诗教；
诗词汉语魂，灵魂最重要。
大陆重诗教，师资不嫌少；
师院教诗书，师资培训好。
复兴中国梦，文化是灵魂；
唐松和宋柏，老干已回春。

三、16日晚上成功大学安排在兴济宫官厅举行“两岸诗词吟唱、书法雅集”活动。

是夜聚官厅，灯火映通明；
雅集四合院，鸡黍款吟朋。
一侧观音亭，一侧兴济宫；
官厅居中正，儒道释兼融。
吟诗饶古韵，挥毫谱新声；
满纸云烟起，两岸崇古风。

四、17日上午台南彰化国学研究会参加“两岸当代诗词学术交流会”，下午参观彰化员林镇兴贤书院并笔会、参观碧铨文物馆。

台南彰化县，国学独迷恋；
研究会众人，职业都不限。
书画与联吟，高才多涌现；
公益课堂开，美德讲奉献。
鸡黍迓吟朋，条幅赠诗笺；
学生祀文昌，兴贤有书院。
碧铨文物馆，农家富小院；
耄翁称捷才，奖状满壁见。

五、17日晚台中弘道书学会欢迎宴会。

连夜过台中，访团行色匆；
弘道书学会，设宴迓诗朋。
学会编会刊，道技同强调；
我书写我诗，书学为弘道。
中学老校长，诗词善吟啸；
情钟李商隐，夜雨探青鸟。
古稀张教授，善书名月华；
每人赠扇面，翰墨写心葩。

六、17日深夜抵台北。18日上午参观蒋介石曾居住的士林官邸、台北故宫，下午参加瀛社诗学会举办“两岸当代诗词学术交流会、笔会、吟唱会”。19日返回北京。

辞别台中友，深夜入台北；
遥望亮霓灯，明波是淡水，
阔园伴山麓，花圃间椰林。
邸存官不见，来往是游人。
台北新故宫，藏鼎诩毛公；
遗存属华夏，两岸同古风。
冬季到台北，雨后已天晴。
此享鹏飞境，兼怀海晏情。
台遗环水碧，湾带古榕清。
瀛岛诗人会，神州弦诵声。

下篇　京华雪鸿

志新院长好！

感谢您对我社诗词出版工作的大力支持！《中华诗词研究》杂志刊号申办事，已在找相关部门办理，应当是可行的。我当尽力促进之，放心。

会上发表推介诗词作的《中国新闻出版广电报》，由此可见其对当前诗词的重视（从新篇诗数量与上下位置安排可见），可供研究参考。另附今年有月刊发推评《诗词歌赋》作品精选之文章的《光明日报》（国学版）供参考。诗经是国学，唐诗宋词是国学，当代诗词中的精品应是国学的当代成果。

《清明》通览诗歌，《古今清明诗词选》之编辑已在推进，我又提出对诗加附分类索引之事，得到您的赞同支持，甚感！特信致意，顺颂

研祺！

赵安民 上
二〇一七年十一月十五日晚

致中华诗词研究院杨志新副院长信

卷一 琉璃集

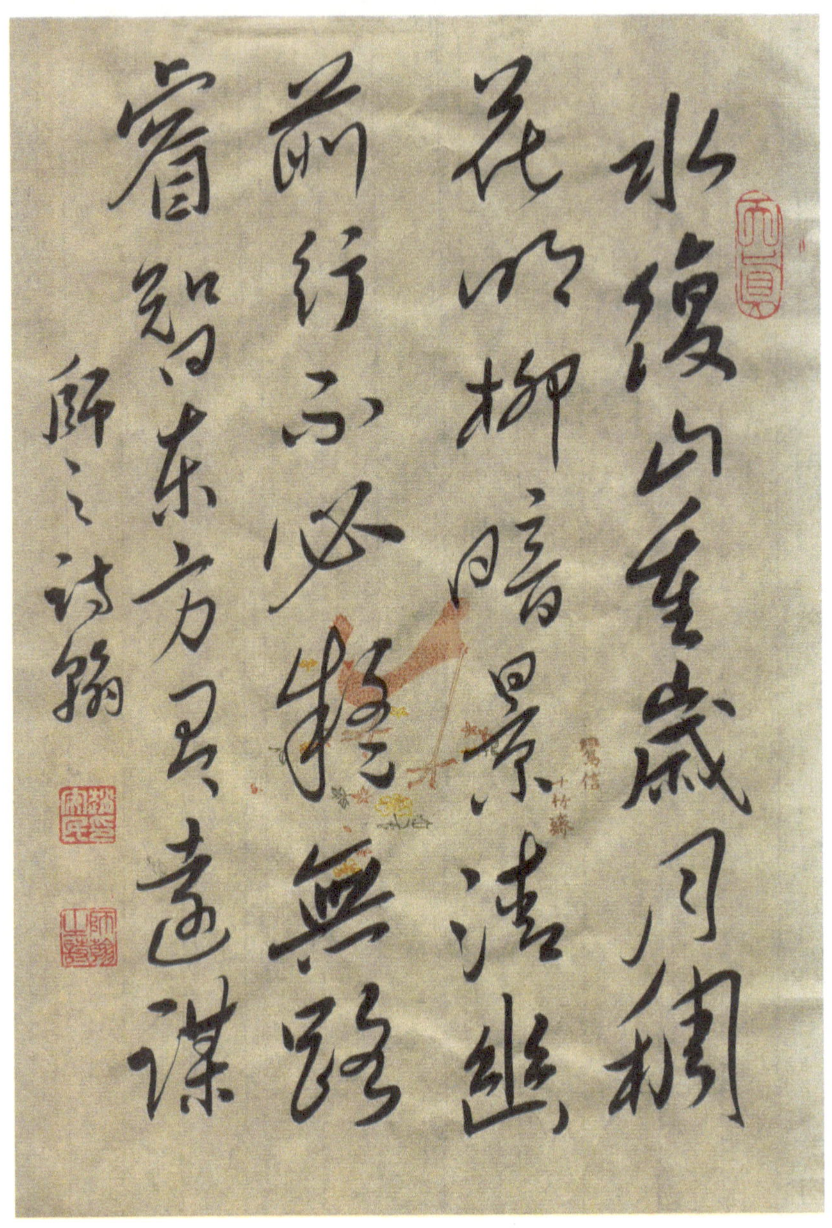

赵安民（师之）诗稿（《山西八咏》之一）

七律·咏梅

大地冰封冷气沉，轻盈绰约暗香升。
枝横白雪千秋韵，花映红岩万种情。
诗画争描求暖色，英雄竞慕傲寒魂。
严冬不惧迎风放，报得人间灿烂春。

1995 年参观《红岩魂》展览后作

读《千家诗》

文苑千红照眼明，奇葩独秀是精灵。
春秋风雅传三百，李杜光芒焕一新。
旷代异才情高远，凌云健笔意纵横。
千家诗作千年诵，画意诗情总是春。

1997 年

水调歌头·初访井冈山

久仰凌云志，今上井冈山。千里来寻圣地，胜景不虚传。八面层峦耸翠，林涧奔流飞瀑，天险铸雄关。五井红军寨，帷幄靠中坚。　黄洋界，空城计，退敌顽。胸有雄兵百万，掌上史千年。霹雳一声暴动，唤起工农革命，星火竟燎原。敢辟长征道，筚路纪新元。

2001 年 8 月

初读启功《论书绝句》

一纸精书贵洛阳，论书绝句意琳琅。
妙辞哲理传神韵，万古中华翰墨香。

2003 年

读书诗一首

君闻新书出，开卷读旧书；
神游八面景，意访百家儒；
故纸留香远，华章载道初；
千年承古训，万里步新途。

2005 年

【注】

徐雁教授为《旧书业的郁闷》所写的“编后记”中译引欧洲名句曰：“君闻新书出，开卷旧书读。”（when a new book is published，read an old book）大概是劝人读书不要喜新厌旧，而要重视旧书的阅读。“好书不厌百回读”，为人喜读的好书，自然会长久流传；长久流传的旧书，自然多是为人喜读的好书。流传至今的中国古代经典，值得今人重点阅读，道理就在这里。我将此联改续而成五言小诗一首，期与读者书友共勉。不但要享受读书以得游景访贤的快乐，还要注重获得读书致用的实效——就是要“读万卷书，行万里路”，要“知行合一”“知行并进”，要“理论与实践相结合”。一言以蔽之曰：学以致用，继往开来，丰富人生，造福人类。该诗连同一段谈国学经典阅读的短文曾刊 2006 年 6 月 20 日《光明日报》国学版。十年后改此诗曰：

天意君须会，人间要好书。
卧游中外景，网络古今鱼。
纸墨香留远，电光影不虚。
千秋传雅韵，万里赴新途。

北京国际图书博览会赠台湾大展出版社蔡森明社长

冬去春来夏到秋，时光常恨不回流。
书缘牵渡海峡近，版贸多年情谊稠。

2006 年秋

中秋夜短信问候台湾书友蔡森明先生

天凉好个秋，遍野菊花稠。
今夜魂牵月，海峡不用愁。

2006 年

中国书法

淋漓点线涌文泉，曲水流觞润砚田。
秦汉雄风铭峻岳，晋唐雅趣赏兰笺。
万方仪态传神韵，千载楮缣展圣颜。
烂漫苏黄松雪境，中华翰墨暖人间。

2007 年 8 月

教师节回和西安美术学院周晓陆教授

硕果秋收好感情，苍山依旧色青青。
人间重教尊师道，诲汝知之百载恩。

2007 年 9 月 10 日

周晓陆教授原诗

未晓人间重晚情，白头依旧愣头青。
不求知遇公卿好，无愧史迁地下迎。

初访安阳

中原大地访初行，兴会安阳无限情。
商帝铸铜文甲骨，周王拘羑演易经。
精忠报国怀高义，文雅书联耀祖庭。
河洛文明千载颂，金戈玉帛化人伦。

2007 年 10 月

共抗雪灾，迎接胜利

——对新浪邮箱关于全国抗雪救灾信的回信

其一

大雪压青松，青松挺且直。
要知松劲节，正在冰雪时。

其二

冰雪时节，大家挺住。
共度难关，都来扶助。
突降天灾，最要稳住。
团结一心，攻坚刻苦。
雪化天晴，欢喜庆祝。

2008 年 1 月 30 日

自制拜年短信

雪飞冰冻盼春回，灾至无妨酝巨雷。
鞭炮声欢连四海，云开日照暖风微。

2008 年 2 月 6 日

元宵贺节短信

掌上传诗月正圆，元宵光景最欣喧。
古来花市灯如昼，今看烟花彩满天。

2008 年 2 月 21 日

再读启功《论书绝句》，用启功评包世臣绝句韵

横扫千军笔一枝，论书绝句妙文辞。
端从正轨黄金律，古韵新风融会之。

2008 年 2 月 21 日

回和高乾源先生《送故人》短信

经天日月耀乾坤，丽地江山众彩呈。
凤翥龙翔和谐舞，高情雅韵最宜人。

2008 年 3 月 26 日

秦楼月·清明夜天安门广场祭奠先烈

清明月，清辉遍洒清明夜。清明夜，清风轻咽，缅怀先烈。　　丰碑矗立心头热，永垂不朽英雄业。英雄业，天安门耸，九州同阙。

2008 年 4 月

访法源寺

2008 年 4 月 11 日下午，于洪陪我往访附近久仰大名的法源寺。见寺内满院丁香盛开，叶疏花密，芬芳四溢；古树参天，寺殿庄严。其寺乃唐太宗为了纪念北征高丽而死难的将士所建，原名悯忠寺。北宋末二帝被俘后曾囚经此地。

古树参天古刹严，雀啾雪海异香绵。
唐宗宋帝忠相悯，闹市千年得净缘。

琉璃厂史记

元明工部琉璃厂，辽属燕郊海王村。
清季宣南居士子，芸编四库聚儒臣。
精华九市一衢萃，鸿宝万金举世珍。
翰墨清香飘四海，文章睿智照千春。

西江月·琉璃厂新貌

日下琉璃耀眼，画中彩阁凌烟，街头巷尾意流连，中外游人不断。　　字画古玩有价，文明历史无前，琳琅盈架蕴尤酣，透出书香一片。

【注】

20世纪90年代初到中国书店从事编辑工作，在北京琉璃厂文化街工作十多年，曾拟小诗为中外闻名的琉璃厂写照。

厂甸游记

厂甸秋阳爽气舒，欣陪前辈逛文衢。
平常职事芸编艺，旧肆今寻无字书。

【注】

2008年10月下旬，特邀编辑前辈、《百年琉璃厂》作者胡金兆先生来琉璃厂文化街，为编辑前辈、《出版史料》主编吴道弘先生和我现场讲解百年老街的人事掌故，了却吴老和我两年前就提议了的心愿。厂甸，北京琉璃厂海王村公园东侧胡同名，代指琉璃厂。厂甸庙会久负盛名。

赠书画家、金石学家彭兴林先生于北京琉璃厂

魏志唐碑嗜古珍，读书万卷已通神。
欣逢厂甸平生幸，契阔同宗杏苑人。

2008 年 3 月

【注】

我和杏林君都是学中医出身。

杜甫二章

其一，杜甫吟

一叶凌波任小舟，至情翰墨兴清幽。
心忧天下诗千首，河洛奔腾万古流。

2008 年 9 月 22 日于河南巩义市

其二，杜甫故里缅怀诗圣[①]

嘤其鸣矣友相求，心事浩茫民寄忧[②]。
不落青松历冰雪，高翔丹凤越邙丘[③]。
中原野望苍茫气，河洛交腾浩瀚流。
言善而诗千载应[④]，孤舟老病不须愁[⑤]。

2008 年 9 月 24 日于河南巩义市

【注】

① 2008年9月下旬到杜甫故乡河南巩义市参加第七届河洛文化国际会议，瞻仰河洛汇流处氓岭下的杜甫陵园等遗迹。会间在格兰大酒店1001房间阅读随身所带中国书店出版的《全杜诗新释》，步杜甫《题张氏隐居》诗韵而成此诗。

② 《诗经》有句："嘤其鸣矣，求其友声。"鲁迅诗句："心事浩茫连广宇，于无声处听惊雷。"由此而成首联二句。

③ 杜甫少年时期即写过"咏凤凰"（杜甫晚年所写回忆少年生活的诗句中词语）的诗，另有杜诗写到："青松寒不落。"诗中化用其句以喻诗圣之高志。杜甫出生在河洛交汇处的北邙山下，二十多岁才离开中原，是河洛文化哺育了一代诗圣，故有"邙丘"之句。

④ 《周易·系辞传》："子曰：'君子居其室，出其言善，则千里之外应之，况其迩者乎！'"又《左传》引孔子言："言而无文，行之不远。"杜诗忧国忧民，可谓"出其言善"；杜诗沉郁顿挫，可谓言有文采。因而杜诗成为千古绝唱，有诗圣之美誉；从而有一千二百多年之后的今天拙笔为之步韵唱和。故云"言善而诗千载应"。

⑤ 杜诗《登岳阳楼》有句："亲朋无一字，老病有孤舟。"故有尾联"孤舟老病"之句。

卷二　海楼集

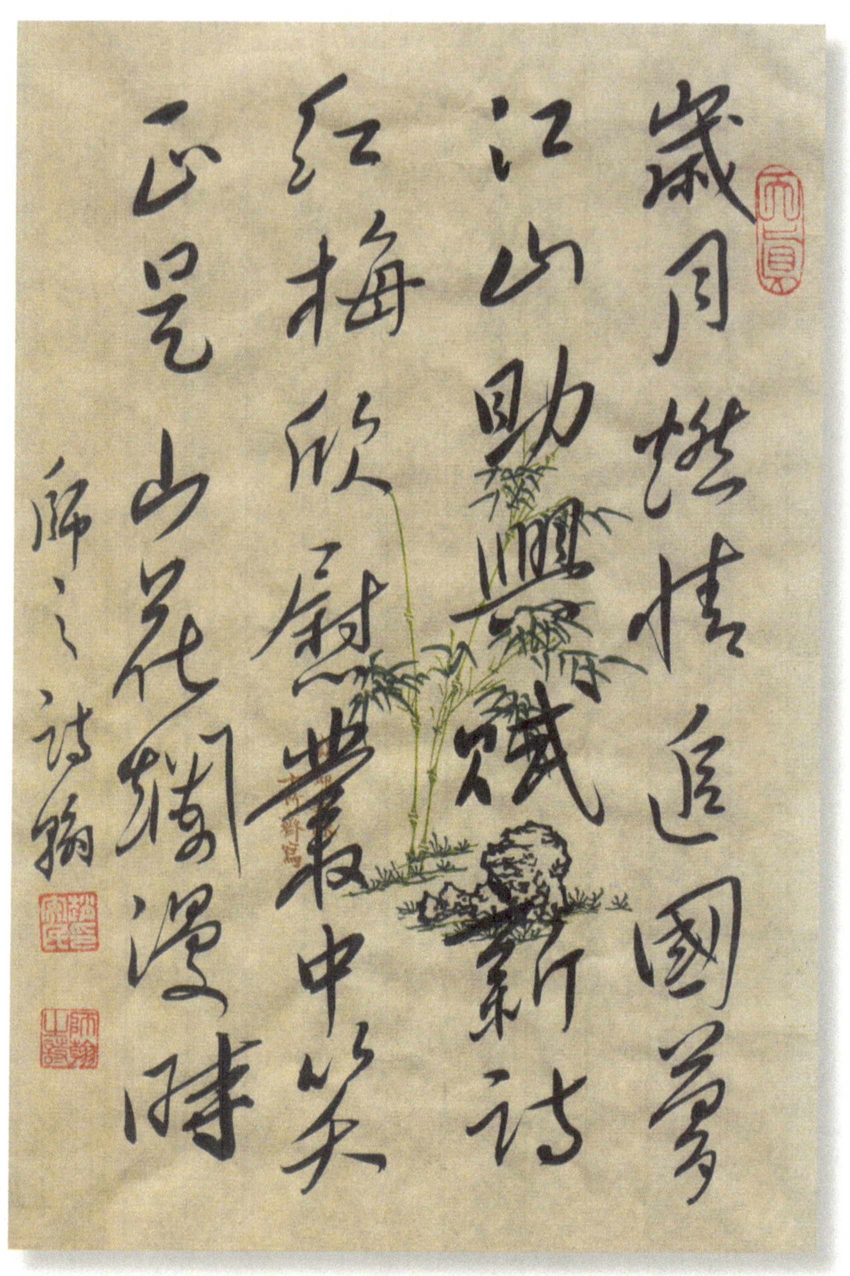

赵安民（师之）诗稿（《岁月燃情》诗句）

短信回和邓清泉先生

多谢邓兄鼓励情，藏头诗句妙无穷。
书生意气同相勉，韵律从中唱大风。

2008 年 5 月 4 日

邓清泉老师原作藏头诗

线是赵君满腹情，装成锦绣志恢宏。
书生短信无他愿，局面宏开第一程。

表侄罗满景来京参加政法大学博士招生复试后返回长沙，短信志贺

稳过三关不简单，进京赶考捷音传。
春风得意京湘返，轻车驰过万重山。

2008 年 5 月 12 日

【注】

三关指学士、硕士、博士三次考试。

回和朋友端午节短信

年年端午粽香飘，千古行吟韵最高。
且借手机传诗讯，万般雅意诵离骚。

2008 年 6 月 8 日

为长沙市湘江东岸新创国学国医大讲堂题句并呈主办者朱胆先生

国学国医画卷张，麓山湘水伴讲堂。
群贤雅集襄高论，百舸争流作远航。

2008 年 6 月

为“爱我中华，祝福奥运”网上寄语活动寄语

文明观赛事，理智对输赢。
世界和谐久，人人重感情。

2008 年 7 月 18 日

萧洪恩教授《易纬文化揭秘》出版志贺

我 1997 年提出“易学文化丛书”策划方案，请师兄张其成博士任主编，组织出版“易学文化丛书”，这是该丛书的第十五本。拟此“易纬文化揭秘成书”八字藏头诗向作者表示祝贺。

易学源泉汇大河，纬潮涌动汉朝波。
文明化宇文明盛，化境仁寰化境多。
揭去蒙尘呈异彩，秘宣密码步天歌。
成篇巨著崇文献，书使人生志不磨。

2008 年 7 月 21 日

短信回和周晓陆教授《散步秦淮》

建康自古号石头，夜泊秦淮有故舟。
灯火万家人气旺，故乡散步怎生愁？

2008 年 7 月 19 日

周晓陆教授原诗《散步秦淮》

夕阳血染石城头，如墨秦淮一两舟。
能载万家灯火起，难承游子望中愁。

再和周晓陆教授《散步秦淮》

红楼故事起石头，如画秦淮好荡舟。
心事浩茫连广宇，书生散发漫天愁。

2008 年 7 月 21 日

游西林寺

南去浔阳别有天，匡庐北麓雨生烟。
久闻东寺虎溪笑，偶结西林觉海缘。
面目本来遐迩异，心胸岂为饱饥悬。
云开日洒阴霾散，翠豁群峰到眼前。

2008 年 7 月 29 日于庐山云中宾馆

【注】

2008 年 7 月从北京到庐山参加会议，同行三人，我和高乾源经理、朱建国朱老。29 日早上火车抵达九江（古称浔阳）。我们品谈陶渊明与陆修静同访东林寺僧慧远的虎溪三笑故事，即乘出租车往访东林寺。因路上建筑材料堆堵，出租车司机把车停靠在紧邻东林寺的西林寺后门边（当时并不知是西林寺），天公作美用大雨甘霖将我们领进西林寺院，从石碑上诵读苏东坡的千古绝唱《题西林壁》，与主持寺院的八十一岁觉海法师攀谈并留寺用斋，参观寺院，烟雨中远看庐山真面……雨后新晴，柔光浴顶，偶结佛缘，拟诗记之。

国学国医庐山会议

2008 年 7 月下旬，第十一届全国中医药文化学术会议和第十届全国易学哲学与科学文化学术会议在庐山云中宾馆联合召开，来自全国的 70 多位学者会聚庐山，研讨国学与国医学术文化，烟雨庐山又添一段人文佳话，天人和谐，拟诗感怀。

飘岚笼翠雾中仙，或露峥嵘拄九天。
变幻风云龙跃雨，晦明霞霭凤翔烟。
云中谐遂拿云志，会址欣逢开会缘。
最是寰球佳胜处，人文天籁两相兼。

安阳相识一年后与何祥荣博士再会同游北京什刹海

古树参天古刹严，蝉鸣后海尚秋炎。
岸边短短长长柳，水上来来去去船。
王府故宅真气派，胡同京韵不虚传。
去年开会欣初见，今日重逢话故园。

2008 年 9 月 2 日

【注】

何祥荣是香港树仁大学教授，其所著《四六丛话研究》由线装书局 2009 年 1 月出版繁体竖排版本，有幸担任责任编辑事务。

西山八咏（外一绝）

2008年11月上旬，国际易学联合会于北京西山饭店举行第二次会员大会、第二届理事会第一次全体会议暨第四届国际易学与现代文明学术大会。会上喜读香港大学周锡䪖教授四年前参加北京香山饭店举行的国际易学联合会学术大会后所咏《香山绝句（四首）》。昨天又从邮件读到周教授为本次会议所写的绝句四首。两次活动我均有幸躬逢其盛，兴会无前，因步周教授诗韵而成《香山绝句》《西山绝句》各四首，合题为《西山八咏》，连同相关旧作一绝，录呈周教授和海内外与会同仁哂正。

（一）

记得香山四载前，和春明景卉争妍。
群贤雅集襄高论，易学文明谱巨篇。

（二）

叠嶂京西枫树丛，秋丹春翠变幻中。
一年一度风霜劲，岁岁循环运不穷。

（三）

春到西山百卉芳，双清别墅萃修篁。
高山仰止从民意，辟地开天赖大方。

（四）

水复山重岁月稠，花明柳暗景清幽。
前行不必疑无路，睿智东方有远谋。

（五）

经天日月发光华，丽地江山共一家。
气化阴阳成宇宙，晦明冷暖代无涯。

（六）

兴会今朝百岁功，京华飘卷五环风。
文明圣火千秋灿，阔海长天跃巨龙。

（七）

万物人灵或有缘，先民避患创卜占。
字符文献由兹始，人事彰明道在天。

（八）

楼外高楼山外山，易联国际共登攀。
前贤携共新生力，致远相期破万难。

（九）

2004年4月，参加在北京钓鱼台国宾馆举行的国际易学联合会成立大会后感赋一绝。

宾朋集会钓鱼台，长线相求聚俊才。
盟友五洲齐努力，溟鱼鹏化日边来。

2008年11月25日于北京后海东岸

香港大学周锡䪖教授原诗《国际易学联合会二次大会，赋赠台湾中华易学会暨海内外与会诸同仁》

（一）

有朋自远莅京华，四海心连共一家。[①]
易道周流通六合，晴天朗日灿如花。

周锡䪖吟草2008年11月18日

【注】

① 见2008年奥运主题曲《我和你》。

（二）

健儿惊世建奇功，想象凭虚各御风。
水立方前留倩影，鸟巢遥衬万山红。

（三）

执手相逢定有缘，研几探赜孰为先？
群生善养中和气，海啸波平月在天。

（四）

此去西山又北山，不题红叶不思还。
前盟已践新盟在，致远何愁路蹇难。①

【注】

① 甲申（2004 年）之春，国际易联首次盛会于香山，余有诗曰："直上巍峰鬼见愁，枫丹露白最宜秋；他时好趁登高节，再约西山纵远眸。"（"鬼见愁"为香山最高峰。）今二次大会于本年 11 月 7 日至 10 日在北京西山饭店举行，恰逢赏枫佳节，于时于地均契合如此，令人叹诧。

附香山绝句四首

2004年4月23至25日，国际易学联合会于北京香山举行成立大会。群贤毕至，余亦躬逢其盛。永日清和，花光照眼，旧地重游，感而成咏。

（一）

不见香山二十年，重来依旧草芊芊；
松森柏翠春难老，风暖桃花欲放颠。

（二）

碧云寺畔牡丹丛，共沐乾坤雨露中。
我自拈花成一笑：色原非妄妄非空。

（三）

兰熏菊醉郁金香，倚石疏篁自在凉；
燕瘦环肥皆丽色，五洲仙乐并悠扬。

（四）

直上巍峰鬼见愁[①]，枫丹露白最宜秋；
他时好趁登高节，再约西山纵远眸。

【注】

① 鬼见愁，香山最高峰。“香山红叶”为燕京八景之一。

周锡䪖吟草 2004年5月1日

五月悲思

2008 年 5 月 12 日四川汶川地区大地震，同胞遇难消息连日来不断增加，十分悲惨。全国上下合力救灾，其情盛笃。拟得四字句一组，零乱不成诗，聊寄悲思。

重灾天降，生灵受摧。地震川北，物堕人隳。
一方有难，八方援绥。军民齐奋，救难解危。
捐钱出力，争先不推。国家有难，匹夫岂诿。
万民遭劫，五洲同悲。举国哀痛，国旗半垂。
悼念三日，祭奠魂归。安抚残孤，民政筹规。
重建家园，亿众相随。死者已矣，既往何追。
生者悲剧，撕肝裂肺。痛定思痛，扪心思愧。
悲天悯人，人生弱脆。以人为本，科学思维。
今人后人，同样可贵。民胞物与，天地敬畏。
天人合一，人天不违。持续发展，知行周备。
利用自然，资源不费。改造自然，慎重轻微。
多难兴邦，民族争辉。世界和谐，大爱永垂。

国殇伤怀，兼和傅小松先生

地震西川圮，天灾赤县愁。
同胞罹大难，异域遍殷忧。
百岳声呜咽，千河泪涌流。
天人和睦久，默默祷方舟。

2008 年 5 月

傅小松先生原诗《国殇伤怀》

日暮伤西蜀，登高望远流。
古今皆一瞬，天地入双眸。
噩梦何时醒，书生尽夜忧。
茫茫沧海上，何处是方舟。

诗词出版记事

线装书局于 2008 年 5 月 13 日在出版之家举行《中国诗词年鉴》（2008）定稿会暨袁行霈教授诗文选集线装本《愈庐集》出版座谈会，来自中国版协、中华诗词学会、《中华诗词》杂志社、《诗刊》杂志社、《文化月报》杂志社、《光明日报》报社、《中华读书报》报社的诗词出版、研究的专家和诗人、记者，集会座谈中华诗词书刊出版，展望中华文化复兴，此乃当今诗国盛世的文化盛事，拟诗记事，作为纪念。

出版之家气象新，诗人雅集论诗文。
愈庐集谱千秋韵，年鉴诗吟万种情。
实至诗人唯灼见，名归出版不虚闻。
泱泱大国风神在，国学昌明智慧深。

登岳麓山

2008年5月携妻儿18日下午湘江游船遇雨；19日天晴河西登山，拜访麓山寺并吃斋饭，参观云麓道宫，游览爱晚亭，访问岳麓书院。拟诗记游。

昨浴湘江雨，今登岳麓山。
儿童追蝶舞，施主祷佛缘。
拜寺餐斋饱，参宫悟道馋。
流连因爱晚，学问为图南。

电视观看北京奥运会开幕式

第 29 届奥运会于 2008 年 8 月 8 日晚上在北京开幕，反映中国灿烂文明和世界辉煌时代风采的开幕式，以中国语言奉献世界盛宴，精彩绝伦，令人叹为观止，浮想联翩，拟诗一首以抒感怀。

体育之神莅亚东，寰球飘卷五环风。
中华自古和为贵，奥运精髓理本通。
灿烂文明襄盛会，辉煌时代跃骄龙。
薪传圣火百年梦，狂热今宵四海同。

中国改革三十年感赋

中国改革开放三十年，改天换地，面貌一新；赋诗颂贺祖国前程锦绣，中华文化全面复兴，对构建和谐世界发挥日益强大的作用。

改革于今三十年，中华复盛谱新篇。
开窗吐纳防蝇入，下海遨游忌左偏。
心物善兼仁德尚，天人和谐大道先。
寰球永葆家园美，睿智东方任在肩。

2008 年 11 月

呈周笃文教授

周教授故乡在湖南岳阳汨罗，我老家在湖南岳阳华容。周教授是我国当代著名诗词学家，是中华诗词学会发起创建人之一。作为诗词爱好者曾受召到他家聆听诗词讲座。后经周师介绍加入中华诗词学会。无奈自己诗性迟钝，加之编辑工作以及其他杂事缠身，诗艺荒疏，有愧师恩。今年五月调入线装书局，多涉诗词图书编辑工作。书局周总易行先生参加某诗词学术会议回来告我，说周笃文教授提到我，说我是他学生。由此引发我的惭愧，感咏一律呈周师致谢。

趋拜愧疏慵，欣闻认及门。
同为京畿客，本是楚湘人。
末学招坛下，前贤励后昆。
感吟诗一首，恭敬谢师恩。

2008 年 12 月 2 日

易行先生诗选《壮怀集》编后

万里兼程万里歌，骋怀高唱大江波。
山河壮美情豪迈，风雅人生志不磨。

2008 年 12 月

戊子冬至，和周晓陆先生

北风呼啸夜深长，翘首东方盼曙光。
冬至阳生阴极处，往来寒暑运经常。

2008 年 12 月 21 日

周晓陆教授原诗《戊子冬至》

路长长接夜长长，翘盼雪飞大地光。
只手难能寒变暖，仅凭理想尽空忙。

中华诗词盛会感赋

2008 年 12 月 23 日，中央文史研究馆、中华诗词学会、诗刊社、线装书局在人民大会堂隆重举行中央文史研究馆馆员诗选《缀英集》编辑出版暨中华诗词创作座谈会，冬日阳和，雅集高致，躬逢其盛，感而成咏。

诗词艺术韵悠扬，民族精华意蕴长。
河岳英灵新缀集，宫商谐律复平章。
紫云翔暖长安日，雅客谈欢大会堂。
国学喜看兴盛早，开来继往脉雄强。

【注】

颔联出句：盛唐开元天宝间，曾有时骚诗选《河岳英灵集》问世，至今是唐诗文献宝典；今天出版《缀英集》是昭示当今比盛唐更盛的诗国文化盛事。颔联对句“平章”：《千字文》有“垂拱平章”的句子。平章的含义，或曰平正彰明；或曰品评辨明、商酌治理。两可。

论诗诗一首

汉语诗歌汉语魂，平平仄仄跳龙门。
章重风雅情繁复，思幻离骚美绝伦。
格律少陵臻化境，天然太白砺金针。
参差修短非余事，冷暖人间易俗淳。

2008年12月24日

清平乐·毛泽东

东方红灿，旭日惊人看。直上九天冲霄汉，万里阴霾顿散。　　挥毫横扫千军，寰球屈指三分，遍数风流人物，古今天下一人。

2008年12月26日

《二十世纪出土玺印集成》出版志贺

周晓陆教授主编《二十世纪出土玺印集成》，一度涉其编辑工作，今由中华书局出版，周教授短信发来《今夕印谱成》诗深情感人。回忆七八年来在琉璃厂多次对于该书的编辑探讨，耳闻目睹周教授往来于西安、北京、南京三地的辛劳，其孜孜求索之情可感，特短信回和一首以申祝贺，并作纪念。

斑斓纸上蜕殷红，印谱成编热望中。
故国遗存君遍访，今都厂肆我欣逢。
三京馆阅书千种，四海家传爱万重。
汉字文明温亮眼，中华不负寿时功。

2009年1月

周晓陆教授原诗

廿年沃灌印花红，图谱晚霞艳绕中。
白下钟山迷道路，长安渭水启帆篷。
秦皇已献成千玺，私爱难回虑万重。
相对无言凝倦眼，辛劳汗血此时功。

元 晨

复始一元气象殊，冲天绽彩炮连珠。
联欢晚会家家乐，送暖朝阳冉冉苏。
短信飞扬词竞美，长鞭策励勇贾余。
芸编艺事无他愿，万户新图与好书。

2009年1月26日（己丑春节）

《周易注释》编注记事

去年4月奉线装书局总编易行先生之命，为《国学十三经》中的《周易》加注，业余在家早晚于阳台窗下断断续续摊书寻检，遥想三百年前李光地奉康熙诏注易书名《周易折中》，别有会心。

夏去秋来又逾冬，摊书寻检一年功。
阳台窗日晨昏就，注易传经费折中。

2009年3月2日

【注】

用此《周易》注释内容作为上篇，另选古今名家解读《周易》的十篇文章（包括魏王弼《周易略例》，清纪昀《四库全书总目·经部易类序言》，直至朱自清《经典常谈·易经》等），作为下篇，2010年由台湾大展出版社出版繁体版《周易注解》。

初做毛边本，感拟代言诗

20世纪初从欧洲传来做毛边书的风气，鲁迅等自诩为毛边党，并被时人推举为毛边党党魁；藏书、书话大家唐弢先生将毛边书比作蓬头艺术家。近来负责编辑香港树仁大学何祥荣教授新著《四六丛话研究》，经与作者商定试做少量毛边本作纪念。来到印装车间见工人们在机声嘈杂、异味刺鼻的环境下工作，比自诩“为人作嫁”的编辑工作更加艰苦，因而感拟小诗为之代言。

一度书装沐异风，蓬头魁许豫才翁。
参差觅趣毛边党，裁切升华典籍情。
出厂偏遗开卷力，登阶切记枣梨功。
为人编辑休言苦，作嫁茹辛有弟兄。

2009年2月23日

纪念“五四”九十周年

风雨如磐暗故园，烽烟一去九十年。
民族危亡国难重，人间道义匹夫肩。
书生挥斥多英气，屈辱脱争抗霸权。
德赛商量华学本，方教世界换新天。

2009年5月

端午即事

闹市藏墟草蔓孳，京城采艾费寻思。
采来叫卖无高价，过往掏钱有故知。
系臂虎符留记忆，簪门蒲艾付实施。
中华本草香犹在，任尔毒邪可避之。

2009 年 5 月 28 日端午节

水调歌头·新中国成立六十周年

十月惊雷动，华夏赤旗飘。封建殖民压迫，风卷暮烟消。国史新编巨册，甲子千秋伟业，砥柱世堪豪。拨乱开新路，阔海任腾遨。　天行健，人不倦，夕争朝。民主和谐发展，且喜领时潮。敢问蓬莱仙客，不慕人间景色，陆海竞妖娆？雨霁尘埃净，玉宇架虹桥。

2009 年 6 月

悼念任继愈教授

2009年7月17日上午冒雨去八宝山参加任先生追悼会后返回途中用手机拟写。系由时在外地的中国易学与科学学会理事长张其成博士电话通知我代表学会参加活动。

先生遽去，哲人其萎。
密雨潇潇，苍天垂泪。
风雨无阻，送行长队。
奠其质素，胸花白蕊。
北大学子，青春无悔。
佛教研究，筚路启慧。
凤毛麟角，毛公赞佩。
宗教哲学，国学新麾。
儒乃宗教，首倡定位。
唯物无神，一贯遵随。
图书馆陈，众享嘉惠。
文献整理，铺路可贵。
毕生笃学，青云不坠。
国学教研，厥功甚伟。
文化复兴，厚托晚辈。
精神不朽，松柏长翠。

呈初仁同事

兼任校对科主任和出版科副主任的初仁先生已年近六十。他常利用走廊尽头的楼梯间看稿子，并戏称之为东暖阁（确实窗下有暖气设备，但夏天无空调）。初近因牙病休假一月未归。午休偶来阁中，见桌椅蒙尘，即站立其间短信拟此四句相询。

阁间孑立黯神伤，冬暖依然夏欠凉。
牙恙如何能饭否？鲁鱼亥豕待君尝。

2009年7月30日

《三希堂法帖》出版记事

线装书局与北京三希堂文化公司合作出版《御制三希堂石渠宝笈法帖》，高档宣纸原大影印，依32册旧制，线装4函。连月来主持其简体字释文整理工作（将全部135位书家的340件书迹连同200多件题跋及1600多方印章，整理录写成规范简体字），感赋小诗记其盛事。

石渠宝笈重三王，翰墨精华萃一堂。
寿益贞珉垂圣迹，花生妙笔镌华章。
崇文盛世传佳话，旧拓新刊付线装。
大麓缥缃推极品，三希再造誉流觞。

2009年8月

参与编校马凯先生《心声集》，依其《读沈鹏先生〈三余诗词选〉》诗韵，拟句抒感

新诗先睹快，编辑慰平生。
一吐真心话，犹闻空谷声。
民生怀远虑，故国寄深情。
笔底波澜涌，胸中浩气升。

2009 年 8 月

马凯原诗《读沈鹏先生〈三余诗词选〉》

三余读恨晚，景慕肃然生。
一纸真心话，八方风雨声。
感时怀远虑，作嫁淡虚名。
废草三千后，雕龙腕底升。

浪淘沙·新中国六十华诞大阅兵

佳季惠和风，瑞气盈穹。五星旗浪映天红。华夏欢歌迎盛世，翥凤翔龙。　　甲子国方雄，霄汉飞虹。和谐社会五洲同。为制侵凌谋劲旅，蓄锐藏锋。

2009 年 10 月

元旦节呈导师钱超尘教授

每逢节日愧趋迟，又是一年元旦时。
短信深情虔拜贺，惭无佳绩报恩师。

2010 年 1 月 1 日

回和陈廷佑先生《自制拜年》

拜年短信也张罗，不及陈君诗意多。
画虎打油学一首，请兄原谅欠婀娜。

2010 年 2 月 14 日

陈廷佑先生原诗

虎年好运正张罗，送与亲朋祝福多。
我取春光三两缕，与君共享此婀娜。

虎年春节奉和周晓陆教授拜年二绝

其 一

春节今年乐不支，金陵短信惠佳诗。
北京无雪天材欠，梅向南京借一枝。

其 二

正敲短信拜新年，喜读佳诗欲晓天。
瑞虎奔腾春节到，北京庙会又开篇。

2010 年 2 月 15 日

周晓陆原诗《金陵雪中小鹿拜年》

其 一

雪里红梅探一枝，江关迎旭总迟迟。
墨砚呵冻阑珊笔，半是泪花半是诗。

其 二

手机不断告新年，总是心头慰藉篇。
晨起无端寻道路，故都风雪正弥天。

林修竹《澄怀阁梅花诗集》编校记事

修竹梅花映翰林，雪飘簃解缀缤纷。
三番扫叶成书处，后海东楼第五层。

2010 年 3 月 9 日雪后

春分寄语

日月如梭惜寸阴，新年忽又到春分。
时当乍暖还寒季，将息尤难要尽心。

2010 年 3 月 28 日（“春分”日后一周）

抗震诗词二首

应《光明日报》“文荟”副刊韩小蕙主编为编“玉树抗震特刊”的约稿而作。见 4 月 20 日《光明日报》，中国作家网等多家网站转载。

五律·救灾声援

地震高原圮，康巴血泪流。
同胞罹大难，异宇遍殷忧。
抢救心焦聚，驰援力统筹。
人人亲骨肉，一个不能丢！

卜算子·赞人民子弟兵

地震犯康巴，国难无旁任。舍己为民使命高，火海犹前进。　　战祸保国家，灾患冲前阵。最爱人民子弟兵，救主人民信。

2010 年 4 月于后海东岸

陈廷佑先生快递惠赠大作新书《诗文骈翼》，步其自序诗韵致谢

诗文骈翼快读之，双美佳肴味最奇。
韵律惊天风雨骤，辞章动地鬼神痴。
真情善世擎红帜，健笔凌云写妙思。
喜有歌吟逢盛世，九州处处煦风吹。

2010年6月24日

廷佑先生自序原诗

诗文骈翼漫为之，奉上家肴味似奇。
落笔前人门下狗，编书今我世间痴。
挑来拣去曾珍帚，就简删繁不弄姿。
原创倾衿夸海口，由人笑骂一风吹。

赠吴道弘先生

学海书山岁月稠，新知出版佑神州。
乐书智者当仁寿，不老青松瞰海流。

2010年9月16日

湘北景港藕池河即景

寒露濒临不觉寒，池河侧畔草滩环。
绿杨林映清流缓，吃饱群牛浴水闲。

2010 年 10 月 8 日

序《南湖洲风骚集》

该集系湖南岳阳湘阴县南湖洲镇诗联协会年集。

江湖之远诗声壮，富裕之乡雅兴浓。
喜有歌吟逢盛世，芙蓉国里沐熏风。

2010 年 12 月

尽心赠我《慧心诗存》，书小诗回谢

柳暗花明月露滋，清辉遍洒世情痴。
芸芸不觉红尘梦，你把红尘化作诗。

2011 年 1 月 24 日

辛卯《玉兔》诗联，步韵奉和香港大学周锡䪖教授

春联一副

奔月嫦娥，蟾宫邀玉兔
飞船宇宙，万世享嘉年

《玉兔》诗一首

宇宙自由人，飞船日日新。
嫦娥牵玉兔，地月一家亲。

2011 年 2 月 3 日

香港大学周锡䪖教授原创诗联

春联一副（尾藏“兔年”）

折桂蟾宫，九天逢玉兔
衔杯春夕，万户庆嘉年

《玉兔》诗一首

璧月似佳人，清光夜夜新。
熏风时入户，玉兔最相亲。

读香港大学周锡䪖教授《港大校园诗草》

上班刚打开邮箱即欣喜收读联翩佳作，我不曾到过香港，即兴回和小诗以谢周师妙笔绘传佳图。

荷池听雨脆连珠，更有清香水溢渠。
妙笔丹青大师在，名园港大果非虚。

2011 年 2 月 16 日

后海东岸即事

频年伏案鼓楼西，旭日东迎紫气微。
诗词平仄费推定，文字简繁慎转歧。
毛选蓝图摊急件，王书校样候多时。
挥毫晌午临名帖，或入寺中读古碑。

2011 年 4 月 29 日

【注】

2008 年至 2011 年在线装书局就职，负责国学图书编辑部工作。毛选，指双色（红格黑字）线装版《毛泽东选集》。王书，指彩色线装版《历代名家名品典藏书系·书法·王铎卷》。

中国美术馆参观《任率英百年回眸暨捐赠作品展》

百年回首仰峰巅，佳作如林万口传。
众彩兼工留众彩，民间生长爱民间。
丹青妙笔心中画，艺术人生梦里天。
国画送捐国家馆，家声振起继先贤。

2011 年 5 月 6 日

登香山回复西安周晓陆教授短信诗

京西夏日烈如炎，赤膊登山汗涌泉。
短信传来诗意厚，燕山秦岭远相连。

2011 年 6 月 21 日

为孩子赵羲淳幼儿园毕业纪念卡题句

我爱育英幼儿园，人生路上启航船。
生活学习都学会，感谢老师领向前。

依依不舍幼儿园，早去晚回已四年。
每天放学逗留晚，真想还来上一年。

2011 年 6 月 22 日

国家博物馆参观《复兴之路》展览

故国东方底气沉，文明灿烂耀昆仑。
千年巨变惊狮吼，重振乾坤举世尊。

2011 年 6 月 29 日

登黄鹤楼步崔颢诗韵

心中久飞黄鹤影，今日才登黄鹤楼。
黄鹤引来诗浪漫，大江流去韵悠悠。
江城鼎沸游人处，网络沟通五大洲。
天上人间何处是？地球村小使人愁。

2011 年 7 月 11 日

【注】

末联另两种句意：崔颢重来当诧变，他乡和睦不须愁。/宇宙飞船随处去，地球村小不须愁。

为当前新古体诗派鼓吹

但有诗情入句时，新风旧体两宜之。
别裁伪体亲风雅，转益多师是我师。

2011 年 8 月 1 日

季夏傍晚和初仁陪慧心什刹海边寻访古寺

禅宗遗殿已然关，写字楼群拥此间。
钟鼓楼空声不再，海潭流阔碧如前。
聒然闹市车飞过，婉尔云天月笼烟。
欲访京华千座寺，尽心虔敬向佛缘。

2011年8月4日

曾来德《画意入书》书法展印象

画意入书泉涌诗，飘然笔舞见雄姿。
军中墨客轩辕剑，骤雨狂风令尔痴。

2011年8月16日

与初仁同事陪吴道弘先生宣南访旧

双轮电动带双人，六十翁驮八十翁。①
宣武门边寻故事，菜市口外觅遗踪。
志强帝国康南海，血荐轩辕谭嗣同。
娱乐民间玩杂耍，书生浩气显神通。②

2011年8月24日

【注】

① 吴老当时叮嘱要我写诗，并且诗中要把初老师骑电动车带他串胡同访会馆故事写入。其时我亦骑车，但后座固定儿童小座不便带人。

② 初老师认为宣南文化不只是民俗杂耍，更重要的是康、梁等民族自强的脊梁精神。

中秋短信贺节

一年佳节又中秋，圆月穿云照九州。
雨顺风调皆美满，甘甜硕果庆丰收。

2011 年 9 月 13 日

回复岳阳作家周建武短信诗二首

(一)

佳作娱人亦自娱，世间凡客几人如。
凌云健笔情高雅，万里征程万卷书。

(二)

大作长篇镜像殊，人间万象揽无余。
巴陵杰俊才何似？长江吞吐洞庭湖。

2011 年 9 月 15 日

贺敬之新古体诗选《心船歌集》（线装本）编后

写罢新诗写旧诗，新风旧体妙合时。
心船歌唱心中曲，守望家山护醒狮。

2011年9月20日

仿真影印线装本《四库全书》出版赋贺

国运昌明久，锦缃翰墨香。
宏通饶雅韵，华夏脉雄强。

2011年9月23日

【注】

应三希堂公司傅双全先生嘱，为即将出版的二十套仿真影印线装本《四库全书》赋二十字诗(20套书各取诗中一字组成“文×阁”作为别名)。

卷三　幽莲集

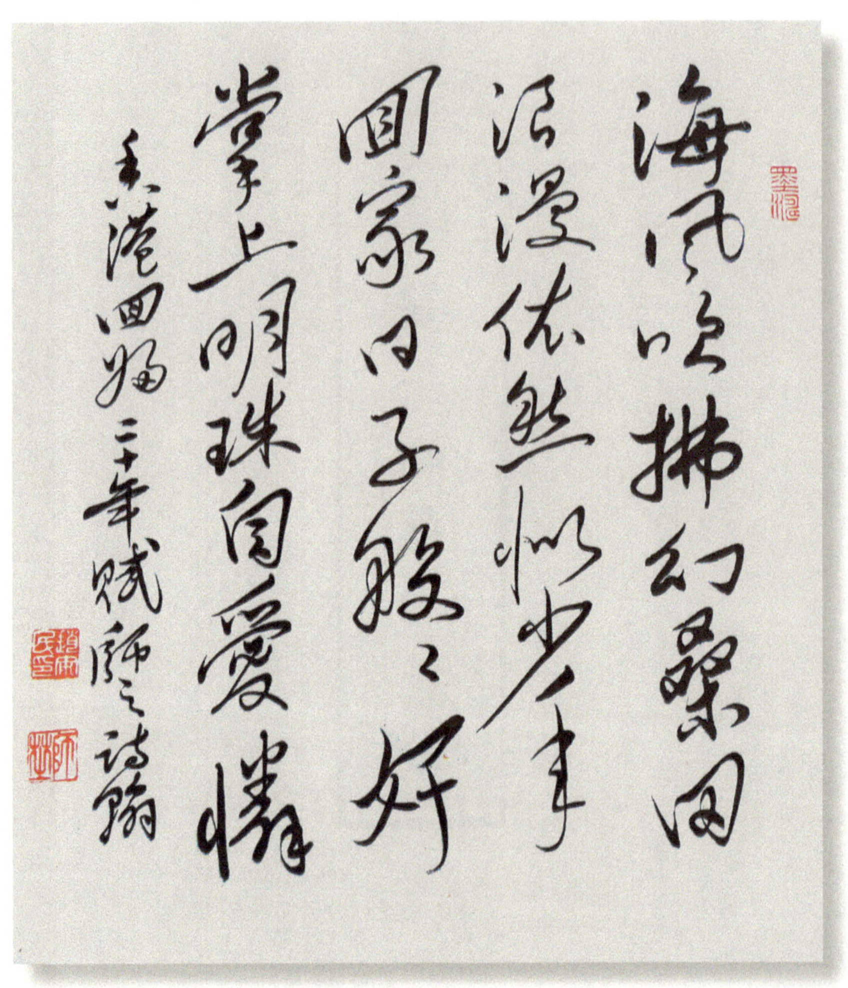

赵安民（师之）诗稿（《香港回归二十年赋》）

为湖南湘阴南湖洲诗联学会文毓英会长古稀祝寿（藏头格）

祝暇焉能不法常？贺生佳宴请君尝。
毓生蒹葭苍成片，英秀芙蓉灼未央。
会聚群才歌盛世，长成嘉树荫湖湘。
古来莫道桑榆晚，稀世诗人福寿长。

2011年10月10日

参加贞元集团主办首届《羑里论坛》（主题为“孔子与易学”）并羑里书院揭牌仪式，时在辛亥革命一百周年之际

中原沃野气如虹，兴会安阳无限情。
商帝铸铜文甲骨，周王拘羑演易经。
神州开物成嘉物，孔学修心乐友朋。
寰球永葆家园美，天下为公致大同。

2011年10月11日

浣溪沙·辛亥革命百年颂

黄鹤归来诧异常，神州鼎沸尽戎装，千年帝制一朝亡。　天下共和民做主，江河浩荡顺之昌，百年基业万年长。

2011 年 10 月

喜迎中国龙年

龙腾禹甸驾长虹，文化春来绿意浓。
烂漫卿云纠缦缦，东风领雨奏和声。

2012 年 2 月 3 日

齐善鸿教授《精神管理》出版题记

总揽中西汇古今，精神管理道为魂。
齐心共植文明树，追梦犹凭引路人。

2012 年 2 月 16 日

《葬母诗》二绝

（一）

太阳无奈向西沉，牵柩含悲送母亲。
细雨霏霏和泪下，苍天寄孝奠深恩。

（二）

龙年龙节雨纷纷，愚公渠岸葬母亲。
三抔黄土轻轻撒，泪水无由报大恩。

2012 年仲春

纪念母校华容二中七十周年

故里莘莘学子心，古稀杏苑日华新。
人伦重教尊师道，诲汝知之百载恩。

2012 年 3 月

采桑子·神往延安，听七十年前毛主席在文艺座谈会上讲话

古城印象尤高大，宝塔擎天。别有新天，延水潺潺润故园。　　岭前集会灯高挂，主席发言。文艺宣言，遍洒春晖百卉妍。

2012 年 3 月

延安故事

滚滚延河水，巍巍宝塔山。
官兵食自力，文武济时艰。
猛志兴窑洞，民魂立枣园。
中华饶正气，浩荡薄云天。

2012 年 3 月

癸巳蛇年春节奉和高昌贺年短信寄诗

又是一年节序新，高天厚地自由人。
龙腾挥洒江南雪，蛇舞耕耘塞北春。
且驾飞船驰梦远，更驱潜艇戏鱼亲。
地球村小休忧虑，神话随心触手真。

2012 年 3 月 9 日

高昌先生原诗

门外风光蓦的新，仰天长笑一诗人。
回眸但看番番雪，振臂欢迎处处春。
随虎跃龙腾梦远，与花香鸟唱情亲。
休因霾雾忧浮世，绿转红还毕竟真。

余三定教授岳阳南湖藏书楼印象

胜状巴陵胜景添，楼藏万卷笼湖烟。
书声朗共渔歌乐，学海方舟别有天。

2013 年 2 月

赠王立平先生

癸巳元宵节后四日京城大雾，易行带领我和陈世军，由王微微开车到京西廊坊探访著名音乐家王立平先生。王出示共赏用泥金刚写好的行书《心经》，并到琴房为我们特意弹唱数曲，签赠 87 版《红楼梦》插曲 CD。赏书听曲，诗人兴会，拟句记事。

车行浴雾似乘舟，别业京西景色幽。
黄叶村寒芹沃雪，桃花坞暖燕巢秋。
泥金飘逸书经卷，旋律悠扬谱石头。
一曲情深惆怅杳，至今人尽唱红楼。

2013 年 2 月 28 日

春分晨起雪霁天晴，上班路上即景

素蕊悄然静夜临，朝阳映雪豁眸新。
行人驻步频拍摄，明景和春最可珍。

2013 年 3 月 20 日

依韵奉和李太生先生《邀友人餐聚于广甸老浒记岁寒居》

春来厂甸发新晴，街口桃花照眼明。
书画收藏皆可爱，友朋道义岂能轻。
京都烤鸭兼葱卷，边郡鲈鱼带醋蒸。
更有诗函添雅兴，何人不起故园情。

2013 年 3 月 23 日

李太生先生原诗

癸巳仲春北京行，雪雨园林景益明。
春来风物都堪爱，秋去名心始觉轻。
异乡美景佳朋会，同道促膝际升平。
此游足慰平生乐，看花犹有少年情。

奉和周晓陆（小鹿）教授“探花楼”诗

开阳桥畔太阳柔，惬意天凉又一秋。
飞信驾云腾小鹿，和诗奉旨拽憨牛。
千金难买书生醉，万里轻挥学海愁。
雪域冰藏原有意，来年春雨贵如油。

癸巳上巳节喜获香港大学周锡䪖教授寄赠大作《周易》新书，特拟绝句二首致谢

（一）

上巳虽然无雅集，诗谊传递有书籍。
京华港岛连周易，山长水阔不相离。

（二）

邮戳三枚票五枚，牛皮纸裹厚为衣。
图书一本情千缕，曲水流觞会有期。

2013 年 4 月 12 日

赠徐雁教授

南京大学徐雁教授请中国书店王洪先生转赠太仓图书馆编《尔雅》特刊《梅村》《乡下月》毛边本，徐兄书前手写赠言“毛边纸本得者宝之”云云。用刀裁开毛边本，读到吴伟业《梅村》诗，因步韵拟诗致谢。太仓古称娄东。

新刊尔雅雁飞来，喜阅毛边页自裁。
赠书签字久违也，得者宝之幸甚哉。
乡下月明诗继世，太仓才俊笔澄怀。
娄东乡土仍肥沃，百树梅村花又开。

2013 年 4 月 18 日

“五月情缘”绿杨诗友茶叙会

茶清诗雅自相亲，五月花香醉朗吟。
经国华章催盛世，绿杨庭院胜山阴。

【注】

中华诗词研究院时在绿杨宾舍办公，时任执行副院长的蔡世平召集诗人雅集，名为“‘五月情缘’绿杨茶叙会”。会间每人分得蔡世平创作的一首五绝和一首《如梦令》词，大家纷纷唱和。会后研究院印有雅集诗册。

山阴，指晋代王羲之等会稽山阴兰亭雅集，也指“山阴道上”。

“五月情缘”绿杨雅集，奉和蔡世平先生

（一）

五月情缘好，欢聚艺中人。
故园藏大有，一日一开新。

（二）

院落颐和景，诗词梦里人。
南园迁北国，境界豁然新。

【注】

南园主人蔡世平《如梦令》词有“短梦未曾圆”句。

蔡世平《“五月情缘”绿杨茶叙会》

松柏槐兰竹，诗词书画人。
清茶情话热，旧院太阳新。

2013年5月15日

蔡世平《如梦令·玉兰花开》

绿杨宾舍，数株白玉兰盛开。绿杨宾舍，原称西公所，又称绿杨别墅。原是清乾隆长子定安亲王永璜第五世孙毓朗的宅园。绿杨宾舍紧邻

颐和园、圆明园，是一个占地数亩的古典庭院式四合院。院内海棠、银杏、枣、榆、槐、柏、竹等花木四季青翠。二〇一二年四月，中华诗词研究院从东交民巷紫金宾馆（原晚清比利时大使馆）搬至绿杨宾舍，是为国务院参事室第三办公区。

檐角一弯如黛。今夜客思谁在？短梦未曾圆，零碎松鸦声外。期待。期待。晨与玉兰花卖。

2013年4月17日　绿杨宾舍

如梦令·“五月情缘”绿杨雅集，奉和蔡世平先生

又是满园青黛，今日喜闻天籁。雅集续诗缘，翰墨岂能旁贷。何待？何待？岁月激情豪迈。

雷锋赞歌

雷锋，一名英俊士兵。你把钢枪紧握，捍卫祖国安宁。

雷锋，灿烂的青春。你明朗的微笑，送来无尽春风。

雷锋，领袖以同志相称。向你学习的题词，播撒春天的温馨。

雷锋，孩子以叔叔相称。你助人为乐美德，树立学习的标兵。

雷锋，甘为理想牺牲。把有限的生命投入，为人民服务之中。

雷锋，永不生锈的螺丝钉。你宝贵精神的榜样，永远力量无穷。

七律·雷锋精神

日记名言众口传，行为思想喜珠联。
忠诚奉献心无怨，爱憎分明本有缘。
乐以助人人敬重，勤于克己己甘甜。
螺丝钉小用途大，榜样光芒耀万年。

七绝·干部楷模孔繁森

奋斗高原不顾身，藏胞疾苦寄深情。
冰峰冷漠人心暖，耿耿丹忱照汗青。

癸巳端午躬临《诗刊》子曰诗社成立庆典

子曰谆谆万世师，诗云大雅梦圆时。
故园新雨催新笋，泽畔行吟众和之。

甲午二月二地安门雅集次韵刘迅甫先生

龙首高昂舒柳眼，东君布雨润春泥。
神州日月常新美，马踏春风自奋蹄。

2014 年 3 月 2 日（农历二月初二）

刘迅甫《甲午二月二有赋并贺两会召开》

又见江山龙首举，莺歌柳浪燕衔泥。
天开一习清风里，逐梦阳关奋马蹄。

回复党学谦《龙》诗短信

学富犹谦最可歌，润之诗论摭集多。
吟坛端赖毛公力，古韵新风起浩波。

【注】

党学谦同志多年研究毛泽东诗词，著有《毛泽东诗论集成》（未刊稿）。

党学谦《龙》诗

几度江天发浩波，鳞灰目暗泪痕多。
中心未息雷霆志，要搅深潭起大波。

京郊仲春即景

北京怀柔雁栖湖北红螺寺畔钟磬山庄参加国家新闻出版广电总局学习习近平总书记系列重要讲话培训。十多年前曾到此地，今日重来见数株白玉兰花开正艳。

高林古刹境幽然，又结红螺寺外缘。
满树琼英惊叹好，一些落瓣正堪怜。
层岚薄雾飘无定，暗竹明花映愈妍。
钟磬未闻犹在耳，山庄楼阁隐其间。

2014 年 3 月 26 日

参加中央电视台科教频道诗词栏目策划启动会得句

诗词古韵吐清莲，沃土柔波绿万年。
春色满园争锦绣，荧屏闪耀谱新篇。

2013 年 4 月 23 日

参加恭王府海棠雅集次马凯同志诗韵

玉兔才登月，春潮逐日生。
潭清西府水，香远海棠风。

古韵黄钟荡，神州正气升。
名花邀雅集，诗国振新声。

2014 年 4 月

【注】

2013 年 12 月，我国搭载玉兔号月球车的嫦娥三号月球探测器成功着陆月球，玉兔号月球车顺利走上月球表面展开科学探测活动并获得大量探测数据。这是自 1973 年苏联的月球车 2 号以来首次踏上月球表面的月球车。

马凯《五律·致雅集诗友》

王府悬明月，海棠催赋生。
引吭听润雨，落笔遣东风。
得句随情溢，和诗逐兴升。
清醇人自醉，天籁共心声。

恭王府海棠雅集步韵奉和叶嘉莹教授绝句四首

(一)

海棠依旧应芳时，今夜花开烂漫姿。
岂止欢欣词句好，诗人情挚惹花思。

（二）

诗人兴会胜从前，最喜崇光府巷连。
岁岁相期花静美，风流永驻太平年。

（三）

百年中国梦如何？正道沧桑浩气多。
唤起雄狮驱虎豹，凌寒梅领众芳歌。

（四）

盛世承平喜不禁，良宵嘉会放歌吟。
年年共约重相聚，雅韵和鸣万众心。

叶嘉莹《二零一四年四月恭王府海棠雅集绝句四首》

（一）

春风又到海棠时，西府名花别样姿。
记得东坡诗句好，朱唇翠袖总相思。

（二）

青衿往事忆从前，黉舍曾夸府邸连。
当日花开战尘满，今来真喜太平年。

（三）

花前小立意如何，回首春风感慨多。
师友已伤零落尽，我来今亦鬓全皤。

（四）

一世飘零感不禁，重来花底自沉吟。
纵教精力逐年减，未减归来老骥心。

满庭芳·次韵李文朝先生《甲午海棠雅集》词

昔日私园，今朝公苑，海棠愈益芬芳。年年春暖，总爱着红装。府邸游人络绎，欣然见，画栋雕梁。东风又，群花烂漫，燕影掠清塘。　悠长，回味也，风华旧貌，人事沧桑。雪甲午遗恨，华夏重光。世界和平美好，中国梦，旭日东方。朝前看，瞻予马首，切莫再彷徨。

2014 年 4 月

李文朝《满庭芳·甲午海棠雅集》

花应天时，春随人意，府深庭漫芬芳。海棠初绽，娇美着新妆。墨客骚人又聚，仙音起、韵绕雕梁。恭王苑，琼楼玉树，倒影入清塘。 绵长，思绪里，丹墙绿瓦，见证沧桑。有遗梦红楼，异彩奇光。岁次重逢甲午，非昔比、狮醒东方。凭栏望，花团锦簇，正道莫彷徨。

拜读晓川师诗词印象，用诗人《枣园灯火》韵

群芳竞放色斑斓，壮志凌云浩宇连。
神州幸得生花笔，丽句清词唱晓天。

2014 年 5 月 2 日

当天早上收到笃文老师短信原诗《枣园灯火》

韩范当年靖远边，朱毛赤帜凯歌连。
枣园灯火燃红旭，一角东风换地天。

2014 年 5 月 2 日

蔡世平“词随心动”书法展即事

今年五月，“词随心动——蔡世平自书南园诗词艺文雅集”在北京航空航天大学艺术馆举办。去年五月，由蔡世平任副院长的中华诗词研究院所办“五月情缘”绿杨诗友茶叙会在绿杨宾舍（原西公所）举行。

五月京中柳叶长，书家词客满厅堂。
琳琅满壁陈佳作，琴琶吟唱韵悠扬。
云烟满纸知何似，鼓瑟犹闻帝子灵。
神来楚客冯夷舞，雾隐青峰罩洞庭。
短长肥瘦俱佳态，盛事争传夸友朋。
王逸少，欧阳询，古今几个响高名？
且看蔡君词翰美，始信万事贵天成。
今日书展突惊艳，明朝美誉动京城。
蔡词天下称独步，蔡书偶尔露峥嵘。
南园词妙生花笔，补月楼高墨色浓。
去年五月绿杨会，今年五月会黉宫。
文采翰墨欣双健，五月情缘雅兴隆。
词随心动南园艺，心与词飞北国风。
词体复活新标本，书艺东方旭日升。

2014 年 5 月

“甲午村香”汇欣诗友茶叙会即事

诗国风华正茂时，诗人兴会论诗词。
翰林且喜迎佳境，绿叶成荫果满枝。

2014 年 6 月 13 日

次韵蔡世平《“甲午村香”汇欣诗友茶叙会》

庭院西公所，高楼亚运村。
诗情如梦令，处处沁园春。

2014 年 6 月

【注】

去年“五月情缘”诗友茶叙会在绿杨宾舍（即西公所）举行，今年中华诗词研究院已从绿杨宾舍搬到亚运村。

蔡世平《“甲午村香”汇欣诗友茶叙会》

我有诗经籽，情钟亚运村。
近来多少梦，总种十分春。

2014 年 6 月 13 日亚运村

水调歌头·次韵蔡世平《黄河》词

世上许多水，最爱母亲河。天上星河泻落，大写篆烟萝。九曲盘桓跌宕，激越金汤浩荡，一路向前歌。邀集千川浪，共掖大洋波。　英雄气，民族梦，未蹉跎。哺育中华儿女，勤苦任折磨。飞跃长龙咆哮，大展神州襟抱，沃土毓群柯。世界和谐梦，舍我又谁何？

蔡世平《水调歌头·黄河》

余一九八五年至一九八九年居兰州黄河滨。

兰州何所忆，最忆是黄河。遥望皋兰山下，一带似绫罗。谁锻千钧铜板，叠叠层层直下，雄唱大流歌。黄土高原血，红入海潮波。　三十载，情未老，任蹉跎。幸得黄河铸造，意志未消磨。脚踏山川大地，事做平凡细小，有梦不南柯。人在沧桑里，苦乐又如何！

2014年2月16日补月楼

写在新闻出版系统学习赵国强同志先进事迹报告会后

赵国强同志生前任天津人民出版社党委书记，早知自己罹患肺癌仍坚守岗位直至病倒在会场。医院救治无效于2014年2月11日逝世，终年59岁。他从事新闻出版业36年来，始终牢记党的宗旨，克己奉公，清正廉洁，成绩突出。曾获得天津市新闻出版管理局先进生产者、天津市宣传系统先进党务工作者、天津市劳动模范、天津市学雷锋标兵等14种荣誉称号。昔日印刷车间同事称他是“拼命三郎”。他坚持刻苦自学，常说：刀不磨要生锈，人不学要落后。在天津人民出版社某次活动上他朗诵过这样一首诗：心静者阔，阔能俯瞰世界；心和者仁，仁者包容万物；心慈者深，深者淡定人生；心恕者爱，爱者笑对明天。出版社同事说他给世人“留下了一部大书”。

拼命三郎最感人，平凡小事见精神；
一身正气谋出版，两袖清风不染尘。
俯首甘为孺子牛，事不完成不罢休；
务实清廉脊梁挺，千斤重担亦昂头。
刀要常磨不生锈，人要勤学不落后；
率先垂范学习勤，逆水撑篙不松手。
心静能将世界装，心和万物韵悠扬；
心慈厚道人情暖，心恕仁明爱意长。
气正风清律己严，齐家治社两兼全；
孝亲忠党情谊重，闻者为之泪泫然。
精神财富最难求，血写春秋宁计酬？
明月清风本无价，大书一部世间留。

2014年6月20日出版总局赵国强事迹报告会后草稿，

2014年11月7日APEC峰会休假期间修改。现存词句，未尽合律。

东京绝句二首

东京国际书展赠日本书友

天舟云海渡扶桑，卷帙琳琅会岛邦。
陌上樱花开易落，诗书继世日方长。

2014年7月

【注】

该诗由作者写成书法作品，在东京国际书展期间举行的第三届中日出版界友好交流会上，由作者以中国展团名义赠送给日本全国出版协会理事长上泷博正先生。

东京街头见上千日本民众游行，高举大幅标语“反对安倍政府内阁修改宪法解释以解禁集体自卫权”“要求安倍下台”，有感而作

兽行侵略侮邻邦，战祸殃人亦自殃。
覆辙前科谁敢犯，亲离众叛罪应当。

应日本侨报出版社段跃中总编嘱，为村山富市九十大寿拟藏头诗

村居海岛，山水渔乡。
富士高峻，市远扶桑。
九州宝贝，十分春光。
大德高义，寿享无疆。

2014 年 7 月

北京十渡云泽山庄秋意

高秋爽气到京西，云泽山庄景色奇。
四面晴峦齐看我，纷纷催促快吟诗。

2014 年 9 月

水龙吟·贺晓川师八十寿

有缘亲炙诗词，传经解惑情何厚。羊坊府邸，开坛听讲，湘音亲旧。格律从严，内容时变，旧瓶新酒。佩文宜韵府，原诗睟语，诸典籍，循循诱。　　屈杜汨罗神授，赋诗文字珠玑秀。影珠吟稿，诗文考据，宋词研究。华夏诗魂，存亡继绝，率先奔走。喜群贤景仰，故都雅集，为先生寿。

2014 年 9 月 26 日

江城子·国际易联成立十年

开天一画辟阴阳，破天荒，志鹰扬。肇始人文，利涉大川长。潜见跃飞龙变矫，天行健，当自强。　　十年成就不寻常，络东洋，络西洋。南北东西，联袂作遥航。社会和谐天作美，人类梦，日方长。

2014 年 11 月

沁园春·寿恩师钱超尘教授八十初度

负笈京华，拜谒恩师，践履夙缘。忆黉宫数载，谆谆教导：说文解字，点读穷原；朴学乾嘉，章黄国故，求是精神后继前；儒医论，治国医经典，考据优先。　　先生学术谨严。首义训，语音文字兼。肇中医训诂，内经研究，伤寒考证，本草经诠。国学国医，潜心著述，风雨兼程奋着鞭。乔松寿，盼期颐再祝，健笔长年。

2014 年 11 月

贺羊年新春

一年节序又开新，厚地高天自在人。
万马腾云辞旧岁，三羊开泰庆新春。
黄河沃野神州梦，岱岳凌云四海心。
玉宇澄清霾散尽，风调雨顺看东君。

写在《父亲伯远公九秩寿庆》纪念册前

（一）

长江浩荡接长天，湘赣川流起白烟；
翼轸云浮黄鹤杳，重湖浪里草鱼鲜。

（二）

离别山乡到水乡，山重水复好家邦；
举头雁引思乡梦，总在浔阳与岳阳。

2015 年

乙未中秋北京护国寺街三绝句，奉和逸明诗长短信传诗

(一)

护国寺街西复东，访寻旧庙已无踪。
名存字号人攒聚，月饼圆犹出月宫。

(二)

德堪前辈是吾师，电话谆谆嘱写诗。
明月青天苏子调，虽不能至总神驰。

(三)

天高气爽渐秋凉，深巷瓜藤格外忙。
密布房檐缠老树，犹生新叶嫩花秧。

2015 年 9 月

【注】

德堪是出版前辈吴道弘的字，我向吴老电话问候节日，他嘱我中秋节日要写诗。正好收到上海扬逸明诗长短信发来三首中秋绝句，即拟此三绝句回复短信。这天我因送孩子上课一早即来到护国寺街。

香港大学周锡馥教授电子邮件寄赠《中秋月夕寄安民兄北京二首》，次韵奉答

（一）

中秋佳节未相忘，遥寄诗章意慨慷；
恰是故乡圆月朗，明珠海上放新光。

（二）

最喜诗人意气豪，诗文惠我乐熏陶；
史记非史开生面[①]，笔力千钧扫尔曹。

【注】

周教授著有《历史应当向文学“说不”—论〈史记〉非史及其他》。

周锡馥教授《中秋月夕寄安民兄北京二首》

（一）

故人千里未相忘，惠我华章问我康；
多少风云闲过了，乾坤依旧月凝光。

（二）

西域归来意气豪，冰锋劈面乐陶陶；
诗成百帙多新意，笔势骞腾体似毛。

（金韦 2015 年 9 月 27 日夜于香江天南海北之楼）

福建闽清白岩山参加诗词文化节，用毛泽东《登庐山》诗韵

一山鹤立众山间，石巨林深态万千。
情越云端如梦令，诗吟岭表鹧鸪天。
群山起伏群龙舞，大鼓喧腾大众欢。
最喜南疆佳胜处，人文天籁两相兼。

2015 年 10 月 17 日于白岩山

白岩山绝句二首

（一）

威震南疆气势雄，人间仙境沐仙风。
骆驼玳瑁林深蔚，杜鹃漫野映霞红。

（二）

石巨林深态万千，谁遗仙境在人间？
南疆岳祖非虚誉，画卷斑斓别有天。

2015 年 10 月 18 日于白岩山

参加中华诗词学会第四次全国会员代表大会，步韵奉和马凯同志

兴会今朝岂厌迟？波澜壮阔笔千枝。
神州春满百花放，赤子心雄万马驰。
岁月燃情追国梦，江山助力赋新诗。
寒梅欣慰丛中笑，正是山花烂漫时。

2015 年 10 月

马凯先生原诗《写在中华诗词学会第四次代表大会召开之际》

大地春回盼未迟，唐松宋柏又新枝。
随心日月弦中起，信手风云笔下驰。
骚客曾忧无续曲，吟坛应幸有雄诗。
山花烂漫人开眼，更待惊天泣雨时。

如梦令·清虚山感悟青蒿截疟之道，为屠呦呦获诺贝尔奖作

2015年10月24—25日，由诗刊社子曰诗社发起组织，河北保定清虚山道观和北京国创容德拍卖有限责任公司共同承办，“祝贺医学诺奖，弘扬中医文化——首都诗人作家采风”活动在清虚山道观举行。中医药学家屠呦呦研治“截疟”青蒿素获得2015年诺贝尔医学奖，乃受一千七百年前东晋葛洪《肘后备急方》青蒿“绞汁”服用治疟记载之启发而获成功。清虚山正是葛洪晚年炼丹著述之处，后人称之为葛山。登上清虚峰，欣见青蒿遍野，此自然界小草中含有截杀疟原虫的神力，顿悟中医五行生克之真理。

（一）

身与小虫争斗，寒热往来难受。为患数千年，
切盼大医相救。研究，研究，衣带渐宽人瘦。

（二）

山上葛仙神授，山下女医颔首。穿越上千年，
食野之蒿依旧。成就，成就，要在五行参透。

2015年10月26日

清虚山采风杂记

(一)

悠然见葛山，秋色亦阑珊。
炼得千年果，枝头万点丹。

(二)

红柿挂枝稠，清虚掷地幽。
千年丹炼就，不肯下山头。

(三)

仙女仙男炫，诗哥诗妹顽。
问题没完了，道长不嫌烦。

(四)

秋夜山中宿，无声只有寒。
醒参道长语，梦炼葛洪丹。

(五)

山女言山史，神仙发异功。
曾将贼日寇，迷陷大山中。

（六）

山上青蒿茂，神威杀疟虫。
呦呦鸣小鹿，诗国显神通。

（七）

回路车嫌快，欢声直遏云。
山中多故事，收获采风人。

中国新闻出版研究院成立三十周年，联句志庆

书林起异军，而今三十岁。
值此而立辰，改革风云会。
新闻出版学，研究多智慧。
七所四中心，更有书刊配。
服务为机关，行业先锋队。
阅读强素质，书香全社会。
产业沐朝阳，情怀系人类。
欣然入盛年，成绩堪炳蔚。
再厉奔前程，攻坚大无畏。

2015 年 11 月 9 日

镇江书韵

中国编辑学会第十六届年会暨培养编辑名家高峰论坛2015年11月22日在镇江举行，会间得到镇江市委宣传部赠送镇江市图书馆编的《影响中国的镇江作品》。

一、访镇江西津渡小山楼客栈，步唐代张祜夜宿所作《题金陵渡》诗韵

千年烟雨小山楼，不尽江流一洗愁。
文化承传齐探讨，书香遍尔望神州。

二、西津渡出版沙龙即事

听人民出版社、高教出版社、睿泰数字出版集团、龙源数字传媒集团的主讲嘉宾介绍数字出版建设经验。

睿泰龙源数字优，人民高教砥中流。
民营国有同携手，出版繁荣富远谋。

三、阅读《影响中国的镇江作品》

（一）刘勰《文心雕龙》

出儒入释坎坷人，原道宗经细论文。
摛掞神思炼风骨，雕龙剔透见文心。

（二）《昭明文选》

太子读书辞采精，诗文总集义昭明。
六臣选学名垂世，代代犹闻帝子灵。

2015 年 11 月 22 日

中国新闻出版研究院书画社成立

2015 年 12 月 23 日，中国新闻出版研究院会议室举行书画社成立仪式，魏玉山院长、黄晓新书记均与会讲话给以支持，推我为社长。

（一）

右安门外雾霾轻，凉水河流已破冰。
阴极阳回冬至后，群贤雅集庆新生。

（二）

书理人文倍足珍，神州根脉笔为魂。
传习书画非书画，翰墨氤氲写我心。

向国际易联恭贺猴年新春

新年新气象，大作大情怀。
挥起千钧棒，澄清万里埃。
高擎旧旗帜，易学大舞台。
驾驭新常态，五洲冠冕来。

2016 年 2 月

家风初稿

向善向上，提高品行。孝亲睦友，待人忠诚。
严以律己，宽以待人。洁身自好，礼遇他人。
见贤思齐，诸恶远身。尊敬师长，博爱众生。
敬老爱幼，助弱怜贫。热爱生活，充满激情。
勤劳俭朴，立家本根。勤学补拙，诗书胜金。
勤劳致富，亦可健身。职业精善，家务殷勤。
业余有力，勤学艺文。精勤不倦，艺不压身。
生活简朴，力戒奢华。艰苦朴素，不尚矜夸。
饮食清淡，精力轻佳。夜息早起，朝气勃发。
我爱我家，推己及人。人人为我，我为人人。
丝缕箪食，皆思感恩。回报社会，奉献赤忱。
蔚为风尚，美好家庭。家家良范，社会良淳。

2016 年 2 月 24 日

【注】

读小学五年级的赵羲淳同学回家说第二天要交自己家的“家风”，于是连夜用四言韵语形式列出我家应当遵循的家风付之。

赠冠东博士

曹博士就职于中国新闻出版研究院，研究清代出版史，历时八年而成三卷本《曾国藩与金陵书局》。我所在中国书籍出版社由研究院主办，同楼办公。因加班晚回家，经常在傍晚时分与曹博士相遇于单位东侧凉水河畔。

笔落金陵新纪事，梦萦出版旧笙歌。
倾情文正晨昏乱，凉水河赊月色多。

2016 年 3 月 1 日

黄河南岸仙客来坊生态庄园参加天下诗林大会即事

高铁飞驰快御风，庄园春色暖融融。
诗林植树黄河畔，碑刻追思裕禄公。
魂魄归来惊巨变：碧丛繁茂伴焦桐；
千顷澄碧英雄会，沃土河清绿意浓。

2016 年 4 月

天下诗林植树寄意

节近清明日色长，诗林挥铲植苗忙。
黄河哺育田肥沃，大树成荫好纳凉。

2016 年 3 月 31 日

天下诗林大会留别国甫国钦会长

河畔访庄园，诗林识鲍管。
春潮沃野肥，茂树花丛暖。
栾木继焦桐，忠心酬赤胆。
百川汇向东，共掖大洋满。

2016 年 4 月 1 日

兴隆县采风诗词稿

河北兴隆县安子岭乡上庄村，访刘章旧居用诗人《辞家》原韵。

山里诗人莫自伤，诗行牵动众人肠。
黄花向导寻诗客，中外诗心返故乡。

2016 年 4 月 26 日

桂殿秋·兴隆上庄道中（四首）

（一）

燕塞北，万山连。九山半水半分田。
京东板栗生何处？树在山坡石缝间。

（二）

燕塞北，万山连。九山半水半分田。
上庄诗句生何处？根在山洼绿水边。

（三）

燕塞北，万山连。九山半水半分田。
上庄诗树何葱郁？诗砚潭滋花欲燃。

（四）

燕塞北，万山连。九山半水半分田。
上庄石刻诗千卷，诗海潮生古道边。

山楂之乡

燕山丛里隐人家，石垒梯田伴水洼。
不种棉桑和稻麦，擎朱树树是山楂。

六里坪柳源湖

万山丛绽万山红，春写柳源诗意浓。
百里长河流不尽，山乡丰乳自兴隆。

奇石谷

后龙风水果非凡，深谷泉流九曲湾。
群峰挺拔岩突兀，冰川造化见奇观。

鹧鸪天·夏游雾灵山

山路盘旋山气凉，山阴道上眼迷茫。停停走走游车密，树草青葱散异香。　山顶上，蜜蜂忙。山花七月尚疏狂。京东避暑知何处？且至雾灵山上方。

2016 年 5 月

周末雨日挥毫

雨落清凉任笔豪，兰亭峻岭望妖娆。
神龙矫健云烟绕，曲水流觞兴致高。

2016 年 5 月 14 日

读林语堂《悼鲁迅》

投鞭战士击长流，荷戟交锋算老谋。
斩石如棉锋不挫，凌寒热血涌心头。

2016 年 8 月 2 日

乘楼船渡湖上微山岛

(一)

气爽秋高浴暖阳，微山湖上雾微茫。
运河交叉船只夥，阔水长天任鸟翔。

(二)

骋目凭栏逸兴长，乘风破浪向南航。
水天推近微山岛，一塔湖图水一方。

2016 年 9 月 22 日

蝶恋花·编辑自许

风雨雕虫君莫笑。欲上层楼，须把阶梯造。五味调和加佐料，吸收营养期高效。　　面壁点睛高襟抱。活水勤添，助力龙门跳。云影山岚相映照，方塘半亩风光妙。

2016 年 9 月 26 日

安丘五章

一、西江月·赴安丘诗会高铁上微信看新疆孤岛作品朗诵会海报

高铁离京飞快，手机传信堪夸。遥看一朵雪莲花，开在天山脚下。　　文字张开翅膀，文思绽放奇葩。江南塞北我们家，期待昆仑并驾。

二、西江月·安丘诗会

参加华鼎奖颁奖活动，应邀为近百位诗友讲课。

高铁轿车相继，沂山汶水相邀。灯笼柿挂外婆桥，诗友纷纷到了。　　竟至班门弄斧，还持大笔挥毫。人家获奖领风骚，这课如何讲好？

2016 年 10 月

三、西江月·春秋银杏古树

公冶长书院门前雌雄银杏古树，据云乃2500多年前孔子女儿及佳婿公冶长夫妇所植。

郁郁苍苍蔽日，枝枝叶叶连心。沧桑历尽总相亲，风雨天然养分。　　公冶当年栽树，阴凉覆盖而今。鸿儒沃土固扎根，造就参天作品。

四、西江月·留山访古

留山原名刘山，是东晋大将刘裕（后来的刘宋武帝）屯兵征战之地。据云系古火山造化，现为国家森林公园，近处有万亩桃林。

远古火山威力，石头围造山洼。绿林山寨伴山花，好汉曾驱战马。　　广场石头铺地，牌坊石板雕牙。秋风诗客遍山崖，寻觅诗词密码。

五、西江月·景芝盛产景阳春酒

久慕梁山好汉，心中飘舞酒旗。景阳冈上演神奇，酒壮英雄威力。　　斗酒百篇无敌，何曾诗酒分离？景阳春酒富诗谊，助尔诗魂飘逸。

临江仙·恭王府出席中华诗词研究院主办“毕业季·诗歌季”颁奖典礼、诗词雅集

故邸琼楼流雅韵，古琴京剧重逢。骊歌摇曳柳梢风。多情西府水，不舍玉泉峰。　　胜日崇光桃李艳，翩翩蝶化黉宫。奋飞穿越好时空。润之歌水调，喝彩满江红。

2016 年 11 月 11 日

天仙子·元旦，次韵陈文玲《元旦致友人》词

岁月匆匆元旦又，网络云中相邂逅。妙词一阕破冬寒，诗句秀，诗情厚，多谢诗人诗问候。　　美梦安能一蹴就，彻骨寒成梅萼瘦。繁华春色更冬苏，枯树皱，芽孢构，不滞日生新故授。

2017 年 1 月 1 日

陈文玲《天仙子·丁酉年元旦致友人》

溯日几回春意又，交替时光诗邂逅。江河东去水无痕，波浪皱，琴弦奏，行至云深心问候。　　辗转一年元旦蹴，剪下冷冬梅却瘦。非花非雾入屠苏，情韵厚，风轻扣，造物生发丝缕透。

蝶恋花·首都诗人书法家新春访农家

小雪纷纷投瑞兆。脚踩泥泞，立雪迎村道。城里诗人今日到，小村户户出来了。　　德艺双馨高笔调。对子嫣红，字字红颜笑。看绿油油冬麦俏，诗人梦里回乡了。

2017年1月7日

北京和平家园“老年餐桌”为社区群众写春联

绕过群楼入小园，躬腰餐桌写春联。
楷书字字求端正，对子双双庆有年。
毛体风标群爱重，润之词翰独宣妍。
德艺双馨言志远，竭诚服务效前贤。

2017年1月8日

《诗词家》丙申／丁酉雅集在地质大学举行

乔木参天喜上林，群贤兴会庆新春。
神州自古亲风雅，都是诗词家里人。

2017年1月

除夕短信回复吕梁松贺年寄诗

岁月燃情酿好诗，时光飞逝任神驰。
金猴背影多欣慰，起舞朝朝趁晓鸡。

2017 年 1 月 27 日

吕梁松原玉

遥忆仲昆醉赋诗，流光倏忽似飙驰。
新春新禧添新岁，携手征程趁曙鸡。

水龙吟·次韵刘征贺中华诗词学会三十华诞，兼志《“诗词飞扬”作品精选》出版

红旗劲舞东风，新中国奏进行曲。风流人物，激扬文字，天垂粟雨。喜看今朝，神州尧舜，和融庭户。诵诗词千首，颂扬时代，尊模范，归骏足。　　三十春秋悦目。竞风骚，化淳风土。驼铃漫远，引丝绸路，种昆仑玉。日月经天，江河丽地，春回兰杜。望长城内外，群花烂漫，书长卷，山河赋。

【注】

中宣部《党建》杂志社、中华诗词学会编，李文朝、刘汉俊主编的《“诗词飞扬”作品精选》收诗词1450多首，是2014年至2016年中宣部领导部署中央宣传文化单位多媒体联合进行30来次主题宣传活动的成果，是中华诗词学会配合活动以“诗词飞扬党旗飘”名义进行全国诗词征选的汇编。2016年11月由中国书籍出版社出版。有幸参与本书编辑出版工作，拙作评介该书的《诗词盛事，时代颂歌》文章中（见2017年4月22日《光明日报》“国学”版），我提出在学会三十华诞前夕出版此书，这是极佳贺礼。

刘征原玉

风骚焕彩千秋，新天恰待翻新曲。春阳破冻，故园荒寂，沐风栉雨。瞬三十年，云兴潮涌，弦歌户户。会耦耕俦侣，白头笑对，浮大白，嫌未足。　　待向来朝纵目。梦飞天，临睨乡土。百花解语，江河化酒，群山峙玉。狂喜灵均，欢歌鲍谢，千杯李杜。向珠峰高处，摩崖镌刻，吾华族，腾飞赋。

【说明】

刘征先生此词用的104字变体（参见《康熙词谱》之《水龙吟（25体）》。韵用上海古籍《诗韵新编》姑鱼通押，是“求正容变”的范例。

临江仙·陪孩子参观李大钊故居

2017 年 3 月底，陪伴正上小学六年级的赵羲淳同学参观李大钊故居，六年级下学期《语文》课本上有李大钊女儿写的《十六年前的回忆》，故居院内许多学生手持课本对照故居陈列，就将书本竖靠在墙壁完成作业。

十月惊雷风暴卷，神州赤帜高扬。自燃烛火照前方。铁肩担道义，妙手著文章。　满院学生持课本，认真作业扶墙。犹和烈士会书房。先驱堪告慰，看我少年强。

颂抗日英雄白文冠马本斋母子

岂容恶寇践中华？血荐轩辕卫我家。
义勇回民多壮志，英雄母子最堪夸。

2017 年 4 月

“一带一路”国际合作高峰论坛在北京举行

丝路新开气象殊，群英会议雁栖湖。
千秋笔墨惊天地，万里云山入画图。

2017 年 5 月

诗路回湘

2017年6月8日傍晚出发，回湘参加北京西山诗社岳阳楼诗会颁奖典礼，短信次韵回复吴贤章诗长《北京西山诗社长寿创作基地梅月楼揭牌感赋》诗，由北京至岳阳火车上作。吴贤章历十八寒暑编纂《中华韵脚辞海》四百万字告竣。

火车连夜向湖南，仄仄平平节奏欢。
窗外广原驰迅速，车中湘语话平凡。
汨罗江畔吟旌展，长寿街头韵脚圆。
梅月楼名诗意厚，潇湘至处此心安。

吴贤章《北京西山诗社长寿创作基地梅月楼揭牌感赋》

西山灵秀毓湖南，宋韵唐音相映欢。
梅月楼中情放纵，诗人笔下意非凡。
铿锵警句如星灿，亮丽歌声促梦圆。
击浊扬清张正气，神州万里乐民安。

蝶恋花·潇湘会诗

2017 年 6 月 9 日，与诗友同车由岳阳市赴平江县长寿镇吴贤章诗长梅月楼，举行北京西山诗社长寿创作基地揭牌仪式并首次笔会。诗友们吟诗正踊跃时，天降阵雨以助声势。

电话频询何地徼。摄像全程，车远迎村道。长寿街头蛮热闹，西山诗社车来到。　梅月朗吟催雨脚。北调南腔，句句新鸿爪。果至潇湘诗兴爆，挥毫绘我江山俏。①

【注】

① 陆游《偶读旧稿有感》：“文字尘埃我自知，向来诸老误相期。挥毫当得江山助，不到潇湘岂有诗？”

蝶恋花·梅月楼笔会为诗友写字

2017 月 6 月 9 日晚，长寿镇吴贤章诗长梅月楼内继续白天笔会，应诗友出示诗词内容为之书写，连续挥毫 2 个多小时。诗友张若云诗词书画皆能却自己不写，而主动帮我为已经写好未来得及用印的作品一一盖印，令人感动。

“行草公推当代赵”。叶宝林君，为我吹高调。诗友争相求“墨宝”，焉能怠慢殷勤跑。　梅月楼频将墨倒。快意挥毫，盖印无暇料。客串若云夸手巧，钤章写字分头好。

蝶恋花·登岳阳楼

北京西山诗社岳阳楼采风寻诗颁奖典礼 2017 年 6 月 11 日在岳阳楼小学举行。会后携诗友同登岳阳楼。

烟雨重湖波浩渺。山水神州，辐辏江南好。天岳洞庭天设造，危楼千古开诗窍。　范记杜诗高格调。忧乐关情，云梦高阳照。我辈登临心浪浩，湖山壮美催征棹。

香港回归二十年喜赋

海风吹拂浪盈天，浪漫依然似少年。
回家日子般般好，掌上明珠自爱怜。

清平乐·次韵杨淑英《喜见毛主席》词

2017 年 7 月，编辑审读中国对外广播的老前辈杨淑英诗文集书稿《我是江中一滴水》，书中附录有扬中所写报道杨淑英的文章《中国新闻传播界的不老传奇》。谨制《清平乐》词祝贺杨老师八秩荣庆。

五星高照，爱洒新征道。滴水微澜都似笑，汇我江河浩浩。　中华旗帜高擎，众推崛起骄龙。健笔传奇不老，五洲播送东风。

杨淑英原词《清平乐·喜见毛主席》

国庆大典在天安门西观礼台见主席得词以记。

太阳普照，歌满长安道。满面红光招手笑，革命洪流浩浩。　红旗马列高擎，长缨缚住苍龙。战鼓丛林擂响，环球吹遍东风。

临江仙·北京国际图书博览会遐想

梦里天舟银汉渡，五洲雅集琳琅。京华岁岁趁秋凉。小书容万象，书海纳千江。　培养人生书卷气，纸媒电子无双。神州模范是津梁：忠厚传家久，诗书继世长。

浪淘沙·秋雨上方山

2017 年 8 月 23 日，作为颁奖嘉宾参加北京房山上方山菩提源公益讲学堂举行的“菩提源公益爱心杯中华诗词大赛”颁奖典礼暨北京西山诗社紫砂诗壶新闻发布会。奖品有学堂印制的《四书五经》及书画家捐赠的书画作品等。该讲学堂免费提供以经典诵读为主的传统文化教育培训，分吃斋饭，睡上下铺。学堂里每遇学童即见其弯腰作揖行礼，显得彬彬有礼。

秋雨竟缠绵，山涧洪喧。学堂上铺卧高悬，粥饭分餐斋素味，寝食酣甜。　草树靠根源，物力维艰。天生地养始成年。泥刻紫砂诗句美，爱话从前。

浪淘沙·会议经典传承

2017年8月26日，杨丽丽会长邀我参加中国传统文化促进会国学经典传承工程《四书五经》座谈会，会上展示拙作行草书自作诗《西山绝句》作为纪念："水复山重岁月稠，花明柳暗景清幽。前行不必疑无路，睿智东方有远谋。"

湘友贵相交，请柬诚邀。传承文脉起高潮，经典精装红布面，古籍新标。　笔杆已抓牢，自在挥毫。家传鸿宝最堪骄。柳暗花明新境界，且看今朝。

醉琼枝·国学新葩

2017年9月9日，受邀到中国教育网络电视台国学台制作国学名家访谈节目，拍摄《学习毛泽东诗词书法，促进国学当代新发展》讲座及现场书法视频，方海江小伙和紫乐姑娘精心策划，耐心拍摄,服务周到，最后紫乐还用苏州调吟诵唐诗《登鹳雀楼》，韵味独具。

香榭楼高趁岁华，讲台虽小唤名家。紫乐海江年正茂，周到，相机频把镜头抓。　毛体诗书夸独步，梅酷，丛中笑对漫山花。莺啭轻盈情激动，吟诵，黄河万里浪淘沙。

沁园春·我国第一本诗词白皮书出版志庆

中华诗词研究院策划组织编纂我国历史上第一本诗词白皮书《中华诗词发展报告（2015）》，由中国书籍出版社出版，2016 年 6 月 18 日参加出版座谈会后填词初稿。修改后参加 2017 年 9 月 20 日《中华诗词发展报告（2016）》出版座谈会，呈与会诗家吟正。

故国东方，汉字通神，文脉久昌。幸羲皇创卦，天开一画；颉臣造字，界破洪荒。独体方圆，单音扬抑，义见形声万物彰。抒情志，有重章叠唱，思幻言长。　今朝岁月铿锵，引无数诗人唱慨慷。看北辰居所，星河灿烂；欣园雅集，曲水流觞。书画视频，纸媒网络，共举诗鹏作健翔。群贤至，庆新生五彩，日下云章。

【注】

宋苏轼《谢赐燕并御书进诗》：“人间一日传万口，喜见云章第一篇。”元虞集《触石坠马卧病寄溉之学士敬仲参书》：“雨余草气千原合，日下云章五色交。”

蝶恋花·《郑伯农文选》出版致贺

伯农会长八十华诞之际出版三卷本诗文选集——《文论卷》《诗词卷》《诗论卷》。郑老几十年来致力于文艺理论研究，成果颇丰，曾著有评论集《在文艺论争中》《艺海听潮》《青史凭谁定是非》等，其中不少作品译有外文版本在国外发表。《在崛起的声浪面前》获1983年《诗刊》优秀作品奖，《也谈讲真话》获1991年《人民日报》优秀杂文奖。近二十多年来在诗词理论和诗词创作上成就卓著，诗词作品诗味浓郁，关于诗词艺术规律与诗词格律规则关系等论述，是指导诗词创作的重要理论。承邀参加2017年9月24日在中国现代文学馆召开的《郑伯农文选》座谈会，填词一首表示热烈祝贺，并呈与会专家吟正。

艺海听潮声浪阔。文艺论争，真理争明确。真话讲来真不错，为文规律唯生活。　　艺海弄潮浑忘我。手把红旗，潮起如荼火。乐在其中勤探索，诗词盈卷成真果。

2017年9月24日

青玉案·故宫武英殿赵孟頫书画特展

红墙金瓦辉煌殿。亮国宝，摊长卷，百姓皇宫餐盛宴。钟王遗范，元人冠冕，书画双飞燕。　　水村散淡开生面。结字因时笔无限。翰墨雍容精赏鉴。林疏岩秀，吴兴清远，松雪精神健。

2017年10月7日

【注】

赵孟頫号松雪道人。其精美画作《水村图》《秀石疏林图》《吴兴清远图》等，以散谈简远风格开启元代文人画先河。其书法更是继古开新，众体兼能，响誉艺林；其《兰亭十三跋》著名论断："书法以用笔为上，而结字亦须用工。盖结字因时相传，用笔千古不易。"

满庭芳·"口述出版史"访谈吴道弘前辈

坐拥书城，访谈口述，往事追溯从头。书坛耆宿，年少展鸿猷。上海三联就业，都旋入，"作嫁"春秋。生花笔，耕耘不辍，园艺乐淹留。　　金秋，忙录像，键盘速记，日月回流。忆畴昔书缘，乐以忘忧。穿越芸编岁月，出版史，上下勤求。重开卷，对书中字，似旧友欣眸。

2017 年 10 月 13 日

【注】

中国新闻出版研究院策划组织的"口述出版史"课题，获得国家社科基金、国家出版基金双重资助。课题组委托我负责编辑学家、出版史学家吴道弘编审口述出版史项目。2017 年 10 月 13 日，我和中国出版网记者尚烨、实习研究生曾卓、速记员单宇月四人同赴吴老家启动首次访谈，赋此记事。

桂殿秋·“诗与远方·走进承德”全国诗词采风交流会（五首）

2017年10月16日，世界汉诗协会云上诗社、海南省诗词学会、承德丰宁县诗词学会联合举办的“诗与远方·走进承德”全国诗词采风交流会在丰宁县举行开幕式暨诗词论坛，我受邀在开幕式上致辞并在论坛上做了《诗词创作与出版传播》讲座。长城北面的丰宁县是著名诗人郭小川的故乡。会间得到丰宁县作协主席、诗词散文学会会长白凤仙先生签赠诗词集《上三行》，作品清新质朴，是反映当代山乡生活的佳作。

（一）

秋色好，看丰宁。长城外缀万千峰。
远方诗友纷纷醉，金叶漫山夹道迎。

（二）

山壮美，叶金黄。燕山大峡谷幽长。
汤河流韵弦歌乐，水美草肥好牧羊。

（三）

豪气概，九龙松。千年寿树翠冠隆。
燕山奇气钟灵秀，老干虬枝跃九龙。

（四）

山寨美，涌诗泉。小川高奏捷音连。
山乡巨变催诗兴，李杜重生白凤仙。

（五）

燕塞北，万山连。好山好水好家园，
燕山诗意何葱郁？水碧山青花欲燃。

如梦令·电视聆听习总书记十九大开幕会报告

紫气满堂精彩，巨响震声天外。鹏举指南程，振奋众心澎湃。欢快！欢快！故国远征豪迈。

2017 年 10 月 18 日

沁园春·毕业三十年同学筹备聚会有感

又是深秋，登上香山，思绪溯流。忆湘江涯涘，麓峰林茂；韶山路畔，学府人稠。雨暮争球，晴晨赛跑，击水中流竞上游。中医学，要众方博采，古训勤求。　　忽然三十春秋。众学友欣欣壮志酬。幸手机网络，已通微信；欣闻母校，常拔头筹。民瘼心中，锦囊肘后，启后承前更上楼。看吾辈，铸国医自信，护佑神州。

2017 年 11 月 5 日

青玉案·木版水印《唐诗画谱》新书品评会

名牌年画杨家埠，续故事，开新路。绝技弘扬雕画谱，诗书绘刻，中华艺术，集雅新风度。　　海王村里欣相祝，彩笔新题好诗句。更上层楼遥骋目，中国书店，古籍繁复，再领风骚去。

2017 年 11 月 6 日

【注】

由著名书画金石学家彭兴林先生策划组织，山东潍坊杨家埠百年画坊手工雕版、中国当代唯一木版水印《重刻唐诗画谱》由中国书店出版，再现四百年前集雅斋风韵。2017 年 11 月 6 日，中国书店总经理于华刚先生邀请专家、媒体朋友们在北京琉璃厂海王村中国书店三层大厅品评庆祝。

醉东风·诗词峰会讲课书法纪实

鼠标轻按，屏幕篇篇换。冬日会厅春色灿，朵朵诗花浪漫。　　争持诗册签名，争持宣纸书行。问道诗词梦境，何妨耄耋高龄。

【注】

2017 年 11 月 12 日下午，《诗词之友》杂志张脉峰主编邀请我参加其主办的“国粹情·中国梦”中华诗词艺术名家峰会（北京），为与会诗友用 PPT 作《诗词创作与出版传播》演讲，签售由中国书籍出版社出版的拙作《新疆诗稿：丝路新貌与西域故事》，并为诗友挥毫书写诗词书法作品。全国各地与会诗友，其中多位七八十岁老同志，年龄最大的是年逾 91 岁的长沙离休干部周开智先生。

蝶恋花·畅销书口述史报告会

（一）

书籍畅销寻故事。四十年来，喜话文明史。记忆犹新多例子，畅销可靠多媒体。　出版营销夸数字。价值优先，利用高科技。读者欢迎多复制，内容喜载新模式。

（二）

电视传媒无处躲。妙语于丹，圣典传薪火。长队粉丝旋右左，新书签售深宵妥。　孔子谦谦仁众我。种子萌芽，千载发新朵。仁爱繁花结硕果，神州代代知音夥。

2017 年 12 月 2 日

【注】

中国新闻出版研究院组织的“口述出版史”系列课题，获得国家社科基金和国家出版基金的双重资助。2017 年 12 月 2 日，范军副院长主持的“改革开放以来畅销书口述史报告会”上，中国出版集团公司李岩副总裁、中信出版公司卢俊副总裁等专家做了专题报告。李岩报告中回忆了十年前中华书局出版于丹《论语心得》的畅销故事。2006 年 11 月 26 日，中关村图书大厦新书首发式暨签售仪式上，当天店面零售 13600 余册，于丹签售 10600 册，签售自下午 1 点多开始直至晚上 10 点多才结束，创下新中国图书史上单店单品种零售和现场签售的最高纪录。

踏莎行·小众书坊举办《2018 诗词日历》首发式暨朗诵会

书会吟朋，琴鸣天籁，胡同小院时间快。高山流水绕梁飞，诗心澎湃琴弦外。　　日历精装，诗词精怪，青年青睐知音在。多情吟诵韵千重，新词欣唱新时代。

【注】

2017 年 12 月 6 日，五六十位诗友和媒体朋友齐聚在北京东城后圆恩寺胡同甲 1 号小众书坊，举办由中国青年出版社出版的《2018 诗词日历》首发式暨朗诵会。小众书坊主人、资深编辑彭明榜先生主持活动，中国青年出版社皮钧社长和著名词人、中华诗词研究院原执行副院长蔡世平分别致辞，小众书坊安排书友以及到会的诗人朗诵了诗词，其间穿插古琴演奏。

临江仙·出版社上班速写

早起出门头戴月，曙天映柳微茫。街灯绚烂晓星烊。坐车读字帖，审稿梦书墙。　　收拾下楼天幕暗，灯光掩映星光。为谁辛苦为谁忙？姑娘好出嫁，心绪总飞扬。

2017 年 12 月

沁园春·第三届“诗词中国”大奖赛颁奖典礼并贺“最大规模诗歌比赛”获吉尼斯纪录

故国东方，汉字通神，文脉久昌。幸羲皇创卦，天开一画；颉臣造字，界破洪荒。独体方圆，单音扬抑，义见形声万物彰。抒情志，有重章叠唱，思幻言长。　　今朝岁月铿锵，引无数诗人赋慨慷。看诗词中国，星光璀璨；栖居诗意，远望诗乡。书画视频，纸媒网络，共举诗鹏作健翔。群英会，庆吉尼斯录，文化新章。

2017 年 12 月 9 日

踏莎行·易学与科学玄想

太极追寻，昆仑探测，茫茫宇宙能穿越？春风引力浪千层，冬云暗物寒无色。　　头顶星空，心中道德，人生万象何由彻？三生万物化芸芸，阴阳交泰恒分蘖。

【注】

2017 年 12 月 24 日，参加国际易学联合会邀请天体物理学家在北师大哲学院举行“引力波、暗物质”学术沙龙，赋此兴感。

《诗词家》戊戌祝东风雅集，次韵李清安先生

参天古木竞葱茏，沃野林涛气势雄。
汉柏唐松春不老，阳光雨露沐东风。

2018 年 1 月 28 日

李清安原诗

天增岁月更葱茏，时代新开万象新。
千载中华传好韵，骚坛举酒祝东风。

南歌子·丝路文化传播新篇

时念天山峻，忽惊电话来。听传嘉信豁吟怀。诗稿汉英翻译、早安排。　大漠胡杨劲，和田子玉乖。丝绸之路卷新开。华夏骆驼登上、大平台。

【注】

中国书籍出版社出版拙作《新疆诗稿：丝路新貌与西域故事》入选克鲁格出版社（美国）新疆文化出版社（中国）联合出版《中国新疆丛书》中英文版美国发行。2018 年 1 月底，于文胜社长电话通知并快递样书，制词以致谢忱。（二书书影见本书上篇 新疆诗稿前）

七律·次韵《戊戌二月二生日》贺梁松兄六十寿

人生花甲正当年，喜惹诗书日夜缠。
兴至吟游攀峻岭，神来走笔涉平川。
宝刀勤砺锋难老，赤子长存志易欢。
且伴白毛浮绿水，兰舟明月送君还。

2018 年 3 月 18 日

吕梁松原诗《七律·戊戌二月二生日》

倏忽已过花甲年，此生不受利名缠。
清谈旧日思佳侣，白发归来忆故川。
虽觉闲身终付老，每逢遐日一贪欢。
征衣欲洗松江水，兰棹何时送我还。

念奴娇·次韵刘征贺北京诗词学会三十华诞

复兴骚雅，举吟帜、引领神州风气。遍地新篁春雨后，唤醒幽兰质蕙。翠柏青松，古槐银杏，掩映皆京味。林荫行道，古风熏我沉醉。　　而立言志抒情。红墙内外，今古吟魂系。古韵新声歌梦境，道路环环开辟。后海临池，香山助兴，挥我生花笔。蓝图描就，好风帆满春水。

2018 年 3 月 22 日

生查子·谒文天祥祠（三首）

2018年3月27日，中华诗词研究院杨志新副院长带领研究院全体同事拜谒文天祥祠，受邀参加活动，并赠前夜所书《过零丁洋》书法作品予文天祥祠，赋此记事。

（一）

高吟正气歌，在此牢房内。天地赋英雄，正气何充沛！　　三枝白菊花，祭奠英灵位。老树向南倾，敬尔丹心贵。

（二）

祠堂品手书，劲草罡风醉。板荡见忠心，痛补山河碎。　　周围教室间，朗朗书声脆。不再叹伶仃，拭去英雄泪。

（三）

端详正气歌，诗祀清明酹。殉志垂忠义，胆魄何宏伟。　　我书丞相诗，感慨宵难寐。道德化文章，千古风云会。

沁园春·汉字颂

故国东方，汉字通神，文脉久昌。幸羲皇创卦，天开一画；颉臣造字，界破洪荒。独体方圆，单音扬抑，义见形声万物彰。抒情志，有重章叠唱，思幻言长。　　今朝岁月铿锵，引无数诗人赋慨慷。看嘤鸣汉语，亲和世界；龙飞书法，流美诗乡。事在人为，梦由心画，丝路驼铃乐万邦。挥毫也，得江山助兴，绘我新章。

2018 年 3 月 27 日

奥森公园十景

一、庭院深深（下沉花园）

御道重门梦里行，深深庭院隐花亭。
和鸣钟鼓瀛洲乐，水印长天享太平。

【注】

“庭院深深深几许？”是欧阳修《蝶恋花》名句，“庭院深深”反映中国古典文学的经典意象，又为本景点的现实描写。下沉花园是一组中国古风庭院——由南向北为御道宫门、古木花厅、礼乐重门、穿越瀛洲、合院谐趣、水印长天，与两侧购物中心、地铁入口相邻。穿越其中，梦回古代，又衔接现实，梦想未来，古韵新风融为一体，穿越其中犹如穿越梦幻。中国古庭院演绎古礼乐，展现礼仪之邦的悠久历史；水印长天，水天一色，反映天人合一的中国哲学文明。

二、圣火群擎（火炬广场及奥运冠军墙）

更快更强还更高，文明圣火照天烧。
和平竞技人间乐，看我英名榜上标。

【注】

中国谚语："众人拾柴火焰高。"奥运火炬与奥运冠军墙二者组合形象，恰是此谚语的典型意象。五大洲共同组成人类命运共同体，为人类共同发展互相促进，正体现"更高更快更强"的奥运精神，是一种和平竞争的精神；也是中国古代先贤总结的文明智慧"众人拾柴火焰高"精神的体现。

三、梧巢引凤（国家体育场）（鸟巢）

家有梧桐筑好巢，引来金凤乐陶陶。
精神物质添双翼，圆梦环球境界高。

【注】

中国谚语："载好梧桐树，引来金凤凰。"（也说"筑好碧梧巢，引来金凤凰"）国家体育场这个巨大的人工"鸟巢"既是"梧巢"（魁梧的巨大的鸟巢）也是谚语说的"碧梧巢"。金凤凰的双翼代表物质文明和精神文明。此鸟巢也是巨大的面对广阔世界敞开胸怀的意象，体现中国海纳百川的宽阔胸怀，吸收古今中外一切优秀文明，进行创造性转化和创新性发展而创造中国风格气派的独特文明，从而反馈反哺域外文明，这既是中国梦也是世界梦。

四、银河击水（国家游泳中心）（水立方）

会当水击三千里，自信人生二百年。
在水一方牛女乐，迢迢银汉鹊桥连。

【注】

此银白色“水立方”恰似天上银河切取的一段，让人浮想联翩。中国古代神话传说，牛郎织女银河阻隔，“盈盈一水间，脉脉不得语。”（汉代诗句）只有一年一度鹊桥相会。也让人想到《诗经》“有位佳人，在水一方”的名句。而当回到现实中，参加比赛的健儿泳池击水，又使人想起中国民族英雄毛泽东“到中流击水，浪遏飞舟”和“自信人生二百年，会当水击三千里”的诗句。五洲健儿，银河击水，天上人间，神话新篇。

五、顶庙庄严（敕建北顶娘娘庙）

庙祭娘娘六百年，五环护佑五洲缘。
庄严古韵传神韵，大匠精工巧夺天。

【注】

北顶娘娘庙始建于明宣德年间，清乾隆年间奉敕重修。庙内供奉碧霞元君、眼光娘娘、子孙娘娘、东岳大帝、玉皇大帝、关帝、药王等神祇。北顶娘娘庙是北京历史上著名的“五顶”之一，是北京城中轴线北延长线上的标志性建筑，是北京城市发展和民俗事象的实物见证。它位于奥运主场馆区内，与国家体育场、国家游泳中心毗邻，形成了古典与现代相辉映的场景，是人文奥运精神的重要体现。此泰山神庙护佑人类祥和美好的愿望，与奥林匹克的精神是完全一致的。而它以其所代表中国古代建筑智慧的特色古韵，与奥运体育场馆建设的现代性国际性的建筑新风，古今交汇，相映生辉，体现着中国古代文化激活现代文明的美好意象。

六、寰球同梦（熊猫盼盼）

人类萌俺盼梦圆，俺看比赛乐翻天。
人们封我吉祥物，我赞人间运动员。

【注】

1990年亚运会吉祥物熊猫盼盼几十年来一直是世界知名的大明星。她给人们带来的祥和欢乐，也是人类体育运动会精神所在。盼盼，人类期盼；“同一个世界同一个梦想”，这是1990年北京亚运会上一首歌曲中的歌词，也是2008年北京奥运会、2008年北京残奥会主题口号，集中体现了奥林匹克精神的实质和普遍价值观——团结、友谊、进步、和谐、参与和梦想，表达了全世界在奥林匹克精神的感召下，追求人类美好未来的共同愿望。尽管人类肤色不同、语言不同、种族不同，但我们共同分享奥林匹克的魅力与欢乐，共同追求着人类和平的理想，我们同属一个世界，我们拥有同样的希望和梦想。

七、大道之门（和谐阙）（包括农历广场、民族之花广场）

凤翥龙翔对阙红，群花竞放乐融融。
风调雨顺农时好，大道和谐天下公。

【注】

天时、地利、人和，这是中国古代智者提出的战争获胜的三要素，后来泛指各种事务成功的三要素。我说这也是人类生存和发展的三要素。一对红色阙组成通往大道之门，阙上龙凤雕塑反映了中国古代阴阳平衡的哲学智慧，也是最典型的祥和意象。经和谐阙中间往北，农历广场反映中国古代先贤观天察地建立干支计时、日月计时的智慧；再往北就是民族之花广场，五十六朵琉璃浮雕花代表我国五十六个民族的和谐大家庭。这些图景通过中国文化和中国个体推而广之全世界，体现天时的和谐，地利的和谐，人事的和谐；也体现了天、地、人三者之间的和谐。所以这大道之门就是天地人和谐之门。

八、花海春潮（花田野趣）

百亩花田野趣多，三阳开泰泛金波。
疏林环绕河流韵，向日倾心赋赞歌。

【注】

奥体公园北园中的百亩花田景点，春风吹拂，百花竞艳；盛夏秋冬皆有应时花卉次第开放，万紫千红，目不暇接。而河流、密林穿插其间，一派自然祥和景象。特别是向日葵品种丰富，当“欢乐小炮竹”“帕蒂小葵”“三阳开泰”“好运多”“满天星”等几十个品种向日葵盛开之时，百亩花海无边无际，一派金黄色波翻浪涌，好似她们代表大自然在向着太阳唱着赞歌，来感谢上苍无私的阳光雨露恩赐。这里命名“春潮”，并不局限于“春天”，只是用春潮作为代表性意象比喻这百亩花海。

九、杏苑秋韵（银杏林）

奥园秋色醉游人，金风送爽豁眸新。
株株银杏穿金甲，簌簌飘零满地金。

【注】

银杏寿命绵长，被列为中国四大长寿观赏树种（松、柏、槐、银杏）之列。银杏树高大挺拔，叶似扇形，叶形古雅，冠大荫广，具有降温作用。无病虫害，树干光洁，是著名的无公害树种，适应性强，银杏对气候土壤要求都很宽范。抗烟尘、抗火灾、抗有毒气体，清洁环境。银杏树体高大，树干通直，姿态优美，春夏翠绿，深秋金黄，可以增添风景，是理想的园林绿化、行道树种。

深秋的银杏，最能代表金秋的色彩，秋五行属金，颜色为黄色，金黄的银杏是秋色的最典型代表。金秋时节，好像穿上了黄金甲的银杏树，耀眼夺目；成片的银杏林，金黄绚烂，养眼怡神；落叶缤纷，满地金色，游人如醉，流连忘返。

十、林荫越陌（生态廊道）

栈道林荫跨五环，公园南北自由穿。
任他高速车来去，轴线延伸物种迁。

【注】

“越陌度阡”是曹操《短歌行》中的诗句。道路东西为陌，南北为阡。作为横跨北五环路的一座生态桥梁，奥体公园这座生态桥是我国首条城市公园的生物通道。它不仅连通五环南北两侧公园，供游人自由徜徉，而且桥上植物繁茂，为栖息在公园里的小型哺乳动物和昆虫搭建了往来通道；任由五环路上车流飞驰，上方横跨的空中栈道使得游人和动植物自由栖息和往来南北两处公园，使公园内生物物种自由传播与迁徙得到保障；而且使得原来止于五环路的北京城中轴线得到自然延伸，消融于公园北园的自然山水之中。

奥园初夏

受奥体公园管委会邀请，2018年5月18日农历四月初四，和北京十来位诗联朋友一道为奥园景点命名到奥园采风，即景。

孟夏温和若季春，满园嘉木向荣欣。
圆巢方水天生态，栖鸟游鱼尽可心。

渔家傲·万里茶道

丝路迢迢茶道继，山乡绿叶钟灵气。畜力舟车传地利。勤贸易，沟通欧亚增情谊。 嘉树逢春枝叶密，中俄蒙古同舟楫。万里茶缘春水碧。长接力，人间共享茶禅益。

【注】

“一带一路·丝路诗歌”第九届莱蒙托夫国际诗歌音乐节暨首届（2018）中俄国际诗歌论坛启动仪式在北京举行。作者书写这首《渔家傲》词并与俄华战略合作协会驻华代表处首席代表、万里茶道文化有限公司刘丽总经理一道将此作品赠送俄罗斯代表——俄罗斯俄华战略合作协会会长亚历山大和俄罗斯联邦社会议会文化专业委员会领导、俄罗斯俄华战略协会执行会长莱蒙托夫·米哈伊尔（右）。

2018 年 5 月 29 日

上海大学古典诗词吟诵大会《雅韵华章》观感

学子莘莘着古装，唐音汉调演新腔。
深情欲下师生泪，毕业衔恩向远方。

2018 年 6 月 28 日于上海大学

鲁迅墓边所见

有母哄孩子：爷爷在里边；
攀爬小声点，他要写诗篇。

2018 年 6 月 30 日于上海

鲁迅墓刻毛泽东题“鲁迅先生之墓”

（一）

当年“山大王”，笔力好雄强。
不朽山河固，民魂国有殇。

（二）

匕首与投枪，支援“山大王”。
从此明方向，荷戟不彷徨。

2018 年 6 月 30 日于上海

破阵子·永定河

卫我河山挥剑，驱它敌寇丢魂。唤醒幽燕狮怒吼，飞跃平津马急奔，千秋德水尊。　膏润家乡厚土，情怀故国烝民。劲舞高山萦暮霭，欢唱清流染绿茵，京华谢母恩。

2018 年 7 月 12 日

次韵李白清平调三首赠映涟同学

（一）

云彩南来有丽容，翩翩学子气华浓。
适才耆宿诗家见，又得长安月下逢。

（二）

长安街语吐心香，玉手箜篌引热肠。
一曲清平调柔婉，心弦拨响动妍妆。

（三）

诗词音乐两相欢，乐府英才刮目看。
古调新腔无限意，新诗写待墨痕干。

2018 年 7 月 25 日

踏莎行·北京西山诗社京西采风诗会纪实

马蹄深坑，京西古道，青山踏遍犹年少。小桥流水润枯藤，斜阳老树人家好。　　百首新诗，一壶老窖，歌声漫过群山坳。深情一曲踏莎行，新词赞我江山峭。

2018 年 7 月 29 日于京西于家大院

青玉案·与曹辛华教授逛厂并戴月轩饮茶谈诗

秋风掠过街边树，或吹落，槐花雨。诗客慕名来汲古。东琉璃厂，来回往复，戴月轩留驻。　　洱茶碗盖香丝缕，欣赏吟评好诗句。时代催生新艺术。管城新颖，尽情挥舞，小大由之欤?!

2018 年 8 月 8 日

【注】

那天离开戴月轩笔店选购“小大由之”（毛笔上刻此名称）毛笔一支。毛笔古称毛颖，亦称管城子，管城君，典出韩愈《毛颖传》。

琉璃厂荣宝斋书店先后购得沈鹏诗词《三余吟草》《三余续吟》

荣宝斋藏宝贝多，文房字画璨星河。
咖啡书店香飘溢，吟草欣逢心底歌。

2018 年 8 月 12 日

浔阳雅集前奏

应翁寒春女士邀和陈智先生《贺九江铜锣湾广场开业庆典暨大中华诗词协会第一届第一次会员大会召开》

浔阳大典欲开锣，港岛传来第一歌。
浪下三吴邀众岳，云飞九派唤星河。
东篱采菊圆佳梦，曲水流觞浴电波。
燕岭庐峰遥应和，山长水阔郁嵯峨。

2018 年 8 月 12 日 于北京

陈智先生原玉

《九江铜锣湾广场开业庆典暨大中华诗词协会第一届第一次会员大会召开》

欣知盛世响铜锣，与会尤宜发浩歌。
奇句不妨书手札，清怀正可泼江河。
风吹锦绣余诗料，日照烟岚泛远波。
立此峰头付淘写，匡庐回望愈嵯峨。

鹊桥仙·映涟邀七夕听音乐会有作

瑶筝弹雅，钢琴附丽，流水高山情笃。长安月下夜深沉，掌声响、金钟鸣鼓。　　身边裙影，心中惊艳，恍遇鹊桥仙女。新词自制韵尤娇，引素手、箜篌奇舞。

2018 年 8 月 17 日

【注】

映涟在中国音乐学院学箜篌。曹植《箜篌引·野田黄雀行》有“阳阿奏奇舞”诗句。

青玉案·九江铜锣湾广场开业庆典暨大中华诗词协会大会

荻花枫叶浔阳路，破阵子，惊秋雨。雨后清新新几许？开场锣鼓，点睛狮舞，江海交融处。 人间物阜休夸富，出彩当题好诗句，天籁人文谐进步。揄扬生趣，乐音繁复，继雅新风度。

2018 年 8 月 31 日于九江

浔阳雅集听邵琳演奏二胡

戊戌金秋，大中华诗词协会雅集浔阳，当晚皇庭酒店听著名二胡演奏家邵琳演奏《野蜂飞舞》《别亦难》，琴女红颜素裹，曲声旋律优美，会厅满座惊艳。今日第三天游览庐山，与邵琳同行如琴湖畔，前夜琴声犹在耳畔，余音果然“三日不绝”，感吟小诗赠予邵琳。

前夜妍妆玉手挥，弦声凝听绕梁飞。
如琴湖上余音袅，今朝犹见彩云归。

2018 年 9 月 1 日于庐山如琴湖畔

庐山秋游

七月山花不见桃，紫薇满树竞妖娆。
匡庐四季芳菲艳，冬雪纷纷赶大潮。

2018 年 9 月 1 日于庐山

庐山御碑亭

亭联读诵雨霏霏，络绎游人入翠微。
浩荡天风帆正满，神仙几日驾舟归？

2018 年 9 月 1 日于庐山

南歌子·毛泽东庐山诗词苑

石块真荣幸，诗词刻上头。嫣红手笔力方遒。振我精神奕奕豁明眸。　　墨舞千峰峻，诗思万壑幽。峥嵘岁月记何稠。任尔风云激荡柱中流。

2018 年 9 月 1 日于庐山

临江仙·重上庐山

十载重来秋瑟瑟，江山依偎情浓。登高望远仰飞鸿。壮观天地阔，逝者亦匆匆。　　翠岭明波风景好，诗思竞露峥嵘。芦林湖浪浴英雄。风云曾际会，击水好从容。

2018 年 9 月 1 日于庐山

南歌子·宋庄小院写生

植土生根稳，攀藤蔓叶稠。阳光雨露恣情收。大小葫芦吊挂绿毛猴。　　字画悬墙满，江山入卧游。秦松晋柏翠绸缪。腹里诗书蕴藉寿春秋。

2018 年 9 月 16 日北京通州宋庄

【注】

中国新闻出版传媒业书画研究院秘书长王春先生精心营造中国新闻出版传媒业书画研究院（宋庄）创作中心，多次受邀前往创作，填词写生赋感。

青玉案·加班校稿

与初仁、吴秋野国庆节日赶核《古今重阳诗词选》书稿，出书以备中华诗词研究院2018“重阳论诗”会议急用。

手机微信真方便，不用纸，传文件。艺圃耕耘花正艳。古今诗稿，分头校验，扫叶浑无倦。　　中秋过后重阳见，国庆居中好时段，假日兼程鱼鲁辨。重阳诗会，新书呈献，论剑开生面。

2018年10月5日

渔家傲·北京诗词学会兴国创作基地成立

江右从来山水异，红旗指处洪荒力。书画诗词牌挂起。谁创意？长城好汉生花笔。　　革命精神何处觅？初心不忘追前迹。模范老区多诗意。朝圣地，又看红日升天际。

2018年10月7日

卜算子·恭读赵朴初诗书

言志善挥毫，叙事长摛藻。感惠徇知爱憎明，
肝胆诚相照。　　大爱洒人间，佛教敦廊庙。古
韵新风绿意浓，禹甸春难老。

2018 年 10 月 7 日北京

【注】

利用国庆节假日撰写《赵朴初诗词创作特点浅析》，应邀参加 10 月下旬在赵朴初故乡安徽太湖县举行的“全国赵朴初诗词研讨会”。完成 7 千字论文，特制小词附在文末。

采桑子·中华诗词研究院 2018“重阳论诗”龙宫雅集

江山不老诗难老，摧雅延年。摛藻丰年，跃
马登高奋着鞭。　　龙宫论品龙吟曲，兴会今天。
畅想明天，诗海潮升放大船。

2018 年 10 月 15 日北京贵州大厦龙宫厅

【注】

此次诗词座谈会在北京贵州大厦龙宫厅举行，由杨志新副院长主持，重点讨论当前诗词传播方法问题。

卜算子·中华诗词研究院2018“重阳论诗”龙宫雅集即事二首

(一)

重九望神州，要把诗词论[①]。经典如何创作来？传播谁担任？　　汉语可通神，此调谁相信？看我风骚韵律催，万类和谐进。

(二)

唱罢醉花阴，还唱采莲曲。别样苗条别样娇，缟袂谁家女？　　更唱短歌行，[②]天下归心许。慷慨激昂格调高，韵入英雄谱。

2018年10月15日北京贵州大厦龙宫厅

【注】

① 此次诗词论坛主题是诗词创作经典化与传播方法论。

② 作为诗词传播方法的演示，会上由天津音乐学院青年教师王乙婷演唱《醉花阴》《采莲曲》《短歌行》等古谱诗词歌曲。

第三届海峡两岸诗词论坛杂记

（一）

感谢罗辉搭舞台，四方诗友逞吟怀。
同胞两岸齐声唤，汉字精灵蹦出来。

（二）

大厦林中保利高，电梯升降不辞劳。
诗人三百忙开会，欲把唐风宋韵超。

（三）

皇冠闪亮顶明珠，格律诗词韵特殊。
仄仄平平平仄仄，今人岂把古人输？

2018 年 10 月 23 日　于武汉 保利大厦

七律·与全国赵朴初诗词研讨会与会诗友从寺前镇乘船游花亭湖

过镇穿街下马头，步移踏板上船楼。
随从小鸟逐轻浪，任眺蓝天纵远眸。
壮丽湖山频入镜，欢欣意绪尽成讴。
晴峦四面围诗友，共沫阳光醉晚秋。

2018 年 10 月 29 日安徽太湖县花亭湖畔

《近体唐诗类苑》出版志贺，用编著者宋明哲先生诗韵

汉字精魂不绝烟，英灵河岳喜重编。
黄金格律新成就，褐布情怀旧管弦。
历代潇湘摛藻丽，今朝梨枣绽芳妍。
江山不老诗难老，独有诗情上九天。

2018 年 11 月 5 日

宋明哲先生原玉《〈近体唐诗类苑〉付梓有感》

半纪红尘付雨烟，稀龄却把古诗编。
清词句句披肝胆，雅唱声声入管弦。
千载星辰千载月，十年寒暑十年禅。
依然磊落青衫老，犹有吟情到碧天。

一剪梅·武汉罗辉诗长寄赠《新修康熙词谱》

汉水燕山景色幽。高铁穿春，银燕飞秋。云中快递好书来，感谢诗人，记挂心头。　　盛世欣将典册修。一样词牌，统计研究。谁云长短是诗余？妙句神来，豪婉兼收。

2018 年 11 月 9 日

醉花阴·嫁书词

养在深闺夸内秀，更蓄情商厚。广甸至钟楼，后海莲沟，与我晨昏就。　　春江棹送朝阳后，喜少年牵袖。公益乐开怀，广厦安排，绿染阳光透。

2018 年 11 月 9 日

【注】

个人办公室藏书分赠中国少年儿童文化艺术基金会阳光少年基金，周末王春开车接送，方海江接应。这些书伴我多年，有的随我从琉璃厂中国书店至钟鼓楼与后海间的线装书局，后又至莲花河畔的中国书籍出版社。今天阳光少年基金微信群里发来照片，图书被整齐排放在绿色小书架上，令人欣慰，填词致谢。

如梦令·中国书籍出版社《动物故事亲子绘本》新书上市

生态原来好酷，动物萌翻一路。迷彩觅神奇，蹑入密林深处。童趣，童趣，爬上鳄龙狮虎。

2018 年 11 月 10 日

读《饶宗颐——东方文化坐标》用饶公《访故友六郎旧居》韵

传记摩挲倍振神，选堂引我忘昏晨。
诗文书画风标豁，三教东方学有人。

2018 年 11 月 17 日深夜

【注】

2018 年 9 月 21 日与陈世军访琉璃厂东街 115-6 号北京书画苑（选堂字画专营店），共赏饶公书法对联和横幅大字（对联“清秘倪迂閣，琴书靖节居”印象最深），店主陈少如出示见赠陈韩曦著《饶宗颐——东方文化坐标》。深夜读书，拟句备忘并志谢沈。

水调歌头·审读《史说宋词》书稿用东坡中秋词韵

明月看依旧，回望宋时天。向来三百多载，文字享嘉年。调子平平仄仄，句子长长短短，问暖又嘘寒。欣赏妙词语，美好溢心间。　对书稿，读佳句，竟忘眠。漫天雨粟，神助它字正腔圆。欧子温文尔雅，苏子深情豪迈，清照贵兼全。皓月清辉洒，千载共婵娟。

2018 年 11 月 24 日深夜

太原德芳阁快递来漆器笔，谢乙婷订赠嘉礼

漆彩斑斓笔一枝，德芳迢递晋王祠。
梦里生花摛藻丽，纤纤犹见美婷姿。

2018 年 12 月 18 日

纪念毛泽东同志诞辰
一百二十五周年座谈会记事

一、孔子书院院长李敏生教授召集会议

天安门上太阳升，冬日祥和暖意融。
李老张罗来聚会，缅怀领袖毛泽东。

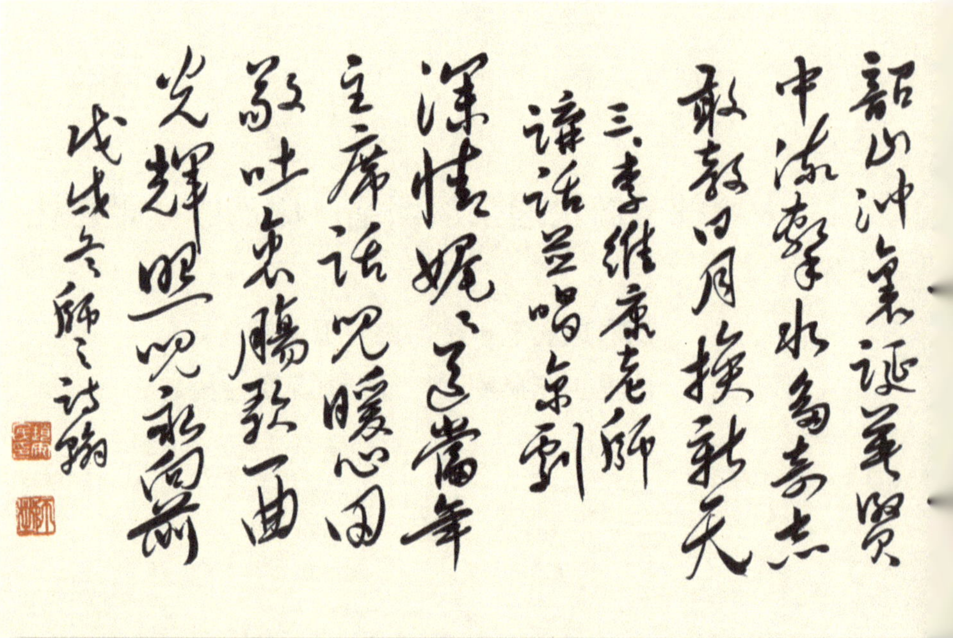

二、大家缅怀主席丰功伟绩

一百二十五年前，韶山冲里诞英贤。
中流击水多奇志，敢教日月换新天。

三、李维康老师讲话并唱现代京剧

深情娓娓道当年，主席话儿暖心田。
敬吐衷肠歌一曲，光辉照儿永向前。

2018 年 12 月 26 日

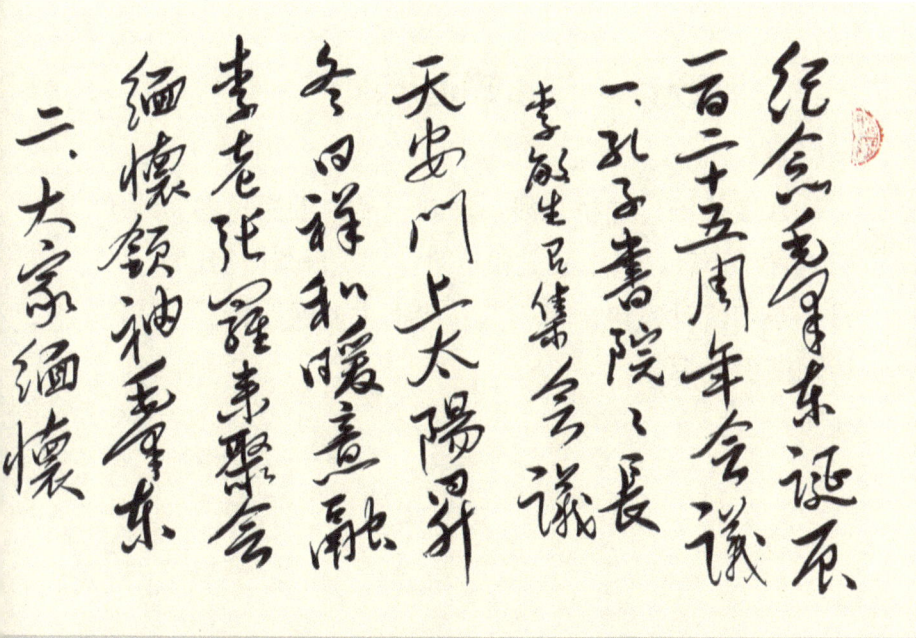

纪念毛泽东诞辰
一百二十五周年会议
一、孔子书院院长
李毅生召集会议
天安门上太阳升
冬日祥和暖意融
书老张罗来聚会
缅怀领袖毛泽东
二、大家缅怀

满庭芳·应尽心邀请参加贤普堂诗词结课颁奖活动

安定门边，花园深巷，邻翁牵手相迎。新为禅客，堂主主诗盟。堂内经书满壁，博士后，岂僭虚名？群生至，祥和热闹，糖饼酿诗情。　融融，群坐定，先生讲课，玉立婷婷。有亲手编成，奖品颁行。更有诗词盈卷，五百首，心血凝成。欢声里，满庭明月，一片露华凝。

2019 年 1 月 12 日

踏莎行·与乙婷逛琉璃厂

八宝茶汤，过桥米线，清新一品红颜面。书吧人静乐声轻，书中疑义相析辨。　日落西街，月升东甸，时光快乐梭飞燕。诗词古谱课题新，诗词演唱人牵念。

2019 年 1 月 20 日

劳动赞歌

李敏生教授召集慰问快递小哥、环卫工人、出租车司机贺新春联欢会，著名京剧艺术家李维康应邀演唱京剧选段。

一、联欢会

赵家楼里众喧阗，宴请人民勤务员。
京剧大师来慰问，满堂春意笑开颜。

二、快递小哥

电动奔驰风火轮，匆匆来去好精神。
诗词赢得飞花令，快乐还当追梦人。

三、环卫工人

枝头小鸟醒晨眠，扫帚声轻奏细弦。
脏累换来环境美，辛勤汗洒梦香甜。

四、首都的哥

穿梭街巷送人忙，熟路轻车甭导航。
外省人民烦问好，首都“大使”气轩昂。

2019 年 1 月 30 日

《诗词之友》二十华诞志贺

文脉连同国脉新，以诗会友领群伦。
耕耘不辍初心在，园艺葱茏笔有神。

2019 年 2 月 5 日

民族团结一家亲，和田欢度元宵节

火车南去过天山，昼夜奔驰冒酷寒。
乌市城中好儿女，疆南村里老乡关。
昆仑北麓金盆地，瀚海南沿戈壁滩。
千里来同上元日，只因亲戚在和田。

2019 年 2 月 18 日元宵前夕深夜

【注】

我 2012 年援疆挂职的新疆人民出版社同事李颖超，微信朋友圈中推出一组照片，反映新疆人民出版社驻和田县巴什托奴村“访惠聚”工作队与“一家亲”结亲人员，从乌鲁木齐乘火车去和田乡村与村民们欢聚一堂，共同迎接中华民族的传统节日——元宵节的情景。新疆新貌令人欣慰，连夜在朋友圈写诗点赞。

临江仙·龙凤呈祥

院落西山春意盎，阳光洒满庭园。群山靠背顶蓝天。台峰藏大寺，凤岭隐龙泉。　　提案重提弘古典，来添活水文渊。神州命脉欲长延。启蒙传国粹，幼小趁嘉年。

【注】

2019 年 3 月 8 日（农历二月二）龙抬头日恰逢国际三八妇女节，是所谓龙凤吉祥之时，在北京阳台山（大觉寺所在）、凤凰岭（龙泉寺所在）等西山群峰东侧的龙凤吉祥之地，于北京大西山书院举行了学习赵朴初、冰心、曹禺、夏衍、启功、吴冷西、陈荒煤、叶至善、张志公九位文化巨匠于 1995 年全国政协八届三次会上关于《建立幼年古典学校的紧急呼吁》提案的座谈会。会议由北京大西山书院和曲阜孔子书院联合主办。大会由曲阜孔子书院李敏生院长召集并主持。

金缕曲·为父亲赵忠良伯远公记史

时露江西语。本江西、吉安福地，武功山麓。随俗入乡湘北调，湘北生涯谋取。解放后、乡村进步。勤奋为乡民服务，为供销工作经寒暑。乡里好，育儿女。　　江南梦绕洞庭渚。浪连天、蒹葭涨绿，漫湖烟雨。九十三年生涯里，湘赣亲情凝聚。晚景好、报刊常读。一次快车京往访，又长沙岳阳常来去。九秩寿，唱京剧。

【注】

父亲赵忠良，名伯远，1926 年农历 4 月 17 日出生于江西省吉安地区安福县洋溪乡一个半商半农家庭（祖父在湖南南县县城经商，1930 年因病早逝）。1946 年独自从江西来到湖南南县县城转华容县北景港镇当布匹商店学徒。新中国成立后一直在北景港镇、新河乡的基层供销合作社工作，直至 1993 年 67 岁时退休。湘赣亲人 2015 年在岳阳市为父亲 90 大寿贺寿时，父亲登台演唱一段年轻时学会的京剧。2019 年 1 月 11 日深夜 11 点 22 分（农历 2018 年 12 月初八子时）于北景港镇家中寿终，享年 93 岁。

附篇　旧作留踪

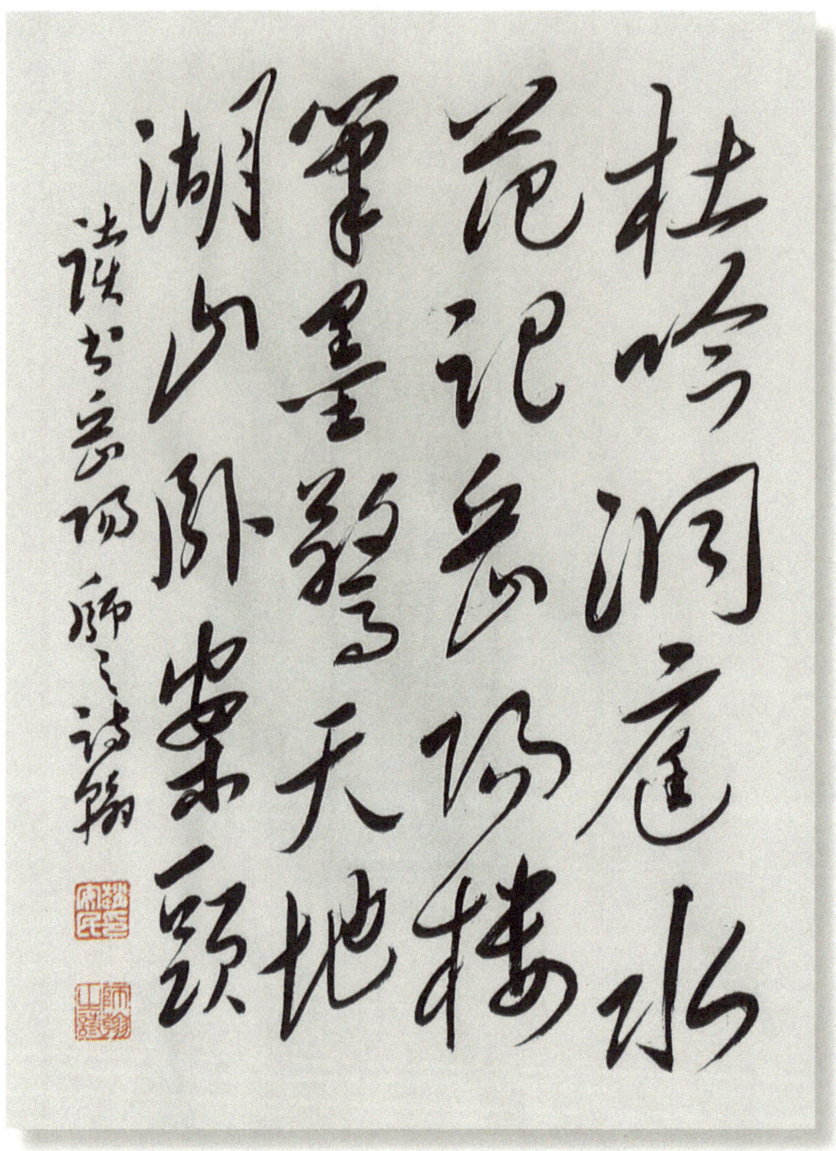

赵安民（师之）诗稿《读书岳阳》

秋

冬天又蠢蠢欲来，
耿耿黄叶在秋风中瑟瑟，
栉比的建筑肃穆而立，
冷静地怒视严酷野心。

任你寒风冷雨、冰刀霜剑，
我自巍然以待、岿然不动；
风雨只能涤去久积的尘埃，
冰霜尽可铸锐磨钝的意志！

有一条信念不可动摇：
只要这生机里信心不泯，
任冬天夺去所有的一切，
我自能在春天创造出全新的蓬勃世界。

1986 年深秋于长沙

华容县烈士陵园扫墓

戊辰孟冬访陵园，雪映青冢意肃然。
把帚清扫墓前雪，冰心啸傲凛冽天。

1988 年冬雪时

洞庭夕照

落日熔金飞燕子，湖波笼霭漾渔船。
白银盘里青螺倩，岳阳楼下蝉声绵。

1988年夏于岳阳市，时正参加湖南省卫生厅组织的全省中医院“传统卫生保健培训班”。

无题

洞庭秋雨漫无边，中训班中乐连天。
酒酣耳热直须热，且堪人间冷落捐？

1988年秋于岳阳市

读书岳阳

杜吟洞庭水，范记岳阳楼。
笔墨惊天地，湖山卧案头。

1988年秋于岳阳市

夏夜读书

小虫长吟更短吟，灯下翻飞戏光阴。
岂识人间欢怨事？何惹笔尖染墨尘？

1989 年夏于华容县中医院职工宿舍

【注】

灯下读古诗，窗外飞入诸多小虫于桌前灯下飞舞，书前嬉扰，戏成二十八字。

别柳朝新老医师

门诊楼上慈容见，竖子膏肓裂胆闻。
正是忘年交恨晚，北上求学却辞行。

1989 年 9 月于华容县中医院

入京有感

昨夜欢宴江南月，今朝寂读北京风。
乱云奔月三千里，寒窗孤馆意何从？

1989 年 9 月入北京中医学院读研究生

入京自勉

京城北上自江南，岱岳云间辟径攀。
竟委穷源求大道，试取经书一探勘。

1989 年 11 月

长相思

1990 年 3 月周末下午与同学王伟、马双成登车上街，京城春意方兴，阳光明媚，柳丝垂绿，百卉含苞，感填此词。

柳丝稠，鸟啁啾，携侣登车街上游，读书欲遣愁。　　路悠悠，众咻咻，春日迟迟弄轻柔，此情何日酬？

忆江南三首

身在京城，心系湖南，耳萦乡音。多少次梦里重游湘江橘子洲头、岳麓山和洞庭湖君山岛、岳阳楼。

(一)

湖南美，风景数湖江。春到湖山相映翠，秋来鱼米溢清香，梦里返湖乡。

(二)

长沙忆，岳麓沐江风。春水橘洲舒浪碧，霜林爱晚夕阳红，市闹大桥东。

(三)

思乡梦，魂梦向巴陵。南楚气蒸云梦泽，洞庭波撼岳阳城，君岛最多情。

1990 年 3 月于北京

无题

佳酿未熟菊未黄，京城一载付空囊。
闲情万种今将抑，不游青岛探故乡。

1990 年 暑假前夕，谢绝校友游青岛之邀。

长城吟

毛泽东的诗魂领我登上长城，
沃野蓝天，心旷神清，
雄关内外，山舞青龙，
心房里奏起欢快的乐音。

往昔秦皇汉武的威风，
唐宗宋祖的奇功，
更有好汉们长驱征战的殊勋，
你的岸影刻录碑铭。

长城啊，华夏之魂，
任岁月驳蚀、风雨恣凌，
阳关依旧，长河沸腾，
胡笳不哑，剑锷愈锋。

潇洒归去的中华先民，
留下星火燎原的奋斗精神，
且看我悲筑起众志成城，
将更奋然前行抖起震天雄风。

1990年10月19日与大学同学何敢想同登八达岭长城后作

北京北郊黑龙潭山泉

带着春花的浪漫欢乐，
带着秋月的澄澈皎洁，
走过草地，跳下山冈，
你向着东方轻轻地跑来。

在无底潭里蕴蓄了神韵，
你以龙转身的气魄，
把累累圆石连成串串珍珠，
到龙戏潭里嬉戏。

流连忘返，一曲三叠，
瞧瞧刺猬的傻子模样，
领略龙辟石的遗风，
频频回首，越过水门。

从密密丛丛苇杆群中穿过，
似轻风拂过长发的飘逸，
苇叶笑语婆娑，前仰后合，

乐得花香沥沥，鸟语绵密。
丁冬滴沥，九曲流连，
还是决然跨过龙门，
不再迷恋于漠漠平沙的舒坦，
毅然跳下通天高崖。

似银河从云霄间倾泻，
喧腾咆哮，气吞山宇，
又似冰花玉屑悬挂崖巅，
不乏平沙落雁的平稳矫健。

啊，欢乐的清泉，
唱着歌儿，弹着琴弦，
不顾道路崎岖，勇往直前，
用你的爱把山野润遍。

1991 年春

习惯

整整一个冬天，
我们习惯于，
白天和黑夜，
将所有的窗户关严。

以至于寒冻已经溜走，
春天的足音已重新敲响在大地，
我们仍然囿于积习，
无意间将春风闭拒于窗外。

1991 年 4 月

附录　诗书评论

附录 诗书评论

抗战诗史，忧患微音

——叶圣陶抗战诗词阅读随笔

多年前我就关注叶圣陶诗词，希望能有机会编辑出版一本叶老的诗集。2014年夏天，出版前辈吴道弘同志电话告我，叶圣陶孙辈叶永和、叶小沫姐弟整理出一份叶圣陶、叶至善父子笔谈诗词的文字，是从《干校家书》中摘录出来的，大约有七八万字。我早就想再版开明出版社十多年前曾经出版的《叶圣陶诗词选注》，于是提出这份笔谈文字与《叶圣陶诗词选注》合成一册出版的想法。吴道弘老先生同意我的设想，吴老将这个设想转告叶永和、叶小沫，他们也赞同。正在和中国书籍出版社合作出版诗词图书的中华诗词学会常务理事吕梁松先生，当我和他谈到这个选题，他也毫不犹豫地愿意投资出版，并且精心设计装帧形式，最后用布面精装的精美装帧形式予以出版，而且正好赶上叶圣陶120周年诞辰的纪念活动，作为纪念品赠送给参加纪念活动的代表们。

在2014年编辑这本《叶圣陶诗词作品选注·父子笔谈》时，已读到了书中选注的叶圣陶抗战时期诗词，2015年恰逢纪念抗战胜利70周年，中华诗词研究院学术部主任莫然先生约我参加他们举办的讨论抗战诗词的会议，我于是再次阅读此书，但是毕竟作为选注，所选的1937年至1945年间诗词只有38首（本文诗词计数皆以标题计算，不论标题下有几首，一个标题只算一首），并不是叶圣陶抗战时期诗词的全部。后来阅读叶圣陶研究专家、北京大学商金林教授编辑的《叶圣陶抗战时期文集》，所收诗词较全，共有 56 首。

综观叶圣陶抗战时期诗词，大体可以分为两种情况，一种是专门写抗战内容的，共有十几首；其余三四十首虽不是专题抗战诗词，但是大都或多或少涉及抗战情事或情绪。总起来说，前一种抗战专题诗词可谓是“抗战诗史”，后一种诗词则无非亦乃“忧患之微音”（前一种十几首专题抗战诗词中有一首《水龙吟》，俞平伯先生评谓“此抗战词史也”；后一种非抗战专题诗词中有《浣溪沙四首》，俞平伯先生总评之谓：“此四章……逼近前修。入蜀以来，不特俊得江山之助，亦忧患之微音也。”）

商金林先生在《叶圣陶抗战时期文集》“编后记”中说：

> 五四新文化运动中，圣陶先生竭力提倡作新诗，直到抗战前，公开发表的（指旧体诗）有《译斯蒂文森自题墓碑诗》（1929 年）和《挽鲁迅先生》（1936 年），共两首。抗战爆发后，圣陶先生避寇入川，逃亡途中，以及在重庆、乐山、成都、贵州、桂林等地的见闻和感触多了，他这才用旧体诗词抒写生活和感怀，寄托爱国忧民、严辨夷夏的思想情感，以及朝夕怀想、时萦梦寐的思乡念友之情。由于圣陶先生古典文学修养高，爱国主义思想强烈，对朋友最讲亲谊，又得江山之助，所以一写出来便不同凡响，没有一首不臻上乘，深得林宰平、俞平伯、王了一诸位先生的赞赏。

确实，我们看《叶圣陶诗词选注》所载抗战时期以前写的旧体诗，就是商金林教授提到的这两首外加一首《游拙政园》古风。可见是抗战的流亡生活与“同仇敌忾”触发了圣陶先生的诗词情怀。另外我感觉圣陶先生也是有意采用诗词等各种文艺形式来进行“抗战”，这从《叶圣陶抗战时期文集》中所收的诗歌、散文、小说、书信、日记的丰富内容，都是“抗战文艺”（《叶圣陶抗战时期文集》“编后记”语），即可看出。据叶圣陶长子叶至善所著《父亲长长的一生》记载：“一九三八年三月廿七，中华全国文艺界抗敌协会，简称“文协”，在汉口开成立大会，我父亲是主席团成员……五月四日，《抗战文艺》在汉口创刊，我父亲任编委……”叶圣陶先生所写而发表在这年7月9日《抗战文艺》上的《抗战周年随笔》，就是举他自己所写三首词一首诗（《鹧鸪天》1937年7月作，《卜算子·伤兵》《卜算子·难民》两首1937年8月作、刊10月5日《救亡日报》，《江行杂诗》七绝三首之一、1938年1月作、刊1月27日重庆《新民报·血潮》第13号）和丰子恺先生一首诗（“答复友人作了诗来吊他的已毁的缘缘堂的”五律），并对这几首诗词进行解说而写成的文章。叶圣老写《鹧鸪天》是对国民党中央当局“宿鸟依枝久”“行云出岫迟”的面对严峻局势而迟迟按兵不动的惊诧与焦急，词的结尾句尤其有力：“同仇敌忾非身外，莫道书生无所施。”书生何所施？以笔为枪，可以揭露国民党的消极抗战；可以声援抗战，鼓舞士气。《卜算子·伤兵》则歌颂伤残战士急欲伤病痊愈后再返前线的心情。对于《卜算子·难民》，叶圣老在文章中解说道：

“独颂今回战”和“民质从今变”两句，现在想来，可以说是对一年来我们同胞的总题语。一年来我跑了几千里路，遇见了各式各样的人，他们中间有的叹息事业的衰败，有的痛哭亲属的死伤，有的离开了故乡，身无立锥之地，有的倒空了钱袋，更无买饭的钱：但是没有一个怨恨这回抗战的，没有，绝对没有，大家只是更炽热地燃烧着对于敌寇的仇恨，更固执地抱持着抗战到底的意志。这是个最为值得注意的现象，就是所谓“民质从今变”。

圣陶先生由此进一步申述：

我以为抗战要本钱，本钱就是各个人的牺牲。具有积极意义的牺牲就是所谓“有钱者出钱，有力者出力”。仅有消极意义的牺牲就是不惜放弃所有，甘愿与全国同胞共同忍受当前的艰苦。

并举丰子恺先生抄给叶圣老看的一首五律诗继续解说这个观点。并且说：“不过我在苏州的家屋至今没有毁。我并不因为它没有毁而感到欣喜。我希望它被我们的游击队的枪弹打得七穿八洞，我希望它被我们正规军的大炮轰得尸骨无存，我甚至希望它被逃命无从的寇军烧得干干净净。”最后举《江行杂诗》末一首七绝结尾，“故乡且付梦魂间，不扫妖氛誓不还。”那就是号召全民抗战，决不当汉奸不当亡国奴，不惜一切代价，直到把日本侵略者消灭干净，才回到自己故乡去享受和平的生活。

从这篇发表在《抗战文艺》上的用解说抗战诗词的方式写成的《抗战周年随笔》，可以看出，圣陶先生是有意把旧体诗词当作抗战文艺的。

读叶圣老抗战诗词，我最喜欢写于1937年的《木兰花》词（1937年9月9日发表于《烽火》第3期，署名圣陶），词牌下小序：“红蕉书来，语颇悲壮。丏尊书来，谓开明总厂已毁于火。”其词曰：

> 中华始不畏强御，生值此辰良幸遇。好教儿辈学为人，最爱红蕉悲壮语。　　图书闻付咸阳炬，吊贺相参千万绪。文章覆瓿料应捐，事业名山须再举。

为何开明总厂被炸，图书付之一炬，圣陶先生的情绪却感到“吊贺相参”、悲喜交加呢？看了上面圣陶先生《抗战周年随笔》，我们自可明了——开明总厂被日寇炸毁，损失巨大，当然心痛；但是反过来说这也是为抗日作出的牺牲，付出的代价，所以可贺。消灭了日寇，图书事业可待重新发展（“事业名山须再举”），我们可以重整河山，重建家园。这就是圣陶先生所说的“消极的牺牲”，也是为抗战出力。

“会看雪冱冰坚后，烂漫花开有好春。”（1938年11月《鹧鸪天·初至乐山》）对消灭日寇，迎来抗战胜利的春天，充满信心。

“江流不写兴亡恨，云在自怜漂泊身。”（1939年6月《游乌尤山》）民族危亡之险，流亡漂泊之艰，泻于笔下。

“春秋无义战，御侮宁反顾？夷夏孰不辨？军民共赫怒。”（1939年10月《乐山寓庐被炸移居城外野屋》）俞平伯先生评此诗："躬历艰危，不减平素之雅怀，无颓唐音，无客气语，贞固夷粹，令人兴感。"

"一旦洪涛掀大洋，锦城乃获把酒浆。""未须白发悲高堂，惟期天下见一匡。""攘夷大愿终当偿，无间地老与天荒。"（1941.5《次韵答佩弦见赠之作》）伟大的全民抗日战争发动起来，终将消灭日寇取得最后胜利。抗战必胜，信心百倍。

"干戈敢厌艰难日？笔舌希回陷溺心。"(1942年4月《彬然来成都见访同登望江楼》）"笔舌"即以笔为舌，就是写文章，通过诗文唤起民众，一致对外，团结御侮。

叶圣陶先生将文艺抗战的旗帜高高举起，从未懈怠。这些充满激情、同仇敌忾的诗词，现在读来仍然给人以无穷的力量，对于今天我们回顾历史，加强忧患意识，筑成我们新的长城，仍有重要价值。

毛泽东1942年《在延安文艺座谈会上的讲话》颂赞文艺队伍是文武两支队伍中的重要队伍，文艺战线是文武两条战线中的重要战线。而诗词作为具有中华传统特色的重要文艺形式，在抗战中发挥了重要的作用，这从叶圣陶抗战时期诗词可以得到证明。

参考文献：

《叶圣陶诗词作品选注·父子笔谈》，中国书籍出版社 2014 年 9 月第 1 版第 1 次印刷。

《叶圣陶抗战时期文集》，商金林编，人民教育出版社 2005 年第 1 版，2011 年 10 月第 2 次印刷。

《叶至善集》，叶小沫、叶永和编，开明出版社 2014 年 12 月第 1 版第 1 次印刷。

2015 年 6 月于北京右安门外莲花河畔

国学气象，诗家文采

——袁行霈教授诗文选《愈庐集》品读

《愈庐集》是北京大学教授、北京大学国学院院长、中央文史研究馆馆长袁行霈先生的诗文选集。

该书为自选集，是袁教授从三十多年所撰诗文中选编而成。全集分为两卷，卷一是五十多首诗，卷二是三十多篇文章，都是留下岁月痕迹的短篇性情之作，其中大量内容为首次公开出版，具有很大的原创价值。

卷一诗作内容题材广泛，形式上都是传统汉诗，形象丰富，意境开阔，韵味隽永，耐人吟咏。其中写景抒情诗有《青岛东海栈桥》《小汤山》《自京飞滇机中作》《黄山行》《欧游飞经戈壁作》《香江中秋望月》《黄山有奇石如巨笔与笔架峰遥相对峙云烟缭绕蔚为奇观庚辰夏得览此景口占一绝》等。

纪游怀古诗有《赴济南车中》《自东京承新干线至仙台访鲁迅故居》《秋瑾故居》《游天门山吊李白》《喜预山东大学文科理论讨论会会后同登岱岳》《游富春江江畔有春江第一楼及郁达夫故居》《东渡扶桑机中作》《访锦秋湖渔洋山人书屋遗迹》等。

咏物记事诗如《病中遣兴》《国庆礼花》《秋菊》《登嘉峪关望祁连山》《得一新兄所赠水仙》《横滨三溪园》《十一月十三日夜宴》《观斐济草裙舞》《五访星洲》《重返东京大学》《香港回归祖国喜赋》《辛巳岁十二月十二日梦中得句》

《与伊藤漱平教授同游阿寒湖》等。

赠友怀人的有《有客东归凭寄蕙姊》《柬行云三兄》《己未元日赠妻》《送马丁·科恩君归国》《静希师八秩寿诞》等。

末有论诗绝句七首：《陈伯玉》《王摩诘》《李太白》《杜子美》《白乐天》《李长吉》《温飞卿》。

袁先生的诗作，整体风格高古渊微，感情奔放，朗朗上口。随举一例，如《论诗绝句·李太白》：

千古诗坛一谪仙，生花妙笔得谁传。
泱泱大国风神在，日曜星悬映九天。

已然一斑窥豹也。其中有的诗更有立意奇崛之妙，如《论诗绝句·白乐天》：

江心秋月照无边，嘈切珠玑大小弦。
司马何如商贾妇，青衫湿透有谁怜？

不知除袁先生之外，还有谁这样同情过白乐天？这些诗作使我们感觉到就是中国古典诗词的当代延续，是鉴赏、研究当代汉诗的第一素材，殊为难得。

卷二文章，一如卷一诗作，都未明确分类，但通观首尾，实则篇第按类编排，依序包含如下五类。

第一部分，关于诗歌艺术研究的学术札记与简论。《学问的气象》是读书札记；《学术风气与学者风范》是演讲稿；《横通与纵通》借题谈论文学史研究的两种方法；《博采、精鉴、深味、妙悟》谈研究中国诗歌艺术的体会与经验，博采与精鉴是学术研究的普遍要求，深味与妙悟则是诗歌艺术研究的特殊要求；《诗国》分段论述中国文学诸形式散文、小说、戏剧都有诗化的倾向，“夸大一点说，中国文学简直就是诗化的文学”；《雅俗之间》论诗文作品典雅与通俗及相互关系；《江山之助》谈文学艺术创作灵感的来源——当得江山之助，即到大自然中找灵感；《体志气韵》讲四者含义，并言其作为欣赏评价诗文的标准，也可作为评论人物的标准，“艺术之道和为人之道原是可以相通的”。

第二部分是师友志林。《谢谢您，林庚先生》《朴实的力量》《追思启功先生》《悼念朱家溍先生》《悼二冬》，这几篇文章是对师友学问、人品以及与作者交往的记叙之作，细腻深沉，真挚感人。

第三部分为书刊序言七篇。《国学研究》发刊词，《世说新语研究》序，《古诗百科大辞典》序，《大家小书》序，《〈人间词话〉手稿影印本》序，《中岛敏夫教授汉学研究五十年纪念文集》序，《日藏汉籍善本书录》序。

第四部分为一组小品散文。《书斋乐事》专记自己书斋中读书为学之乐趣；《书趣》分记儿时家庭书趣，大学图书馆书趣和逛书店的乐趣；《茶趣》谈饮茶与写作，茶内之趣和茶外之趣；《山桃》写病后偶见山桃，吸取春的活力，仍不忘为学做事，学者勤奋溢于言外；《读帖》专写阅读字帖，读帖学习与鉴赏书法，读帖以想见写帖的人，伴欧洲音乐读帖以悟书法与音乐、中国与欧洲互相沟通之理，得到一种“寂然凝虑、思接千载”的气功境界。

第五部分为一组描写国外访学教学之余的交游、生活诸印象的散文。《东京印象》《诗的京都》《赤门与银杏》《樱花》《黄昏》《新罕布什尔道上》。

这些文章，不是袁先生的学术理论成果，而多是其学术理论之外的生活感悟之作，然而又与他的学术研究内容相关，对于中国诗歌艺术研究与传播，对于国学研究和普及，对于当代文学艺术研究与鉴赏，对于中日友好关系研究与发展，都是很有价值的经典内容。

作者在《博采、精鉴、深味、妙悟》文中写到："中国古典诗歌多为短小的抒情诗，篇幅短小而意蕴丰富。那言外的韵味，尤其需要细细咀嚼。……诗歌的品味，可以从语言开始，进而至于意象，再进而达于意境，复进而臻于风格。品味到风格，就达到了对诗人的整体把握。"匆匆读过一遍袁先生这本自己选编的抒写性情的短制精品诗文，我已然分明感觉到了作者这样的风格：袁先生的诗文，既具有国学学者文化学术品位高厚的气象，又兼备优秀作家诗人文学艺术风味浓重的文采；也就是我们通常讲的，达到了思想性与艺术性俱臻佳妙的境界。

该书为线装书局"当代中国名家线装文集"系列图书的一种，2008 年 4 月出版，一函一册，磁青色绢质封面，淡黄绢质书签，作者自题的行草书名圆润潇洒。内文繁体竖排，字大行疏；宣纸线装包角，印装精美，捧读轻便幽雅。全书只有五万字，其字数之少，在当今图书市场上是绝无仅有的先例。然而在提倡精品的当今图书界，其思想内容之丰富和艺术形式的精美，以少胜多，呈上一件绝好的图书精品样品，对于出版界的启示应当是发人深省的。

2008 年 5 月于北京后海东岸

当代诗词创新的可贵收获

——《古韵新风：当代诗词创新作品选辑》简评

诗是文学皇冠上的明珠，诗学是国学的源头和核心。以弘扬国学为己任的线装书局，近几年来特别重视中华传统诗词的出版工作并卓有成效。继《中国诗词年鉴》《缀英集：中央文史研究馆馆员诗选》《全球汉诗三百家》《愈庐集》《岁朝集》《神怡集》《新风集》《心声集》等大量线装诗集出版之后，又推出了这八册一辑的平装诗词丛书——《古韵新风：当代诗词创新作品选辑》。该丛书为每位诗人一册：《霍松林作品集》《刘征作品集》《袁行霈作品集》《马凯作品集》《星汉作品集》《杨逸明作品集》《王亚平作品集》《易行作品集》；每册内容依次分为诗作、诗论、诗评三项，既有中华诗词创作的实践，又反映关于诗词创新的理论。这八位中老年诗人都是为海内外广大汉诗读者熟悉的当代诗词创作与研究的杰出代表，从这套书中可以窥见当代诗词发展的新收获和新水平。

本书主编易行先生在《总序二》中道明选编出版本书的宗旨："所谓'古韵'，是说书中所选均为汉语传统诗词；所谓'新风'，是说所选诗作、诗论、诗评均以创新为主旨。……本辑丛书所选诗作，虽然诗型均为旧体，但其内容、主题、情感、语言等则全是‘新酿’！至于声韵，我们‘倡新’，但也‘容旧’，诗人用新施旧，悉听尊便，且不以用韵新旧为诗词创新与否的标准。”

这显然是近几十年来对于当代诗词创新与发展的理论研究的总结。易行先生并在该序中说明所选诗家代表意义及各册内容侧重：“袁行霈教授诗好，诗词学术研究成果更为突出，故诗词艺术基本理论的研究文章选取的就多一些；马凯国务委员不仅身体力行地进行诗词创新的实践，并且总结归纳出具有普遍指导意义的诗词创新理论，所以对其诗词理论与创作实践的研究自然是本辑丛书的重点；霍松林先生和刘征先生均为中华诗词终身成就奖获得者，是中华诗词改革创新的先驱，他们的诗词创新实践及理论，均堪称典范；而星汉、杨逸明、王亚平三位是公认的诗词创作实力派人物，是诗词改革创新二梯队的领跑者，理应予以推重。”而易行先生不仅是当代中华诗词创新的积极主张和大力组织推行者，其自觉意识强烈的诗词创新实践与理论研究皆成就斐然，他的选集作为压卷之作，自有特别价值。这套书无疑是当代诗词创新的有益尝试。

反映当代诗词创新的实践成果是本丛书的核心与重点。本丛书所选八位诗人的两千多首传统诗词作品，其创作时间上起20世纪50年代（最早一首诗是《袁行霈作品集·诗作·下放京西山村》，作于1959年夏），截至本书编辑校对发稿之时的2009年12月1日（《易行作品集》书中最后一首诗《书成畅饮》和封底所印《编后》五首七绝均在发稿前临时定稿），大体涵盖新中国的各个时期；其内容题材涉及面广，既有国际国内大事件的记叙作品，又有个人经历或身边见闻的感怀之作；作品体裁形式主要有五、七言律、绝（所谓“近体诗”），词、曲（包括自制词、自度曲），古风、歌行体（见《王亚平作品集》），杂言诗（见《霍松林作品集》），还有个别新时期出现的新体裁——新古体诗（典型如刘征先生创作于2002年底的《新古诗小集一百首》，见《刘征作品集·诗作》），可谓形式多样，异彩纷呈。这洋洋大观、琳琅满目、丰富多彩的两千多首诗词作品，其内容直接或间接地反映了新中国各时期特别是改革开放以来各阶层的社会生活图景，全书总体上俨然是一部新时代的史诗。而所有作品总起来看则贯穿着一股强烈的创新意识。下面举例以见一斑。

作为学贯古今的著名文艺理论家和著名古典文学学者诗人，霍松林先生“腕底波澜阔，胸中岩壑幽”（《霍松林作品集·诗评》王亚平文引羊春秋评霍诗语），诗词诸体兼善，近体诗尤其“雄深雅健，气象高华”（《霍松林作品集·诗评》钟振振、周子翼文标题），随举《兰州龙园落成》七律一首：

西部开发战鼓喧，金城关上建龙园。
寻根入殿心潮涌，览胜登楼眼界宽。
白塔巍峨迎旭日，黄河萦绕庆安澜。
还林已绿丝绸路，更绘新图耀九寰。

诗下注曰：“发，旧入今平，作平声用。”翻开《霍松林作品集》可以看到很多诗下都有对诗中某字“旧入今平，作平声用”的八字注释，可见霍老率先“识旧用新”的风范。

刘征是享誉海内外的著名诗人，其诗作“穷极工巧，妙语天成”（见《刘征作品集·诗评》刘章文），无论是写新诗还是传统诗词，都能诗情澎湃，俱臻佳妙。三十多年来创作传统诗词三千多首。刘征老取得这么高的成就，是与他自觉的创新意识不无关系的，早在 1985 年所写的《〈流外楼诗词〉自序》中就说过：“我以为旧诗的创作，要争一个‘新’字。思想感情要新，意境要新，语言要新，少用典乃至不用典，押大致相同的韵。……我的创作是努力实现自己的主张的。”请看《水调歌头·望九华山云海》：

云与山相戏，百变幻山容。重重蔽天青嶂，转眼觅无踪。忽作茫茫大海，但见涛头百怪，踊跃竟腾空。忽作千崖雪，琢玉白玲珑。　忽奔狮，忽走象，忽游龙。忽作注坡万马，散乱抖长鬃。忽作往来天女，含笑低眉下望，飘卷袖如虹。转眼云消散，万壑响松风。

诗中重复用了七个“忽”字描述云海倏忽变幻奇观，妙语天成。而另一首《汉宫春·芦笛岩石钟乳》竟连用九个“如”字比喻石钟乳形象，穷极工巧。这样也使诗句如述家常，亲切自然；用字如此大胆，非大家不敢为。

马凯先生更是当代诗词创新的领跑者，只看其标题就可见其写大题材的大气魄：《满江红·漫漫复兴路三首》《南歌子·新中国五十华诞》《东风第一枝·中国共产党八十华诞》《抗洪十首》《抗震十首》《抗雪十首》……作者匠心独运，不但题材新，而且在诗体创新方面艰苦探索，并相当成功。如他的《抗洪十首·保卫大庆》：

龙出水，虎下山，天多大，水多宽。
防线两道痛失守，油田三面环汹澜。
挥师十万垒天障，旗海人浪何壮观。
激流拍胸身未抖，惊涛灌顶腰不弯。
欢呼铁人今犹在，磕头机唱入云端。

前面四个短句情景交融，为抗洪保卫大庆的描写做了极好的烘托。《抗洪十首》《抗雪十首》《抗震十首》组诗全都采用这种他自创的格式（或许吸收了白居易新乐府的风格？），极好地表达了新时代有全国性组织的人与自然灾害斗争的大气势。

作为当代著名国学大师，中央文史研究馆馆长、北京大学国学院院长袁行霈教授的旧体诗创作，“以科学的继承创新精神，为当代诗坛创造出切入生活、与时代同步、用自己的声音为人民歌唱的，具有社会主义先进文化品格的、全新的旧体新诗——当代诗词”（杨金亭《生命留痕化作诗》，见《袁行霈作品集·诗评》）。请看他的词作《西江月·农民建筑工》：

擎起虹楼云厦，栖居敝屋板棚。斯人过处现新城，踏遍三山五岭。　　不顾寒冬酷暑，怕甚暴雨狂风。知他爱憎自分明，笑对人间暖冷。

为农民工代言，其情感人至深。其题材和思想感情让人一新耳目。星汉、杨逸明、王亚平、易行四位诗人大体与新中国同龄，他们是当代中华诗词创作的实力派代表人物，创作出了无愧于这个伟大时代的诗词作品。请看星汉《游卢沟桥感赋》：

石狮依旧对苍苍，亲见八年烽火狂。
此地夕阳西下后，朝朝带血起扶桑。

此诗曾在“纪念抗日战争胜利60周年红金龙杯诗词楹联大奖赛”获特等奖，诗人在谈此诗创作经验时认为：“诗作不能重复古人，不能重复他人，不能重复自己。……求一个‘新’字罢了。”（李志忠《求一个“新”字罢了——星汉诗词当代意识浅论》，见《星汉作品集·诗评》）。

杨逸明的诗词“寻常作料奇滋味”“穿云裂石动人心”（《杨逸明作品集》“诗评”文章的两个标题），“真正进入了按照‘诗缘情以绮靡’的‘美的规律’创作的‘自由王国’。”（杨金亭《飞瀑集·序》，见《杨逸明作品集·诗评》）至于如何进入自由王国，请诵读他的自白诗《学诗戏作》可以知其底细：

此身无计躲诗魔，似傻如狂可奈何？
梦捉遐思醒捉笔，笑生热泪哭生歌。
缚蚕茧内终飞蝶，埋藕泥中却露荷。
莫道豪情随日减，万山红树入秋多。

王亚平先生“袖里珍奇光五色”（见《王亚平作品集·诗评》万栓成文章标题），观其作品各体兼善，尤长于词和歌行，“最见精彩的是他的七言歌行。如《横越天山行》、《西部屯垦歌》、《龟兹梨花歌》、《听风楼放歌》、《至公堂浩歌》

等篇，鸿章巨制，汪洋恣肆，波澜迭起，妙趣横生”（见《王亚平作品集·诗评》刘征文《欲赋东风第一枝——〈说剑楼诗词〉序》）。谨录《西部屯垦歌》中起首片段以见一斑：

> 万里西征威烈烈，万里蹄敲翰海月。万里春风度玉门，万里春潮涛飞雪。休道是翰海阑干百丈冰，红旗指处四海春。休道是西出阳关无故人，民族团结一家亲。羌笛何须怨杨柳，轮台从此风不吼。君不见大军十万尽征西，定教塞北春长久。屯垦戍边一肩担，追亡逐北气如山。铁骑萧萧掀霹雳，倚天挥剑斩楼兰。分裂残梦须臾碎，天山南北寒潮退。……

易行先生更是创新创作实践与创新理论总结的杰出代表，他是由写新诗转而改写旧体诗的，能够做到“吟咏从心传真意，新诗旧体比翼飞”（《易行作品集·诗评》张永芳文章标题），而且，“易行的诗以气势贯通，以真情感人，直抒胸臆，自由奔放”（霍松林《神怡集·序》，见《易行作品集·诗评》），擅于“直面大场景，敢作大气诗”（《易行作品集·诗评》刘章文章标题），请看《易行作品集》的开篇诗《长江》：

> 万古长江万古流，开天一笔画神州。
> 横分五岭千城筑，纵贯三川百库修。
> 峡上平湖生朗月，渠间碧水映金秋。
> 太白豪气今犹在，能不狂歌笑美欧！

易行先生不仅在题材、感情、意境和语言方面大胆创新，而且用普通话新四声定平仄，书中收有多首自制词，体现了可贵的创新探索精神。

现当代诗坛泰斗臧克家大师生前曾说："我写旧体诗，是为了追求'三新'。所谓'三新'，即思想新、感情新、语言新。"文学艺术包括诗词的生命力重在创新。清代诗论家赵翼已然敏锐地看到："李杜诗篇万口传，至今已觉不新鲜。江山代有才人出，各领风骚数百年。"我同意赵翼的看法，但比他更乐观些，姑且试用四句打油诗表达我的看法，也作为我阅读本书的感想，并为中华诗词的历史和发展前景把脉："诗词艺术韵悠扬，民族精华意蕴长。国学喜看兴盛早，开来继往脉雄强。"确实，中华诗国文学皇冠上的明珠——中华诗词在中华文化复兴的当代，已然从复苏走向复兴，这套书所选八位诗人的几千首作品就是最集中的反映。

该丛书的另一卓著成果，是反映在"诗论"和"诗评"文章中的有关诗词创新的理论建树。其中又含两个方面内容："诗论"是诗人自觉的创新意识反映；"诗评"是诗评家对诗人作品的评论。尤其值得一提的是，书中还反映出一个特别重要的信息——以全国性诗词组织中华诗词学会和国家新闻出版总署直属的出版机构线装书局为代表，集中我国当代诗界精英所举行的关于诗词创新的多次会议讨论，很多文章即是诗人与诗评家的会议发言。这个特点，是诗词史上绝无仅有的中华诗词人自觉继承创新的反映，这是中华诗国新时代的超越古代先贤往哲的新发展。

本丛书为小型16开轻型纸印刷，版式疏朗，执读轻便大方，每册仅一百三四十页，精练而又丰富，兼具赏读、研究和收藏等价值。千秋传古韵，盛世唱新风；当今和谐兴盛的新时代呼唤歌咏强音，而时代新咏的实际也无愧于这个伟大的时代——该书为时代新咏的传播和当代诗词创新存照留史，其价值已然超迈往古，更将利在当代，泽及后世。

2010年8月于北京后海东岸

诗词创作可普及，人皆可以为李杜

——“中华诗词普及丛书”《诗人说诗》评介

中国书籍出版社 2011 年 12 月刚出版的《诗人说诗》，是国务院 2011 年 9 月才成立的中华诗词研究院策划组织的“中华诗词普及丛书”的第一本。

书前所载国务委员、国务院秘书长马凯同志《在中华诗词研究院成立大会上的讲话》（本书代序）说：“中华诗词以汉字为载体，借助于汉字方块、独体、单音、四声的独特优势，按照符合美学规律的格律规则，形成了同时兼有均齐美、节奏美、音乐美、对称美和简洁美的大美诗体。几千年来，按照这种大美的形式，中华民族一代又一代创作出了大量脍炙人口的光辉诗篇，其内涵之深，形式之简，音韵之美，数量之多，普及之广，流传之久，影响之大，是世界上许多以拼音文字为载体的诗歌难以比拟的。中华诗词在记载历史、传承文化，启迪思想、陶冶情操，交流情感、享受艺术，丰富人的精神世界、提升中华民族凝聚力、推动社会文明进步等方面，发挥了重要的作用。中华诗词是中华文化瑰宝中的明珠，也是人类文明的共同财富。”这段讲话阐明了汉诗格律特点和优势源自于汉字的特点和优势，并且总结了诗词的社会功用和历史成就。马凯同志的总结概括，十分精要，简练而又准确。我曾经拟写过一首《汉诗礼赞》小诗赞美汉字与诗歌的文学艺术价值与社会文化价值：

汉字诗歌汉字魂，平平仄仄叩龙门。
章重风雅情繁复，思幻离骚美绝伦。
格律少陵臻化境，天音太白越金针。
参差修短非余事，冷暖人间易俗淳。

我认为中华诗词是汉字的灵魂，是汉语艺术的最典型样式。其社会文化效用再怎么高度评价都不为过。“中华诗词普及丛书”编委会委员、中华诗词研究院副院长、著名诗人蔡世平说：“诗词是汉字的艺术，通过诗词的创作可以释放出汉字的巨大能量，保持汉语言文字的纯洁和鲜活。重新认识汉字的这种特殊功能，对当下的诗词创作具有启示意义。”（《敞开思维，让汉字在诗词创作中焕发新的时代光辉》，见 2011 年 11 月 4 日《文艺报》）他是根据自己近些年诗词创作实践体验而提出了中华诗词是汉字的“特殊功能”的新认识。著名诗人晓雪《两行诗抄》：“文字活在诗里，变成了爱的星星。”（2011 年 11 月 23 日《光明日报·作品》是的，就是这些星星，闪烁在杳渺的夜空，启迪与温暖心灵，点亮向善的征程。只要以汉语为主要母语的中华民族兴盛不衰，中华诗词就永远不会消亡——“一万年也打不倒”（毛泽东语）。大约一百年前开始的一度沉寂之后，中华诗词近几十年来又复苏进而复兴起来。该书 11 位说诗的诗人，正是诗词复兴的健将，是当代活跃在中华诗词复兴大潮之上的著名诗人，“他们多年一直致力于传播普及诗词创作知识与技法，均广受好评”（见本书主编、中华诗词研究院执行副院长周兴俊所写本书《前言》）。书中选编的42篇文章，用精要的文字总结、梳理了诗词创作的方方面面。

一、诗史溯源与文化自信

周笃文教授《波澜万古溯诗源》字字珠玑的精彩论述，根据翔实文献考证，指出汉诗源头远在《诗经》之前至少一千年，有虞舜时期的《南风歌》《卿云歌》等诗作为例证，这是振聋发聩的正本清源。这一华夏古老诗歌文明的发现和论证，事实确凿，其文化自觉使我们大增文化自豪与文化自信！

二、诗词创作与思想境界

思想境界是诗词创作的灵魂。《波澜万古溯诗源》列举的《南风》《卿云》二诗，是诗歌反映崇高思想境界的典型代表。文章认为：“虞舜的诗歌，它体现了人类主体对茫茫时空其所处地位的人文学与地理学的首次审视，以及对于宇宙人生的宏观而超越的思考，它具有典籍的首创性及涵盖的广阔性与思考的深邃性。……展现了如此崇高光明的愿景，产生了如此深远的影响，实为人类文明的骄傲。”

清代诗人沈德潜说：“有第一等学识，第一等襟抱，斯有第一等真诗。”刘庆霖《正确解读“学识襟抱”》一文即分别阐释分析“学识襟抱”四字，认为“学——知识的储备”“识——思维的训练”“襟——境界的提升”“抱——灵魂的投入”。显然，“襟抱”二字主关思想境界。文章认为，

“襟是胸怀，是境界，是爱憎。诗人的襟怀往往决定他的作品风格和品位”；“抱是抱负，是理想，是追求，是一个人内心深处真正呼唤的东西。它往往对一个人的人生观和价值观起决定作用。是人的人生观和价值观会决定作品的思想高度。会对诗人作品产生全面影响。”并且认为“这四个方面都是能够通过后天努力得到提高的。提高的办法归纳到一起就是：知识的储备，思维的训练，境界的提升，灵魂的投入”。诗圣杜甫就是成就了这样的“第一等真诗”的最杰出、最伟大的代表诗人。

刘庆霖《能使江山助我诗》论述诗人要从“以山水为书”“以山水为友”“融山水为己”三个方面入手，才能“得江山之助”，认为“融入山水，物我合一是诗人同山水交流的最高层次，也是‘得江山之助’的关键。这种生命体验，会使诗人的思维空间无限扩大，想象空间成倍增加。”为何“这种人与物的同一，正是诗句动人的奥秘”（文中引作家韩作荣《诗歌讲稿》语）？那是因为达到物我交融、天人合一的境界，就可获得由现实中的“小我”向超现实的“大我”的飞跃。诗仙李白正是升华飞跃到了这种高超境界的最优秀代表。

杨逸明《诗词创作的“金字塔”原理》用金字塔作比来阐释诗词创作的三个层面，其底部是“技术层面”，中间是“艺术层面”，顶部为“哲学层面”。进而认为，“有了哲学层面的认识，诗人才会有天人合一的精神，悲天悯人的情怀，地球是人类和万物的共同家园的思想境界”。并引用作家赵鑫珊的话说，“诗的最高境界是哲学，哲学的极玄之域是诗。”

三、诗词创作与思维方法

刘庆霖《日常思维与诗性思维的转换》指出：“日常思维与诗性思维存在诸多的差异，学会二者之间的转换，是诗人必须具备的思维方式。”论述了“转换的理由”“转换的中间环节”“转换的基本思路”，举例说明了把日常思维转换成诗性思维的特别实用的具体方法。

刘庆霖《如何把握“生命思维”》说：“近年来，通过我的创作实践，以及与一些诗人、学者的探讨，感到诗词的创新发展应该还有另外一条重要的道路可走，那就是诗性思维方式的创新。”提出了诗性思维的一种新形式——生命思维，并举自己的创作实例论述了生命思维的三个表现形态：一是赋物以生命，二是物化自我，三是视无形为有形。并认为这种生命思维的思维方式，在古今中外的诗词创作实践中不乏其例，它与形象思维一起构成了诗性思维的双翼。并表示：“我还愿意做一个‘生命思维’创作的实践者和探路人，也希望当代诗人加入到这个拓展诗性思维领域、进而推动诗词创新发展的实践中来。”表现了可贵的探索创新精神并且获得了很高的成就。

周笃文《生新奇丽话构思》提出，诗词的“构思是包括立意、谋篇与完形的创作过程”。并引用古今中外文学理论，通过大量诗词实例，从“生”“新”“奇”“丽”四个方面论述了诗词艺术的构思问题。侯孝琼《传统诗词的辩证思维》认为传统的“二元论”“一阴一阳之谓道”的辩证思维丰富了诗词的内涵，加强了诗歌张力。并举例分析了“虚实”“动静”“大小”三对辩证关系在诗词中的成功运用。

四、诗词创作与体裁格律

对诗词体裁格律的论述是本书的重要内容。易行《诗体、诗型、诗格与诗韵》综合梳理诗体、诗型、诗格、诗韵的源流以及变化脉络，提出了诗词改革创新的“大概的线路图：一路从古体诗创新出‘近体诗’即格律诗（正体），再创新出词、曲，现在又创新出‘新古体’和‘自由曲’等；另一路从古体诗、民歌与西洋诗相结合创新出白话自由诗（新诗）。韵则从‘平水韵’‘词林正韵’等古韵逐渐转换为新韵。”其要旨在于诗词形式的改革创新发展。

钟振振《摆正“立意”“词句”“格律”三者的主从关系》精选自己创作的两首非格律的五言诗典型实例进行分析，告诫“有志于诗词创作的朋友，在一开始学习写作的时候，便应注意摆正‘立意’‘词句’‘格律’这三者的主从关系。千万不要本末倒置，买椟还珠。也就是说，首先把写作的‘兴奋中心’放到诗词主题的创意和艺术构思上来；其次再考虑怎样烹字炼词、安章宅句；至于是否符合格律，暂时不去管它。有了好的‘立意’有了好的‘词句’，一首诗词便成功了一多半，那时再对照‘格律’精细加工，未为晚也。”是具体的实践经验之谈。

赵京战《诗律浅说》《对偶律》二文皆谈格律，前文梳理诗词格律的历史，认为诗律的形成、发展、演变和成熟，大体经过了“朦胧阶段”“初创阶段”“成熟阶段”“稳定阶段”这四个阶段。并指出，与其他体裁并存的格律诗，至今已被诗坛主流“原封不动”地使用了一千多年，“格律诗充分利用了汉字的音、形、义特征的优势，将汉语的乐感、美感综合发挥到了极致。只有汉语才能产生这样的艺术品，它是国粹，是国宝，是传承传统文化、道德的重要载体。"后文则专谈诗词运用对偶的规律，通过列举大量的古今诗词例句，归纳分析"什么地方使用对偶""对偶的基本形式和要求""对偶的分类"，详尽而实用。刘庆霖《绝句表现意境的特点和规律》举例分析绝句这种体裁，总结它表现意境的三个特点和规律："只表现序曲""只写一件事""只讲一个理"，可谓分析独到。

李树喜《规范诗词用韵的几个问题》论述当前诗词创作用韵的规范化问题，提出"诗词发展要求规范用韵"，而"用韵须与时俱进"，应当"依法提倡和推广今韵""双韵并行，倡导今韵。今韵为主，旧韵为辅"。旧韵是指很多老同志习用的平水韵，而"今韵或新韵，就是依照《中华人民共和国国家通用语言文字法》和《汉语拼音方案》规定，以《现代汉语词典》标示四声，阴平、阳平为平声韵，上声、去声为仄声韵的诗韵体系"。并列出了2004年第5期《中华诗词》杂志公布的"中华新韵（十四韵）韵部表"，使诗词创作使用新韵遵循有据。星汉《再说诗韵改革》之所以是"再说"，是因他在2002年第1期《中华诗词》杂志上发表过《今韵说略》一文谈诗韵改革问题，文中根据《汉语拼音方案》编制了《中华今韵简表》，划分15个韵部。这篇《再说诗韵改革》仍然坚持前文对于今韵韵部划分的主张不变，只是进一步对其加以分析论述，阐述其15韵部的划分理由。此文还以身示范，举例说明自己创作实践中兼顾平水韵和今韵的惊险动作，自云这是权宜之计，希望权威部门商讨决定并且颁布权威韵部划分方案，从而让像他一样的诗人们行归正道，心无旁骛。李树喜《〈唐诗三百首〉五言律绝的“破格”问题》逐一分析统计清代人选编的《唐诗三百首》中的五言律绝，发现“出律和破格”的居然超过半数之多，由此“给后人的启示应当是：有所遵循，敢于创新，适当放宽，提倡新韵，以适应诗词的发展和时代的要求”。

五、诗词创作与具体技法

星汉《诗词的题目、序文和注释》列举“先贤的诗词创作作为楷模，结合自己的创作经验和教训谈一些看法”，分析了诗词的题目有无题、有题、实题、虚题等多种情况；“放在题目下面，正文上面”的序文，“作用主要在于以叙事补诗词抒情之不足”；而注释（自注）有题下注、句后注、诗后注之分别。题的长短，序和注的有无，具体情况具体分析。

杨逸明《当代诗词的语言风格》归纳分析了当代诗词的三种语言风格：传统的典雅型，传统的浅俗流畅型和全新型。并认为，“最能广泛和长久流传的语言，最有生命力的语言，是‘口语化的书面语’，例如传诵至今的唐诗名句”。刘庆霖《诗词的语言张力》指出诗词的语言张力“是语言在特殊组合时，所产生的内涵与外延的膨胀力，以增加诗句意境的宽度和深度”。并分别论述了诗词语言张力的表现、实现和把握。认为加强语言张力都要遵循“反常合道”的原则。钟振振《旧体诗词怎样用传统语汇写现代题材》用自己创作的两首七绝为例，说明只要对语汇选择和运用得好，只用传统语汇就可以写好现代题材的旧体诗词。

杨逸明《诗词创作的细节描写》列举古今诗词的大量例证来谈细节描写在诗词创作中的重要性，他归纳分析了诗词细节描写有塑造形象、深化主题、留下想象空间、充满生活气息和渲染气氛等重要作用。侯孝琼《传统诗歌“含蓄”的技巧》介绍了传统诗词常见的托情于景、寓情于物、顾此言彼、引而不发等四个方面的“含蓄”技巧，只有用此技巧“才能以少胜多，收尺幅千里之效”。周啸天《论比兴》《论夺换》《论唱叹》三篇文章，以自己的创作实践经验结合历代诗词例证，分别论述诗词独有的三种诗学范畴或曰创作技法。我的理解，通俗一些说，比兴就是物色“形象大使”，博取诵读者最优美的第一印象；夺换就是将先贤的经典诗句或典故“夺胎换骨”，化为己用而恰倒好处又不留痕迹，就是获得“读书破万卷，下笔如有神”的实效；而唱叹则是利用汉语词汇声韵特点的巧妙组合，获得诗句的一唱一叹、一唱双叹甚至一唱三叹的递进、回环的声音效果。

易行《诗病救治与诗学门径》归纳总结历代诗论诗话中谈到的种种诗病及其救治办法，之后总结道：“所谓诗病，在声调方面，主要是‘孤平’‘三平调’；在押韵方面，主要是‘凑韵’‘重音’；在对仗方面，主要是‘相滥’‘合掌’。而这些所谓的病，同诗的主旨意境相比，只是‘细枝末节’。”并引用《红楼梦》中香菱拜黛玉为师学诗的故事，总结“学诗的不二法门：……一、若是有了奇句，连平仄虚实不对都使得的，格调规矩只是末事。二、词句究竟也是末事，第一是立意，若意趣真了，连词句不用修饰，自是好的，不要以词害意。三、学诗要从唐五律入手（特别是王维的五律），然后是唐七律（特别是杜甫的七律），再后学唐七绝（特别是李白的七绝）。在此基础上，上溯陶渊明、应玚、谢灵运、阮籍、庾信、鲍照等魏晋南北朝人物的诗作。另外，当代人还要参考当代诗，这同样重要。”要像袁行霈《愈庐集》说的那样，要博采、精鉴、深味、妙悟。再加上“诗外工夫”，就是在提高修养、开阔眼界、舒展胸怀、深入生活、贴近大众和时代上下功夫。然后“你就作起来，那诗必是好的”。

六、各种题材的创作技巧

杨逸明《漫谈咏物诗创作》《漫谈咏史诗创作》《漫谈山水诗创作》三文，通过大量古今佳作，结合自己的创作经验，分别探讨咏物诗、咏史诗、山水诗这三种题材的诗词创作问题。林岫《芳草诗情》《海棠诗案》二文，详细考索历代相关文献，分别历数有关草与海棠的诗词名句，有鉴赏，有感慨，有议论，还讲故事，几多诗词佳话，真是既楚楚动人，又娓娓动听。“读点草诗，陶冶一下性情，好像还能学到点什么。”确实，读诗和作诗无疑是相辅相成的。侯孝琼《论传统文人诗词的婚恋主题》由赏读当代诗人伉俪的婚恋诗集，引发对于古今婚恋诗的考察与评议，最后作者“呼唤更多的和我们这个男女平权、共同构造小康幸福社会的时代相应的，健康、真挚、热烈的恋爱婚姻诗词，使我们的感情生活更加温馨，更纯真，更美好”。

七、诗词创作与时代精神

“诗文随世运，无日不趋新”，是的，一代有一代之诗歌，是自然的。然而当代诗人们的时代创新意识比以往任何时候都要更加自觉自为。易行《诗词创作与时代气息》列举鲁迅、臧克家、聂绀弩、启功、陈毅、毛泽东等现当代著名诗人的作品，以及活跃在当前诗坛的著名诗人的大量诗词例证，说明现代语汇对于诗词表现时代精神的重要性，更是诗词大众化的必要条件。“因为写诗作文多是为了给众人看的，如果众人看不懂，就失去写诗作文的社会意义了。”并且认为：“提倡普通话声韵和提倡现代语汇入诗是互相关联、相辅相成的。”

易行的另一篇文章《传统诗词也要现代化》，则通过回忆五四运动以来中华诗词的大落大起的艰难命运，总结其间的利弊得失，并且用自己的创作实例，强调诗词创作现代化的重要性：“诗词只有为人民大众，才能吸引人民大众，为人民大众所喜爱，才有旺盛的生命力。而要吸引人民大众就必须易懂生动，就必须是易于人民大众接受的现代题材、现代精神、现代语汇和现代声韵所作之诗。所以说，传统诗词的现代化，是中华诗词发展的必由之路。”李树喜《诗词的时代精神》对当前诗词复兴的现实情况举例作了具体介绍。“我们欣喜地看到，诗词的深厚传统和丰富多彩的现实生活，使中华诗词展现出空前活力和时代精神”。并列举了六个方面代表佳作：1. 大事、节庆、纪念日都有大批诗作，2. 农民和基层，3. 爱情情感，4. 反映社会各层面，5. 批判讽刺，6. 感悟和心路历程。进而列举代表人物的闪光篇章对当代诗词复兴的现状做了自信、自豪的评估：“当代诗词同历史上的诗词高峰相比，究竟怎么样呢？量，绝对超过；质，未必不如。这是我对当代诗词的基本估计。我们说诗词走过复苏、走向复兴、初步繁荣，我们说有信心写出无愧于时代的作品，是基于当代诗词创作的现状而言的。……群星灿烂，大众参与，普及和提高空前结合，是当代诗词的重要特征。”

在肯定成就以后，又分析当代诗词面临的问题：1. 脱离现实，盲目复古；2. 标语口号，世纪诗病；3. 泛泛而论，缺乏细节。进而提出解决问题的方案：“如何解决当代诗词创作中较为突出和普遍的问题，结论是：大处着眼，细处着手。”

周笃文《激活传统，继雅开新》开篇即说：“在古老的世界文明中，中华诗词无疑有着特殊的地位。它一脉相承，波澜不断，为人类文明树立了艺术、道德与美学的高标。……中华诗词早已蜚声中外，成了世界文化的瑰宝珍奇。”随之列举西方的哲学泰斗、顶级诗人与汉学家们对中华诗词的高度肯定之事实加以证明，进而具体地分析了中华诗词宝贵传统其高雅、大美的方方面面，最后论述了如何激活传统、继雅开新的七个途径：首先要回溯历史、汲取营养、获得启迪，其次深入生活感应时代以谱写宏篇，第三要更新观念宏开思路，第四要重视语言和表现技法的翻新，第五要妙语鲜活适应时代大众，第六是审美观念要开拓新境，第七是艺术形式的移植开新。

钟振振《若无新变，不能代雄》专门探讨诗词创作的“新变”方法。全文分两个方面论述：一是整体立意的新变——“诗词创作欲求‘新变’，若从大处着眼，则首先‘立意’要‘新’要‘变’。”二是局部构思的新变——“一首作品，倘若能有一二处警句自出新意，让人读了眼前一亮，也就成功了一多半。”或者至少“力求在一两个字面上出‘新’。”作者列举自己的代表作品和其他当代诗人的佳作进行分析，很具体而有说服力。

八、创作精品与有志竟成

星汉《和谐社会说精品》《赢得身前身后名》这两篇文章实际上都是关于如何创作出精品的问题。前一篇文章谈的是为国家为民族而“争逐”。我们诗国的诗词读者面广量大，诗人和报刊编辑们应当为读者们创作与编辑精品。他根据自己的创作实践提出创作精品的独特经验：“诗作不能重复古人，不能重复他人，不能重复自己。”他说：“把诗作好，要具备三个条件，就是古人常说的：读万卷书，行万里路，要有悟性。”并对这三个条件作了展开论述。最后说：“促进人和自然之间的和谐发展，促进人和人之间的团结协作，是诗词的任务，也是诗词的本能。真正的诗人会对社会有高度的责任感，会为和谐社会的建设添砖加瓦。”后一篇文章则谈的是为自己而“取之有道”的正当地“争名”，实际上还是讲如何创作精品的问题。

侯孝琼《关于精品的思考——求新》从立意、取材、语言、表现手法等方面探讨诗词创作如何立异出新的问题。钟振振《人皆可以为李杜》首先谈作者对当代诗词创作现状的宏观认识：“总的形势很好，群众性的创作热潮方兴未艾。……可谓盛况空前，从作者的绝对人数来看，恐非过去任何一个时代所能比拟。”“有志者，事竟成。既然‘人人可以为尧舜’，为何不可为李杜，为苏辛？”作者对当前形势和前景充满信心和自豪，是建立在仔细地辩证地分析现实情况基础上的，很有说服力。

九、创作繁荣与点评传统

林岫《弘扬中华诗词的点评传统》首先介绍，点评“是中华诗词批评学中最通行最便捷的传统品鉴方式”，是诗话中的精华。

“其分类别裁，各照角隅，仁智述见，或正误补缺，或比较鉴识，或推究薄发，或考证旁引，直抒独自的审美经验和诗学主张，供学人取法究理慧烛长明，功莫大焉”。文章分题论述弘扬点评传统与培养诗才、与善学善用、与敢说真话、与识得活法。关于培养诗才：“有批评的交锋，观点的碰撞，学问的交流，才有当前诗词界真正的大发展大繁荣，真正的‘不拘一格降人才’。因为这一点，对当今培养诗才、促进创作至关重要。”关于善学善用：“学诗要眼明心亮，摄其精髓的目的，必是善用；倘若读与学的问题都未解决，如何善用？古代诗话点评经典为我们留下无数开启传统诗词创作知识与技法之门的钥匙。”关于敢说真话：“我们追求中华诗词的大发展、大繁荣必须讲科学，严肃诗界的文学批评。对应‘艺术文化学’概念的提出，诗词界也应有‘诗歌文化学’（含批评文学）的建树，这是新时代下人文科学研究的进步。……诚信当前，敢不敢说真话，既取决于我们当代诗词家的学识和胆识，也取决于我们的眼力、定力、信心和决心。目前诗词界肃正风气，最方便可行的办法就是弘扬正当的点评传统，开展科学的学术研究和文学批评。”关于识得活法：“借重诗法‘减少盲目性，增强自觉性’，可以不断改变诗人审美创作视角的聚光焦点。多角度、多方法地反映生活，在创作实践中不断开拓、发现和超越。”文章最后说：“弘扬中华诗词的点评传统，健全有效的诗歌文学的批评体系，促进中华诗词真正的大繁荣大发展是时代赋予我们的文学使命。”体现出作者深厚的学养和高度的文化自觉意识。

本书主编周兴俊同志在本书《前言》中说：“为了传承、弘扬、普及这一大美诗体，经国务院批准，成立了中华诗词研究院。研究院在马凯国务委员和国务院参事室、中央文史研究馆领导的指导下，决定编辑出版一系列有利于中华诗词创新发展与普及提高的图书。其中，既有《中国诗词年鉴》这样逐年记录诗词创作与研究成果的工具书，也有以发表诗词创作与研究作品为主的‘中华诗词研究丛刊’‘中华诗词探索丛书’和‘中华诗词普及丛书’。”

《诗人说诗》就是“诗词普及丛书”投石问路的第一本。我看这一“投石”，必定会导致：一石激起千层浪，诗国心潮逐浪高，波澜万古兼天涌，历代诗人竞折腰。《诗人说诗》里的这些文章，反映了当代诗人旺盛的创作实践与自觉的理论意识的完美结合，是超越前人诗论诗话的更深刻、更全面、更新颖的精彩论述，表现出当今古为今用、洋为中用、百花齐放的繁盛景象。在这样大好时代的文化春天里，我们有众多的拥有诗词文化自觉、自信的诗人词家，更有国家政府的高度重视与大力支持，中华诗词兴盛局面与蓬勃高潮的到来是指日可待的了。

2012 年 4 月于北京初稿

2012 年 5 月于新疆乌鲁木齐南门国际城寓所修改

诗词创新刍议

——浅谈新古体诗的现实意义

国运昌明诗运兴。我国自改革开放以来，随着全国经济水平的提高和社会发展的进步，诗国的传统诗词文化由复苏走向复兴，现已初见繁荣景象。全国各地诗词创作队伍迅速壮大，各级诗词组织纷纷创立，编书办刊，组织活动，红火热闹，形势喜人。对于当代诗词创作继承与创新关系的理论研究，其中有一支主张新古体诗的队伍（或曰流派），其创作实践与理论探讨均取得一定的成果，是当前诗词改革与创新的可喜现象。本文试从三个方面论述，以表示对新古体诗流派的肯定与支持。

一、中国诗歌艺术形式从来就是多姿多彩并不断发展的

党的文艺百花齐放政策，既包括思想内容的百花齐放，又包括文艺形式的百花齐放。（参见《贺敬之文集》第6卷《风雨答问录》）百花齐放是文艺存在与发展的客观现实，百花齐放政策是建立在文艺发展规律的认识基础之上的。诗歌艺术形式当然毫不例外。汉诗艺术体裁形式自古以来就不是单一独行的。近体格律形式形成于唐代（初唐前后），唐代以前有风体、骚体、古风、歌行、乐府等多种形式，唐代出现并盛行近体格律形式的同时，唐以前出现的其他各体并

行不废，李白对于古风、歌行的发展贡献卓著，创作了大量至今脍炙人口的古风、歌行体的作品；白居易等倡导的新乐府运动亦产生了大量优秀作品。唐代以后也不只是近体格律诗一统天下，而是与众多形式并驾齐驱的，尤其是宋词和元曲更是独辟新径，长盛不衰，直至现当代，毛泽东的词作开创了一个新的时代。随着五四新文化运动的兴起，西学东渐的中西文化交流，中国诗歌艺术形式出现了一种前所未有的新形式——白话文自由体新诗。从诗歌艺术历史长河的角度来看，作为中外文化激烈交锋新时期出现的新文化变革的必然产物，这种新体诗对于汉诗艺术的变革创新作用是意义极其重大的。而当前新古体诗的推行，以古为新，借古开新，开辟新道路，是有利于当前诗歌艺术发展的有益尝试。

二、当代著名诗人大胆尝试新古体诗，并且硕果累累

历代诗人的古体诗佳作这里就不详细列举；当代诗人的创作实践中，也有大量的好作品和好经验。

（1）陈毅元帅对新古体诗的倡导和创作。陈毅是著名的元帅诗人，他是较早提倡写古体诗的。他写的五言诗、七言诗，有的不符合近体诗律的要求，但完全符合古体诗的要求，例如“大雪压青松，青松挺且直。要知松高洁，待到雪化时。”（《冬夜杂咏·青松》）1962 年陈毅元帅在诗刊社举办的春节座谈会上指出，“五四以来的新文学革命运动，提倡诗文口语化，要写白话文，作白话诗，这条路是正确的。但是不是还有一条路？即：不按照近体诗五律七律，而写五古七古，四言五言六句，又参照民歌来写，完全用口语，但又加韵脚，写这样的自由诗、白话诗，跟民歌差不多，也有

些不同，这条路是否走得通？”“我写诗，就想在中国的旧体诗和新诗中取其所长，弃其所短，使自己的诗能有进步。”（《诗座谈记盛》，《诗刊》1962 年第 3 期）

（2）著名诗人贺敬之对新古体诗的倡导和创作。贺敬之在 1996 年中国文联出版公司出版的《贺敬之诗书集·自序》中比较详尽地阐述了他尝试新古体诗创作的经历和经验：“旧体诗固然有文字过雅、格律过严，致使形式束缚内容的一面；但如果不过分拘泥于旧律而略有放宽的话，它对表现新的生活内容还是有一定适应性的。不仅如此，对某些特定题材或某些特定的写作条件来说，还是有其优越的一面。前者例如，从现实生活中引发历史感和民族感的某些人、事、景、物之类；后者例如，在某些场合，特别需要发挥形式的反作用，即选用合适的较固定的体式，以便较易地凝聚诗情并较快地出句成章。

所谓合适的较固定的体式，对我来说，就是这个集子里用的这种或长或短、或五言或七言的基本属于古体歌行的体式，而不是近体的律诗或绝句。这样，自然无须严格遵守近体诗关于对、黏，特别是平仄声律的某些规定，这是不言自明的。但于人们往往不区分古体与近体，特别是对四句或八句的古体和近体不加区分，一概按近体的律诗或绝句的格律来要求；为此，我曾几次借集内某诗发表之机说明是不合旧律，甚至还说过无律。其实这原可不必，并且这样说也是不够准确的。因为，这些诗不仅都是节拍（字）整齐，严格押韵（用现代汉语标准语音），同时还有部分律句、律联。就平仄声律要求来说，绝大多数对句的韵脚都押平声（不避三平），除首句以外的出句尾字大都是仄声（不避上尾），因此，至少和古代的古体诗一样，不能说它是无律即无任何格律，只不过不同于近体诗的严律而属于宽律罢了。”

贺老所尝试的新古体诗既包括齐言体诗，也包括杂言体诗。上述《贺敬之诗书集》是对贺老 1962 年至 1994 年间所作新古体诗的选集，主要反映了贺老尝试齐言新古体诗的成果。2004 年底作家出版社出版六卷本《贺敬之文集》中的第二卷《新古体诗书卷》包括《贺敬之诗书集》和《贺敬之诗书二集》两个部分，后者则反映了 1994 年以后贺老尝试齐言和杂言两种新古体诗的成绩。贺老在《贺敬之诗书二集·自序》中说明了这个意思：“前一本所有各篇都是采用整齐的五、七言（个别有四言）句式，按传统说法是归于‘诗’的体裁范围。而这一本却有几篇是采用长短句，即按传统说法应属于‘词’或‘曲’的一类。其中如《咏南湖船》《怀海涅》两首篇幅较长，接近古之所谓‘长调’。不过，不论篇幅大小，都不是‘填词’即按古词牌或曲牌的格式填写，而是仿效古人‘自度曲（词）’和今人‘自由曲（词）’的写法，即自由地变换字数、灵活地运用长短句式，同时也不受篇幅长短的限制。对于这样做，诗友们认为按照传统的诗、词、曲的分类，已不宜于再叫它‘新古体诗’而应称之为‘新古体词（曲）’了。但照我个人想来，这二者都是我不成熟的尝试，实在当不起赋予什么正式‘称号’的。我之所以想这样写，主要还是内容的需要。由于感到词、曲这一形式，除去它的自由度较大外，还在于它易于造成某种特殊的语感、节奏、气氛和情势，有利于表现具有某种特殊意味的某些特定的内容。而从艺术本质上说，这二者都应属于诗的一类。”

贺敬之1962年以来身体力行，创作了大量的新古体诗。这些新古体诗题材极其广泛，或抒怀、述物、咏史，或写景、叙事、抒情，或说理论政、评述时事，取得了可贵的丰硕成果。尤其是作为著名新诗人的贺老建立在大量新古体诗创作实践基础上的上述认识，是极为中肯允当的。

（3）台湾范光陵倡导的新古诗，起先单指齐言古体诗，后来他也扩大到杂言新古诗。他在《有中国特色的新诗体——新古诗》一文中说："每首四行，每句均两个字，或均三、四、五、六、七、八字的古诗形式，也是新古诗的基本形式。但是做惯了以后，就可以更上层楼地加以变化，如成两个四行之联诗、三个四行之联诗、四个四行之联诗，并无不可。进而把其中一行变成多二个字之变体亦无不可。再进而形成新古词、新古曲均可，总之变化之妙，存乎一心。"（见2011年第三卷《诗国》，华龄出版社）

（4）丁芒、顾浩、王国钦的自由词（曲）（或曰自度词），霍松林的六言诗，刘征、樊希安的新古诗等，有许多著名诗人做了大量的尝试并取得丰硕成果。

（5）丁国成主编《诗国》丛刊，一直倡导新古体诗的诗体探索，《诗国》辟有《新古体诗》专篇，所选刊的众多新古体诗，既有齐言诗，也有杂言诗，甚至较整齐的骈体赋文也放在这个"新古体诗"栏目，从2008年出版以来一直坚持，取得了极其可贵的成绩。从今年2016年开始，《诗国》由原来合作关系变为由中国书籍出版社自主编辑出版，仍然由丁国成老师主持编辑工作。我们继续坚持《诗国》一直奉行的多种诗体兼容并包的风格，仍然坚持新诗体探索。

新古体诗自陈毅提出并实践，尤其近三十年以来新时期所取得的新收获是有目共睹的。

三、新古体诗的现实意义刍议

（1）符合毛泽东先生当年的设想。毛泽东对于诗歌形式发表过多次意见，如他说：“旧诗可以写一些，但是不宜在青年中提倡，因为这种体裁束缚思想，又不易学。”（《致藏克家》，见《毛泽东书信选集》），这里所说的“旧诗”应该主要指的是典型的格律诗和词曲；又说“律诗是一种少数人吟赏的艺术，难于普及，不宜提倡。唯用民间言语七字成句，有韵的非律的诗，即兄所指的民间歌谣体裁，尚是有用的。”（《致蒋竹如》，见《毛泽东书信选集》），这里明确说的是律诗难于普及，不宜提倡；又说“新诗应该精炼，大体整齐，押大致相同的韵。也就是说在古典诗歌、民歌的基础上发展新诗。”（藏克家：《毛泽东同志与诗》）这里提出了明确的诗歌主张，对于诗歌体裁的要求和发展方法提出了具体的设想。虽然尚不敢说新古体诗就是毛泽东所说的“新诗”，但至少是符合这种要求的有意尝试。这种新古体诗比严格的格律诗词相对容易写一些。

（2）符合先写起来的观点。如曹雪芹借林黛玉之口发表过这个观点，刘征先生也说过这一观点：“我的说法是写诗你就写，把那诗词格律大概看一看，不要犯大规则，写熟了你就觉得这样是不合适的，那样就合适的了，把你一腔所要说的话、感情，都喷出来，这样才是诗，否则倒过来呢，就不大行了。”（《诗歌要把表达的需要放在第一位》，见易行编著《诗词通变新论》，线装书局 2011 年 3 月版）大体合律的新古体诗正符合这个先写起来的要求。

（3）是当前值得提倡、推广的诗歌体裁。马凯先生认为新古体诗是一种易于写作、便于推广的诗体。他说：“这种‘新古体诗’作起来相对容易，便于推广，作为一种诗体，也有其优点，在中华诗词百花园中应有其地位。”（《再谈格律诗的“求正容变”》，见易行编著《诗词通变新论》，线装书局2011年3月版）易行先生在《新古体诗向何处去》一文中把正体格律诗（包括词曲）比作“美声唱法”，把民歌比作“民族唱法”，把新古诗比作“通俗唱法”，并说：“由于新古诗的‘通俗唱法’比较自由灵活、易学、好掌握、宜普及，可以大众化，理应成为中国诗歌的主流、主体。”（易行著《远望集：易行格律诗作诗论选》，线装书局2011年1月版）

（4）矫枉而不过正。丁国成先生说：“是否可以说，规律决定艺术品质，规则决定艺术体裁？合乎艺术规则，未必能成为艺术；合乎艺术规律，则必定就是艺术。例如诗的体裁：严守诗词格律的，是格律体（旧体诗）；诗词格律不严的，是新古体；完全不讲格律的，是自由体；如同散文一般的，是散文诗体……规则不同，体裁有别，但却都是诗的一种形式。”（《也说规律与规则（代序）》，见《新古体诗论稿》，线装书局2010年8月版）丁国成先生这段话中，并且在整个这篇序言中并没有说新古体诗是超出各种体裁的最佳形式，只是认为它是诸多体裁的一种而已。

笔者认为，格律古体诗（指近体或谓正体格律诗）在体裁上有过于保守而死板的倾向——多用文言词句，格律过严（固定的字数、句数，固定的平仄、黏对，固定的对仗，固定的押韵甚至必须用平水韵）。自由体新诗（指白话自由诗）

则创新走过了头——打破一切旧有的格律形式：以白话代替文言，取消所有格律（不论字数句数，不须对仗，不拘平仄，不须押韵）。新古体诗则是试图走的一条中间道路——所谓新古体，是古今结合的道路，是既继承又创新的道路，是将格律体古诗和自由体新诗古今结合，博采二者之长，折中而形成的新诗体。新古体之古指的主要是诗的形式，可以分为齐言押韵体和杂言押韵体两种形式（古已有之，前者典型的有五古、七古等；后者典型者即古风、歌行和新乐府等）。所谓齐言押韵体，是指上述范光陵先生所说的，每句字数相等，每首四句或者多个四句联诗，偶数句的末字押大致相同的韵；杂言新古体诗，是指当今有人实践过的所谓自由词和自由曲。而新古体之新指的主要是用新的语言入诗、用新的现代汉语押韵，写新的题材、新的意境、新的感情，取消对仗、平仄格律的严格固定要求（即放宽对仗和平仄格律要求）。我这里还想到一种新古体的形式，就是将齐言新古体和杂言新古体自由组合起来的新型新古体。比如我曾经写过一首《岑参天山放歌》，整起来看是杂言押韵新古体，其中又含有五绝和七绝在内。总之，可以根据具体内容表达情况的需要来采用诗词体裁形式，不过总得尽量发挥汉语独体单音等特点，体裁形式上做到毛泽东所说的三点：精炼，大体整齐，押大致相同的韵；语言风格则吸取中外历代诗词和民歌二者的优长；内容风格则是现实主义和浪漫主义相结合。

借此机会，我提出一个不成熟的新观点向大家求教：作为中华诗词的创作者，也就是说作为古体诗词的作者，其一生的创作实践，应该大体可以分为三个阶段——第一阶段是从新古体入门的诗词创作初期阶段；第二阶段是进入格律诗词创作的中期阶段；第三阶段是跳出格律诗词局限，进而上升到兼融格律诗词与新古体的自由阶段，也就是最后进入诗词创作的自由王国。

新古体诗是我国古体诗在新时期的新发展，也可以看成是我国传统诗歌长河流进新时代涌起的新浪潮，是当代中国诗歌创作与研究的新动向，也许表现了中国诗歌发展的新趋势。这里我不敢预测当前状态的新古体诗就是当代中国诗词体裁的新生代，但是我敢说，在此趋势的发展下，这种新生代是必然出现并指日可待的。

新古体诗作为众多诗词形式的一种，对于丰富诗词文化有益；它可以吸收其他形式的营养发展自己；也可以向其他形式转化，包括由新古体诗入门然后向学习格律诗的创作的转化。我甚至认为：但有诗情入句时，新风旧体两由之。但是我更加期待着新古体诗所带动的诗词创新浪潮，进而能够推进中华诗词总结吸收古今中外诗歌艺术的经验和营养，创作出无愧于新时代的新作品来。

在当前中华文化复兴的初期阶段，中华诗词文化处于“青黄相接”“承亡继绝”的关头，新古体诗的提倡符合中华诗词民族化、大众化、现代化的要求；对于鼓励广大青少年学习创作中华诗词、培养大量的诗歌新人来说，尤其具有较大的现实意义。

于北京后海东岸初稿、右安门外莲花河畔修改

《诗词创新刍议》附录

贺敬之新古体诗选《心船歌集》品读

贺老该书 2011 年由线装书局出版，我时任诗词编辑室主任，参与审稿，有感而作第一首小诗；2013 年中国书籍出版社出版其增补本（仍为线装一函一册），我任副总编辑，再次参与审稿，有感而作第二首小诗。

（一）

写罢新诗写旧诗，新风旧体妙合时。
心船歌唱心中曲，守望家山护醒狮。

（二）

一卷琳琅创意多，换新古体作新歌。
东风劲鼓心潮涌，一样江河别样波。

（见《诗刊》2014 年 6 月上半月刊，另见《毛泽东诗词研究》2014 年第 2 期。）

梅雪迎春，奋斗精神

——毛泽东长征诗词梅雪精神简析

作为中国共产党和中华人民共和国的主要缔造者，旷世伟人毛泽东不仅是伟大的马克思主义者，无产阶级革命家、战略家和思想家、理论家，也是伟大的诗人和书法家。毛泽东诗词作为现当代诗词的典型代表，是诗国数千年来中华诗词的最高峰。毛泽东诗词作为毛泽东领导中国共产党带领中国人民进行革命和建设的历史写照，是最完美地将现实主义和浪漫主义有机结合的诗词艺术典范。本文作为个人学习毛泽东诗词的一得之见，仅以毛泽东长征诗词为主要内容进行分析，对其所反映的梅雪形象和梅雪精神作简要分析揭示。

一、毛泽东诗词梅雪形象简析

古今咏梅诗词很多，其中宋代诗人卢梅坡的《雪梅》并写梅雪，最有代表性："有梅无雪不精神，有雪无诗俗了人。日暮诗成天又雪，与梅并作十分春。"严寒冬雪中，由梅透露出春的信息；素裹红妆的梅花，又由雪反衬出傲骨凌寒的品格。毛泽东诗词的梅雪形象无疑要吸取历代诗人的经验，但是又具有翻出如来手掌的大胆创造。

众所周知，毛泽东作有专题《卜算子·咏梅》，以“推翻历史三千载，自铸雄奇瑰丽词”（柳亚子赞毛泽东诗句）的大手笔，用中国特有的传统诗词艺术形式歌颂了梅花，赋予了梅花崭新的具有为崇高理想而傲寒奋斗的伟大品格：“风雨送春归，飞雪迎春到。已是悬崖百丈冰，犹有花枝俏。俏也不争春，只把春来报。待到山花烂漫时，她在丛中笑。”毛泽东这首词写于1961年12月，就在此前不久的1961年11月6日，毛泽东接连给田家英写了三封信，内容都是为了查一首明代诗人高启的《梅花九首》中的第一首。[①]毛泽东在这首词的小序中明确地说：“读陆游《咏梅》词，反其意而用之。”可见诗人毛泽东是在学习古代咏梅诗词的基础上创作这首词的；但不是简单地沿用古典梅花形象，而是“反其意而用之”。由此写出了这首境界全新的咏梅词。“反其意者，一是反其孤芳自赏而为与群芳同春，二是反其消极无奈而为积极斗争。严有翼《艺苑雌黄》云：“文人用故事，有直用其事者，有反其意而用之者。……直用其事，人皆能之；反其意而用之者，非学业高人超越寻常拘挛之见、不规规然蹈袭前人陈迹者，何以臻此。”毛泽东距陆游的时代已远，人间已换，他的全新的世界观和他肩负的历史使命以及他深厚的古典诗歌修养，是他能够“反其意”写出如此气魄恢弘、别开生面、调高意远的《咏梅》词的根本原因。”[②]

---

① 萧永义《一日三书只探梅》，见萧永义著《毛泽东诗词史话》（甲申新本），东方出版社2004年第2版第1次印刷，第324页。

② 萧永义《俏在丛深一笑中》，见萧永义著《毛泽东诗词史话》（甲申新本），东方出版社2004年第2版第1次印刷，第327页。

毛泽东1962年12月26日写有《七律·冬云》，虽然没有以梅花作题目，但是实际上主要形象还是梅花：

雪压冬云白絮飞，万花纷谢一时稀。
高天滚滚寒流急，大地微微暖气吹。
独有英雄驱虎豹，更无豪杰怕熊罴。
梅花欢喜漫天雪，冻死苍蝇未足奇。

《卜算子·咏梅》和《七律·冬云》均是毛泽东在新中国成立以后所作。前者是直接咏唱凌寒绽放、飞雪迎春的梅花，后者也是赞美万花纷谢时仍然欢喜漫天大雪而凌寒绽放的梅花。这两首诗均是对梅花傲寒报春精神的艺术写照，也可以说是毛泽东同志对以他为首的中国共产主义战士不畏强暴、敢于为广大无产阶级人民群众利益而牺牲自己、顽强奋斗的革命英雄主义精神的艺术表达，是毛泽东自己信奉的诗国“诗言志”传统的最高表现。这两首诗既隐含着对中国革命时期我党我军不畏艰险、顽强奋斗并敢于胜利的优秀历史传统的赞美和自信，更是对当时新中国处于“修正主义”危机四伏的困难时期的中国共产党领导中国人民敢于藐视国际国内困难而去争取胜利的发扬奋斗精神的号角。

《卜算子·咏梅》写于1961年12月，《七律·冬云》写于1962年12月26日，紧接着1963年1月9日毛泽东又写下了《满江红·和郭沫若同志》，直接藐视小小寰球上那几个如碰壁苍蝇的反华势力。这三首诗（词）可以说均“是反修正主义的”（毛泽东语），毛泽东自己解释道：“‘飞鸣镝’指我们的进攻。‘正西风落叶下长安’，虫子怕秋冬。

形势变得很快，那时是‘百丈冰’，而现在正是‘四海翻腾云水怒，五洲震荡风雷急’了。从去年起，我们进攻，九月开始写文章，一评苏共中央的公开信。”[③]可见这三首诗（词）均是对付以“苏修”为主的国际反华势力的。

郭沫若在《待到山花烂漫时》文中解释毛主席《卜算子·咏梅》说：“我们的处境好像很困难，很孤立，不从本质上来看问题的人便容易动摇。主席写出了这首词来鼓励大家，首先是在党内传阅的，意思就是希望党员同志们要擎得着，首先成为毫不动摇、毫不害怕寒冷的梅花，为中华人民做出好榜样。斗争了两年多，情况好转了，冰雪的威严减弱了，主席的词才公布了出来。不用说还是希望我们继续奋斗使冰雪彻底解冻，使山花遍地烂漫，使地上永远都是春天。”[④]

毛泽东诗词中这种不畏强暴、不怕困难、勇于斗争、敢于胜利的梅雪精神，在党领导中国革命的长征时期，表现得尤为典型和突出。

二、毛泽东长征时期诗词的梅雪精神简议

长征是中国革命史上的壮举，长征的胜利是中国乃至世界战争史上的奇迹。长征是中国共产党领导中国革命的数十年历史上最艰苦、最困难、最危险的时期，也是毛泽东革命

③ 转引自李琦《豪放的梅花：〈卜算子·咏梅〉翻出的千古新意》，见《中国毛泽东诗词研究会第十三届年会论文集》，中国毛泽东诗词研究会2013年9月“清样本”，第209~212页。

④ 转引自李琦《豪放的梅花：〈卜算子·咏梅〉翻出的千古新意》，见《中国毛泽东诗词研究会第十三届年会论文集》，中国毛泽东诗词研究会2013年9月“清样本”，第209~212页。

生涯中最为重要的转折时期和难忘岁月。长征创造了人类壮举和奇迹，也铸造了毛泽东诗词艺术的高峰。毛泽东长征时期诗词创作，是长征历史的记录，是长征精神的艺术表达，是长征文化的奇葩。1934 年夏作《清平乐·会昌》，1934 年至 1935 年陆续作《十六字令三首》，1935 年 2 月作《忆秦娥·娄山关》，1935 年 10 月作《七律·长征》，1935 年 10 月作《念奴娇·昆仑》，1935 年 10 月作《清平乐·六盘山》，1936 年 2 月作《沁园春·雪》。在这一年多时间里，毛泽东于"马背上哼成"这七个题目九首作品，而且都是毛诗词中的上乘之作。在越是困难的时候，或者越是克服了巨大困难时，就越是毛泽东诗意高昂之时。毛泽东自己解释《清平乐·会昌》时说："1934 年，形势危急，准备长征，心情又是郁闷的。"[⑤]而在注释《忆秦娥·娄山关》时，毛泽东说："万里长征，千回百折，顺利少于困难不知有多少倍，心情是沉郁的。过了岷山，豁然开朗，转化到了反面，柳暗花明又一村了。以下诸篇（按：一九五八年出版的《毛主席诗词十九首》，《忆秦娥·娄山关》排在《十六字令三首》之前，'以下诸篇'指《十六字令三首》、《七律·长征》、《念奴娇·昆仑》、《清平乐·六盘山》），反映了这一种心情。"[⑥]

中央红军主力的长征，于 1934 年 10 月从中央革命根据地出发作战略大转移，经过福建、江西、广东、湖南、广西、

---

⑤ 见《毛泽东诗词集》中《清平乐·会昌》的注释。中央文献研究室编《毛泽东诗词集》，中央文献出版社 1996 年 9 月第 1 版第 2 次印刷。第 47 页。

⑥ 见《毛泽东诗词集》中《忆秦娥·娄山关》的注释。中央文献研究室编《毛泽东诗词集》，中央文献出版社 1996 年 9 月第 1 版第 2 次印刷。第 53、54 页。

贵州、四川、云南、西康、甘肃、陕西等十一省，击溃了敌人多次的围追和堵截，战胜了军事上、政治上和自然界的无数艰险，行军二万五千里，终于在 1935 年 10 月到达陕北革命根据地。⑦毛泽东在 1935 年 10 月这一个月内连续创作三首作品《七律·长征》《念奴娇·昆仑》《清平乐·六盘山》，其后只隔三个来月，又于 1936 年 2 月作《沁园春·雪》，反映了毛泽东在长征胜利时的喜悦心情和豪迈激情。

《毛泽东诗词集》正编收录诗词作品共计 42 首，创作时间自 1923 年到 1956 年，时间长度达 40 多年，而长征期间只一年来时间创作 9 首作品，占五分之一强，可见长征时期毛泽东诗词创作力之旺盛。而且这 9 首作品在毛泽东生前全部公开发表过，而且这几首作品多次反复进入各种选本、碑刻（比如拙笔为湖南湘阴四中校园碑廊选书毛泽东诗词 24 首，这 9 首作品全部入选），就是说其入选率是最高的，可见这 9 首诗词为作者、编者、读者之重视。

这 9 首作品中似乎没有直接涉及梅花，但是个人认为，《沁园春·雪》中“须晴日，看红装素裹，分外妖娆”，正是描写的红梅映雪的“分外妖娆”美景。读者们看看，在“千里冰封，万里雪飘”的北国雪原上，被茫茫白雪包裹映衬的大好河山上的“红装”，不是梅花是什么呢？当然，毛泽东带领红军将士们直接面对的是茫茫雪山，所以毛泽东长征时期的诗词中的主角就是“雪”——直接描写到雪的作品有《七律·长征》《念奴娇·昆仑》《沁园春·雪》三首。其实在较早写的《忆秦娥·娄山关》里已经写到了“霜”（“霜晨月”），

⑦ 参见《毛泽东诗词集》中《七律·长征》的注释。版本同前。第 56 页。

“履霜坚冰至”（《周易·坤卦》），已经踩踏到霜了，踩踏到“坚冰”的更加寒冷的时候就要到了。所以，霜是雪的前驱。《七律·长征》“更喜岷山千里雪，三军过后尽开颜”，这里字面上的意思是说三军将士对于千里雪山是欢喜的，对照后来毛泽东于1962年12月26日所作《七律·冬云》“梅花欢喜漫天雪，冻死苍蝇未足奇”，可以看出，在《七律·长征》诗中，毛泽东实际上已将战胜千里雪山等艰难险阻的红军将士暗喻性地比作了梅花。而《念奴娇·昆仑》总首词的主要形象就是雪，“飞起玉龙三百万，搅得周天寒彻”的是雪花，“夏日消溶，江河横溢”的是雪水，“千秋功罪，谁人曾与评说？”待评说的是雪山，“不要这多雪”，而要“把汝裁为三截”而与世界分享，从而使“环球同此凉热”的，是昆仑山雪。所以说全词主要形象是雪或雪山，这首词的题目简直可以改成“念奴娇·昆仑雪山”。而“初到陕北看见大雪时”（毛泽东1945年10月7日给柳亚子信中语）所写的《沁园春·雪》，则更是毛泽东诗词作品中唯一用“雪”直接命名的作品，可以说是将雪比作“封建主义的一个反动侧面”（毛泽东自己解释这首词所说的），而待到晴日映雪，则“红装素裹，分外妖娆”，这正是一幅红梅映雪的优美画面，描写出了中国共产党领导下的红军将士们犹如“梅雪迎春”的不畏艰险、勇敢奋斗的优秀品格。所以说长征时期的毛泽东诗词已对雪的形象有了充分描写，并且于《七律·长征》和《沁园春·雪》中已经明显揭示了傲雪凌寒的梅雪精神。

从上述分析我们还可以看到，毛泽东长征时期诗词中，《念奴娇·昆仑》描写了反对帝国主义的形象（毛泽东解释：“昆仑：主题思想是反对帝国主义，不是别的。”）[8]这一方面是针对当时面临日本帝国主义的入侵的现实问题，另一方面也源于中国共产党领导的中国革命是国际共产主义运动的内容，由此毛泽东词中也反映了要把世界范围内的无产阶级革命事业进行到底的意志。毛泽东对于世界无产阶级革命的思想在此露出了曙光。从此开始直到后来他提出了第一、第二、第三世界划分理论，都是全世界无产者联合起来共同反对帝国主义的思想。而《沁园春·雪》则描写了反对封建主义的形象。（毛泽东自注：“雪：反封建主义，批判二千年封建主义的一个反动侧面。”）[9]从“诗言志”的角度分析，毛泽东同志为首的中国共产党，之所以能够领导红军将士战胜巨大困难取得长征胜利，正是因为拥有反帝反封建、赶走日本鬼子、创建新中国的远大理想；而毛泽东说长征是宣言书、是宣传队、是播种机，长征胜利之际，同时也正是毛泽东等对于为共产主义理想而奋斗的历程中取得巨大胜利之时，此时此刻，其信心百倍、激情豪迈的意志，用诗词艺术的形式表达得淋漓尽致、优美畅达。

三、毛泽东诗词梅雪精神的现实意义

2016 年恰逢中国共产党成立 95 周年、中国工农红军长征胜利 80 周年，各级党委、政府组织相关纪念活动。中央直属机关工委举办“党在我心中”诗歌征文活动，我为此创作《咏梅七绝五首》：

---

⑧ 见《毛泽东诗词集》中《念奴娇·昆仑》的注释。版本同前。第 62 页。

⑨ 见《毛泽东诗词集》中《沁园春·雪》的注释。版本同前。第 70 页。

(一)

百年中国梦如何？正道沧桑浩气多。
唤起雄狮驱虎豹，凌寒梅领众芳歌。

(二)

大地冰封冷气沉，轻盈绰约暗香升。
枝横白雪千秋韵，花映红岩万种情。

(三)

心血浇开萼瓣彤，镰锤飘共五星红。
文明圣火千秋赤，阔海长天跃巨龙。

(四)

水复山重岁月稠，红梅傲雪景清幽。
前行不必疑无路，睿智东方有远谋。

(五)

岁月燃情追国梦，江山助兴赋新诗。
红梅欣慰丛中笑，正是山花烂漫时。

拙作五首，咏梅为题，之所以用梅花比党，用红梅傲雪的风姿比喻党的奋斗精神，比喻这种奋斗精神的代表——以为崇高理想而奋斗的革命英雄主义精神作为核心的长征精神，这当然与梅花凌寒绽放的独特品格有关，但更直接的来源就是毛泽东诗词。

拙作《咏梅七绝五首》，正是学习毛泽东诗词的梅雪形象与精神，而吟咏成诗的。拙作七绝五首不是一次写成的，而是撷取多年积累的相关诗句修改而成的。

其中第一首是 2014 年 4 月参加恭王府海棠雅集，《步韵奉和叶嘉莹先生海棠雅集绝句四首》的第三首。叶嘉莹先生原诗：

花前小立意如何？回首春风感慨多。
诗友已伤零落尽，我来今亦鬓全皤。⑩

当时习作奉和叶先生绝句时，并未想到要特意用毛泽东诗词的意象与词句，现在分析，其中多处无意中采用了毛泽东诗词的意象与词句——“正道沧桑浩气多”，化用毛诗《七律·人民解放军占领南京》“人间正道是沧桑”；“唤起雄狮驱虎豹”，化用毛诗《七律·冬云》“独有英雄驱虎豹”；“凌寒梅领众芳歌”，化用毛词《卜算子·咏梅》“俏也不争春，只把春来报。待到山花烂漫时，她在丛中笑”的词意。

拙作《咏梅七绝五首》的第二首，来自 1995 年参观《红岩魂》展览后所作《七律·咏梅，参观〈红岩魂〉展览》的前四句：“大地冰封冷气沉，轻盈绰约暗香升。枝横白雪千

⑩ 叶嘉莹诗及赵安民和诗见孙旭光主编《甲午海棠雅集》线装本，团结出版社 2015 年 4 月第 1 版第 1 次印刷。

秋韵，花映红岩万种情。”很明显，诗中沿用了古代咏梅诗名句中“暗香”一词。此外，也吸收了毛泽东《卜算子·咏梅》词意以及《沁园春·雪》“北国风光、千里冰封、万里雪飘。……红装素裹，分外妖娆”、《七律·冬云》“高天滚滚寒流急，大地微微暖气吹。……梅花欢喜漫天雪，冻死苍蝇未足奇”等意象。

拙作《咏梅七绝五首》的第三首和第四首，乃选取拙作《西山八咏》中的二首绝句修改而成。拙作《西山八咏》是2008年4月参加国际易学联合会西山会议时奉和香港大学周锡䪖教授八首绝句的作品。那时我国正准备迎接奥运会的举行。这两首绝句中，第二首“水复山重岁月稠，红梅傲雪景清幽。前行不必疑无路，睿智东方有远谋”沿用了毛词《沁园春·长沙》“忆往昔峥嵘岁月稠”的“岁月稠”词句和文前分析的毛泽东多首诗词中红梅傲雪的意象。

拙作《咏梅七绝五首》的第五首乃截取一首拙作七律后四句而成。这首七律是2015年参加中华诗词学会第四次代表大会时，拜读马凯先生七律而后所作的唱和之作。马凯先生原诗《写在中华诗词学会第四次代表大会召开之际》：

大地春回盼未迟，唐松宋柏又新枝。
随心日月弦中起，信手风云笔下驰。
骚客曾忧无续曲，吟坛应幸有雄诗。
山花烂漫人开眼，更待惊天泣雨时。

拙作《参加中华诗词学会第四次全国代表大会，步韵奉和马凯同志》：

兴会今朝岂厌迟？波澜壮阔笔千枝。
神州春满百花放，赤子心雄万马驰。
岁月燃情追国梦，江山助兴赋新诗。
红梅欣慰丛中笑，正是山花烂漫时。

最后两句正是化用毛词《卜算子・咏梅》“待到山花烂漫时，她在丛中笑”的意象，而且是我自认为比较成功的诗句，不仅是化用毛泽东的词句，更是比较巧妙地回应了毛词“待到山花烂漫时，她在丛中笑”的诗意，表达出了这样的寓义——毛泽东等革命前辈和先烈就是傲雪凌寒的梅花，他们开创和奠基的新中国的伟大事业，如今正接力有序、继续前进，百年以来的民族复兴、国家富强、人民幸福的中国梦，正逐步接近实现，祖国大地山花烂漫、欣欣向荣、形势大好，可堪告慰毛泽东等革命前辈和先烈们。

长征胜利创造了人类战胜政治上、军事上和自然界的巨大艰难险阻的奇迹，毛泽东长征时期创作的诗词也可看作长征胜利创造的文化的奇迹。我 2001 年从北京去井冈山开会时写过一首《水调歌头・初访井冈山》：

久仰凌云志，今上井冈山。千里来寻圣地，胜景不虚传。八面层峦耸翠，林涧奔流飞瀑，天险铸雄关。五井红军寨，帷幄靠中坚。　黄洋界，空城计，退敌顽。胸有雄兵百万，掌上史千年。霹雳一声暴动，唤起工农革命，星火竟燎原。敢辟长征道，筚路纪新元。[11]

⑪ 该词载 2008 年 2 月 15 日《光明日报》。

这首词也可算是学习毛泽东《水调歌头·重上井冈山》一词的习作。拙词末句“敢辟长征道，筚路纪新元”，是对长征精神的赞美——长征不仅开辟了中国革命的新纪元，也创造了我党领导革命和建设的宝贵的奋斗精神新纪元。

习近平总书记在建党95周年纪念大会上讲话中，10次强调“不忘初心，继续前进”，“我们党已经走过了95年的历程，但我们要永远保持建党时中国共产党人的奋斗精神，永远保持对人民的赤子之心。”建党时的“初心”就是带领人民实现共产主义的崇高理想而不断奋斗的精神，这种“初心”既有崇高理想，也有奋斗精神。毛泽东长征诗词所表现的梅雪迎春的精神品格，正是这种“初心”精神的艺术的典型性表达——“迎春”就是迎接春天，这里的春天实际上就是共产党人为广大人民谋幸福的崇高理想；“梅雪”就是红梅傲雪，就是为了实现崇高理想的革命英雄主义的奋斗精神。

习近平总书记反复强调的“不忘初心”告诫，正是这种梅雪精神的一脉相承，长征精神就是为崇高理想而不懈奋斗的梅雪精神，这种精神是我们值得永远学习和发扬的无价之宝。

2017年5月于北京右安门外莲花河畔

诗词与书法摭谈

“文学艺术的各种形式互相渗透、互相影响，是文艺史上带有规律性的现象……诗，不仅作为书面文字呈诸人的视觉，还作为吟诵或歌唱的材料诉诸人的听觉。”[①] 这里所说的作为书面文字的诗的视觉表现，正是诗词的书法艺术属性所在。诗词与书法这方面的关系可以说是内容与形式的关系。内容决定形式，而形式对内容具有反作用；研究书法与诗词的关系，对于诗词创作具有重要意义。

一、字以缀文，文以载道；诗歌艺术，片言居要

诗词是文字、文学的精华。中华诗词是中华民族表达情感的最优雅方式。

第一，中华诗词是汉语文学艺术之精华。诗歌、散文、小说、戏曲等各种文学体裁都离不开语言，其中诗歌是最纯粹的最精炼的语言艺术形式，又是最特殊的语言艺术形式，其语法、修辞超乎常规，有自己的特殊范式。

第二，中华诗词通过组织精炼的密集的汉语词句表现独

① 袁行霈著《中国诗歌艺术研究》，北京大学出版社 2009 年 1 月第 3 版、2017 年 11 月第 4 次印刷，第 102 页。

特的意象，由词句所蕴含的含蓄、跳跃的多样的意象，而形成高远、奇妙的意境，从而表达情感。

第三，中华诗词通过词句语言的调动，情景交融的意象的组织，制造某种超乎意象的意境，从而感染、感动读者。而不同时代、不同的作者，各自通过一系列的作品，反映出某种独特的风格。或飘逸豪迈或沉郁顿挫；或豪放或婉约；或现实主义或浪漫主义；等等。

中华诗词产生于中华传统文化之中，其既使得中华文化染上诗意的色彩，予以诗化；又受到中华文化各方面内容形式的影响，得到古代儒释道为主干的思想文化的渗透，得到历代哲学、宗教、书画、音乐等文化艺术的滋养。中华诗词渗透到中华文学、文化的各个方面，使中华文化表现出诗意色彩，因此说中国是诗的国度。②

七律·中华诗词

汉语诗歌汉语魂，平平仄仄叩龙门。
章重风雅情繁复，思幻离骚美绝伦。
格律少陵臻化境，天成太白砺金针。
参差修短非余事，冷暖人间易俗淳。③

② 袁行霈著《愈庐集》，线装书局2008年线装版。书中有专篇论述“诗国”。

③ 赵安民《七律·中华诗词》见载中华诗词学会编《中华诗词存稿·师之集：赵安民诗词》，中国书籍出版社2019年9月版。

二、笔以写字，字以表义；书法艺术，抒情助力

书法是汉字的书写法则与书写艺术，是借助汉字的独特构型，运用独特的工具材料与书写技法，表达书者主观精神的创造性活动。

书法成为艺术的基础条件表现在载体、工具、形式、内容几方面。

第一，汉字本身具有艺术素质。汉字是以象形为基础的构造独特的表意文字，具有不同于表音文字的形象特征，这是汉字书写能成为艺术的重要条件。汉字笔画多样，结构多样，其构型具备多变性和可塑性，因而具备艺术表现的基础。

第二，汉字字体具有多样性。汉字在自身演变过程中形成了篆隶草行楷等书体，使汉字构型具备多样变化的特点。不同书体具有风格迥异的审美特质与趣味。

第三，工具材料的特殊性。笔墨纸砚为书法艺术表现提供了独特的物质条件。毛笔纤毫齐聚，柔软有弹性，能表现出刚柔、快慢、强弱等丰富多样的效果。墨性醇厚深沉温和，与水调和可以产生浓淡干湿的无限层次变化。宣纸质柔而吸附性强，具备了反映笔墨细微变化的性能。三者结合可以产生多彩的墨韵效果，使笔迹线条质感具备了丰富多变的表现力。

第四，书法是书者既个性化又社会化的主观情感表达。书者充分利用汉字构型的多变性、可塑性以及工具材料的丰富表现力，结合书写内容的含义，可以充分表达自己的情感和理趣，从而“达其情性，形其哀乐”。其表现的丰富，既可以包含审美趣味，又可以反映人格境界等伦理、道德、精神，还能表现文化内蕴，是一种中华民族最独特的情感表现

方式，具有稳定持久的文化艺术特征。

七律·中国书法

淋漓点线涌文泉，曲水流觞润砚田。
秦汉雄风铭峻岳，晋唐雅趣赏云笺。
万方仪态传神韵，千载楮缣展圣颜。
烂漫苏黄松雪境，中华翰墨暖人间。④

三、诗为心志，书为心画；书法诗词，创造神话

诗词与书法，其旨略同，古今不乏论述。苏轼《书黄子思诗集后》谈到："予尝论书，以谓钟、王之迹萧散简远，妙在笔画之外，至唐颜、柳始集古今笔法而尽发之，极书之变，天下翕然以为宗师，而钟、王之法益微。至于诗亦然。苏、李之天成，曹、刘之自得，陶、谢之超然，盖亦至矣，而李太白、杜子美以英玮绝世之姿，凌跨百代，古今诗人尽废，然魏晋以来，高风绝尘，亦少衰矣。李杜之后，诗人继作，虽间有远韵，而才不逮意，独韦应物、柳宗元发纤秾于简古、寄至味于淡泊，非余子所及也。唐末司空图，崎岖兵乱之间，而诗文高雅犹有承平之移风。其诗论曰：'梅止于酸，盐止于咸，饮食不可无盐梅，而其美常在咸酸之外。'盖自列其诗之有得于文字之表者二十四韵，恨当时不识其妙，予三复其言而悲之。"⑤东坡本欲论诗，而首列自己论书之言，

④ 赵安民《七律·中国书法》见载《书法报》2016年1月27日《兰亭》版。

⑤ 《东坡题跋》，人民美术出版社2008年1月版。

以作书之法类比作诗，用书法艺术与诗歌艺术作比照，引用司空图《二十四诗品》，阐述自己对于诗歌艺术的观点。诗歌艺术与书法艺术之高妙处，要求其实相同。

书体与诗体，体裁变化与时俱进，遵循一定的变化规律。明代许学夷《诗源辨体》论述各个时代诗体书体相应变化说："诗体之变，与书体大略相似。三百篇，古篆也；汉魏古诗，大篆也；元嘉颜谢之诗，隶书也；沈宋律诗，楷书也；初唐歌行，章草也；李杜歌行，大草也；盛唐诸公近体不拘律法者，行书也；元和诸公之诗，则苏黄米蔡之流也。"

书风与诗风，风格演变与时代思想文化风尚同步。就书法而言，清代乾隆时期学者书家梁巘《评书帖》所说，晋尚韵，唐尚法，宋尚意，元明尚态。这个归纳概括在书法界是众所周知的。诗歌艺术也随时代发展而演变其风格。三百篇是现实主义诗歌的集大成。而后楚辞开启浪漫主义的帷幕。汉魏乐府古诗则表现出新的现实主义叙事风格。唐代则用新的格律诗体为基础的多种体裁，演变出现实主义与浪漫主义众美纷呈的多姿多彩风格，达到我国诗歌艺术的极致高峰。其后，宋词、元曲，婉约、豪放、诙谐各诣其极。明清诗词，复古有余而开新乏力，但不乏反映广大复杂社会面貌的中兴气象；直至近现当代，有鲁迅、郁达夫等踵事增华，沉郁飘逸；毛泽东"推翻历史三千载，自铸雄奇瑰丽词"（柳亚子评毛泽东诗词语），用诗词这种中华民族表达情感的最优雅方式，艺术地书写中华民族开天辟地的反帝反封建的伟大革命，和建设新中国的波澜壮阔社会历史，让中华诗歌艺术新高峰再次耸立。当代诗歌艺术，正处在古今中外大融合的历史转变中，新的风格正在经历凤凰涅槃，跻攀唐宋宜超迈，不与明清作后尘（改杜甫诗句），当代诗词超迈前古的新的艺术高峰呼之欲出。

节奏与韵律的艺术表现与时空感知，是诗词和书法的共同艺术特质。书法乃无声的音乐，是视觉艺术；音乐是有声的书法，是听觉艺术；诗词则兼有音乐与书法二者的元素，以汉字书写的诗词，特别是用毛笔竖行书写的诗词，其主体是汉语意象声情艺术，同時也兼有汉字书写视觉感知艺术，我们既然要立足超迈前古的大志向，就要善于吸取古今中外的诗歌艺术营养，尤其要善于吸取我国古代传统的优秀文化艺术元素，则书法艺术之于诗歌艺术的结合，就不是可有可无的书写工具而已。毛笔书写汉字，而且是竖行书写汉字，对于诗人书家的创作而言，具优于硬笔和电脑的启迪思维的优势；对于书面诗文阅读也有类似优势。无论书写还是阅读，文字竖列与横排的不同，决定眼睛与头颈运动方式的上下点头、目光上下移动与左右摇头、目光左右移动的不同（可简称为 yes 与 no 的区别），其阅读效果以及反作用于思维方式的差别，值得进一步研究，不可等闲视之也。毛泽东当年所说，用文房四宝打败“四大家族”，不但果然实现鸿愿，而且创造了诗词文章的历史新高峰，当前诗词艺术发展应当注重与书法艺术的结合，民族瑰宝不可偏废。

诗词学习与书法学习都要临帖，无论诗词还是书法，历代大家都是善于向前人学习的。历代有名的诗人无不学习其前代和其同时代的名家名作。

诗圣杜甫就是吸收自诗经、楚辞、汉魏乐府古诗并集其大成而获得其巨大诗歌艺术成就的。他的讨论诗歌艺术的《戏为六绝句》就集中地反映了自己的创作主张，如“其五”：

“不薄今人爱古人，清词丽句必为邻。窃攀屈宋宜方驾，恐与齐梁作后尘。”说明杜翁认为古今优秀作品都应当学习，但是要采取一分为二的批判的态度——要重点学习前代伟大作品“屈宋”楚辞的“思幻言长”（鲁迅语）优秀品格，努力攀登诗歌艺术高峰，而摈弃齐梁时代的绮靡委颓习气。但是无论庾信或者“四杰”，同时代的“清词丽句”，也都应当学习。总而言之就是“别裁伪体亲风雅，转益多师是汝师”，既有所批判有所摈弃又不主故常，师古而不泥古，善于吸取古今多方面营养，才能创造出自己的好作品。

苏轼仰慕陶渊明的人品和诗品，写下与陶渊明诗歌相唱和的大量“和陶诗”，不乏“与古为徒”之意；宋元之际的诗人书法家赵孟頫则在书法方面主张复古开新，就是善于学习古代优秀成果的典型代表。《三希堂法帖》为清代乾隆敕令大学士书法家梁诗正主持编刻的大型书法丛帖，共收魏晋至明末135位著名书家墨迹，系清宫所藏珍品。法帖共分32册，其中赵孟頫即占了5册（第十八册、第十九册、第二十册、第二十一册、第二十二册），占全部《三希堂法帖》六分之一强，可见清宫收藏赵孟頫墨迹数量之巨，也反映了对赵孟頫书法的重视。而其中第十九册的近一半内容为赵孟頫临王羲之书帖（包括临《兰亭序》），⑥可见赵孟頫不仅有复古之志向，并且付之实践，尤其是追摹右军书法的勤勉与高妙，从而成就了右军而后又一座书法高峰。

无论诗词还是书法，只有善于学习古今精品，才能创造自己的精品，这是不二法门，舍此没有他法。

中华先民创造了汉字，汉字所形成的诗歌艺术和书法艺

---

⑥ 《三希堂法帖》，中国书店1986年影印本。

术，是中华民族优秀传统文化的瑰宝。汉字精灵幻化成诗词，幻化成书法，诗词书法、阴阳氤氲而组成中华文化的核心，由此双双演绎中华民族艺术精神。

东汉许慎《说文解字·叙》曰：“盖文字者，经艺之本，王政之始，前人所以垂后，后人所以识古。故曰，本立而道生，知天下之至啧而不可乱也。”⑦ 汉字是文化的载体，是经史百家、文化艺术的根本，是人类社会治理的基础。汉字的魔方幻化出中华文化艺术的七彩斑斓，中国传统艺术，无不和汉字紧密相连，诗词和书法正是其最典型代表。诗为心志，借汉语精灵写其情志；书为心画，凭汉字点线见其精神。而用书法表现的诗词则是中华文学与艺术的强强联合，创造出中华文化的核心精神，此文化今古奇观将历万古而长存。有词赞曰：

沁园春·汉字颂

故国东方，汉字通神，文脉久昌。幸羲皇创卦，天开一画；颉臣造字，界破洪荒。独体方圆，单音扬抑，义见形声万物彰。抒情志，有重章叠唱，思幻言长。　　今朝岁月铿锵，引无数诗人赋慨慷。看嘤鸣汉语，亲和世界；龙飞书法，流美诗乡。事在人为，梦由心画，丝路驼铃乐万邦。挥毫也，得江山助兴，绘我新章。⑧

⑦ 转引自清代段玉裁《说文解字注》，中州古籍出版社 2006 年 10 月据经韵楼原刻本影印本。

⑧ 赵安民《沁园春》词见《中华诗词》2018 年 1 月刊。

赵安民的新疆玉

——《新疆诗稿》序

蔡世平

玉是个好东西。

中国古时候有个完璧归赵的故事，把玉放到了可以和江山国土一比的地位。人们从此知道玉的珍贵和重要，就像那位要得到和氏璧的君王一样，千百年来疯狂地寻玉、购玉、藏玉。以为拥有了玉就拥有了高贵与财富。人们可能不知道，完璧归赵，即便真有其事，也只能当寓言来读。在这个故事里，玉，只是一种象征、一个隐喻。玉，其实是一种精神，一种品质，一种文化，与财富有关，但不等于财富。

一个人、一个家庭、一个社会、一个国家、一个时代，是需要培养一种玉的品质与精神的。

能够认识玉的人不多。新疆是出美玉的地方，或者说新疆就是一块“玉”，但需要人去寻找、发现和打磨。当然这与一批又一批探宝人，去昆仑山、和田、戈壁滩贪婪找玉不是同一个话题。

2012 年国家新闻出版总署派中国书籍出版社副总编辑赵安民去新疆人民出版社挂职。在新疆的近一年时间里，赵安民捧回了一块沉甸甸、碧莹莹的“新疆玉”，这就是即将出版的《新疆诗稿》。诗稿记录了他的新疆行旅、思绪与梦幻。

无疑，赵安民吟诗的过程就是找玉的过程。

赵安民启开诗思，张开慧眼，走到哪里便能发现并雕琢新疆美“玉”。

玉门关外玉家乡，玉店楼高玉满堂。
摄取月华千万载，晶莹品质发幽光。

——《乌鲁木齐玉店林立，美玉琳琅》

神仙何日下昆仑，种得和田玉满盆。
恰似精神难比洁，若为肌骨易销魂。
……

——《和田玉歌》

这是玉石之玉。

河流际没变车流，两岸新楼接旧楼。
登上虎头穷望眼，遥岑环抱玉烟稠。

——《红山眺远》

一为新客到新疆，不辨他乡与故乡。
昔日边陲成腹地，神州热土赛天堂。

——《新疆其八》

这是大地之玉。

大块文章任我裁，天山好景为君排。
农家院静农家乐，向日葵圆向日开。
……

——《天山北麓农家小院为朋友写字》

公主和亲只旧闻，如今各族一家亲。
和谐社会人融洽，小小寰球是我村。

——《新疆人民出版社汉族女编辑高珊硕士与哈族小伙伊夏喜结连理》

这是民心之玉。

在赵安民的笔下、新疆玉品质高贵、精神清洁，外秀内美。

我以为是有美玉般的心灵方能琢出美玉般的作品。

不能不说说诗稿卷下《西域叙事》。在这个篇章里，赵安民对新疆文明史的重要章节进行了诗意解读，创作了从《黄帝时期西域探险》到《林则徐谪戍伊犁》十多首叙事诗作品。这些作品以人物为经，历史为纬，生动形象地展示了新疆大地数千年来的一幅浩繁壮美的历史长卷，是又一块新疆大玉、美玉。我们不仅为中华历史人物所感动，为新疆大地所感动，同时也对赵安民这位出生于湖湘、工作在京城的诗人生出感动与敬意。

作为北京派往新疆的文化工作者，赵安民没有辜负这片土地。他拥抱了新疆，他释放了能量，并且用玉的精神，通过《新疆诗稿》的创作，完成了对新疆的艺术塑造，也完成了对自己的诗人塑造。

2014 年 8 月 27 日補月楼

（蔡世平：一级作家，著名诗人。湖南理工学院中国当代诗词研究所所长。时任国务院参事室中央文史研究馆中华诗词研究院执行副院长，曾任岳阳市文联主席，《中华诗词》编委）

给你一个立体博奥的新疆

——读赵安民先生《新疆诗稿》

刘宝田

感谢中国书籍出版社副总编辑赵安民先生赠我他的《新疆诗稿》一书，赠我一个立体博奥的新疆。

这是安民先生2012年5月至12月在挂职期间完成本职工作之余创作的一部沉甸甸的旧体诗词集。我以为，凡对新疆这块辽阔美丽的土地和这方深邃悠久的文明感兴趣的朋友，都应该读一读这部作品，因为它可以带领你走进一个立体博奥的新疆而流连忘返。

诗集《卷上·天山放歌》是一幅壮丽的新疆诗歌地图。从晶莹澄澈的天池到清冽冷峻的喀纳斯湖，从高楼林立、星云璀璨的乌鲁木齐、石河子，到碧玉琳琅、风情别具的喀什、阿图什，从葡萄沟藤架满园、坎儿井清泉穿地的吐鲁番，从似烈火呼啸起伏的火焰山、为二水环抱抬起的崖儿城，到红柳挺拔坚韧、芨芨草星星点点的大漠，到峭壁如削似挂、白雪皑皑的冰峰，诗人的灵妙之笔游刃其间精雕细镂，淘凿而出的美景胜境映目而来，让人应接不暇。

聆听着诗人的“放歌”，我们领略到“天池圣水天仙醉，涤我凡心入自然”的清爽（《天山天池四咏》），品味到“恰似精神难比洁，若为肌骨易销魂”的雅洁（《和田玉歌》），融入了“阳光生处冰峰耀，兴会瑶池一段缘”的高情（《天山博格达雪峰》），迷恋于“善舞高山牵雾绕，能歌流水遏云居”的仙境（《喀纳斯湖》），目西陲之神奇，赏天籁之清新，感悟诗人笔下之景皆是情中之景，诗人的心中之情皆是景中之情，真是情景交融，水乳合一。

同时，聆听着诗人的“放歌”，浓郁的时代气息扑面而来，一洗古边塞诗的苍凉、悲寂，而是洋溢着热烈、喜悦的豪情，激荡着进取、向上的力量，令人欣欣然而有喜色。游览乌鲁木齐市乌拉泊水库、猛进水库、和平渠，想起了纪晓岚“我欲开渠建官闸，人言沙堰不能收”的无奈歌吟，诗人兴会无前地命笔：“老纪精心谋划处，如今功效已全收”（《新疆水利建设今昔》）。生产是这样，生活亦是这样：“老纪当年纳凉地，市民游乐变公园”（《乌鲁木齐市人民公园》）。今昔比照，不可同日而语的景观触目皆是：“河流迹没变车流，两岸新楼接旧楼”（《红山眺远》）。更令诗人欣慰的是：“维汉娴双语，温婉似琴音”（《端午即事》），“长安户户学胡乐，西域纷纷着汉衣”（《新疆其二》），感到“百族骈阗乐有群”（《和田玉歌》），故而亲切热爱之情油然而生：“一为新客到新疆，不辨他乡与故乡”（《新疆其八》）。正因为这种感情盈盈于怀，诗人常常不由自主地用重字、重词的方法一唱三叹：“诗意飘然至，飘逸酒盈樽；酒来西域外，西域饮尤醇，”“醇情动歌舞，醇酒对佳人；佳人起歌舞，翩翩韵律均。”（《端午即事》）。五绝 20 字，七绝 28 字，常常讲究避免重字重词。但这种反复吟唱，似窃窃私语，一往情深。

我有幸叩拜过天山南北那块美丽的土地，也曾经细读过著名诗人星汉赠我的《天山东望集》，和他迄今写新疆的几乎全部诗词，为之写了一篇长评，自以为对西陲胜境有几分了解。读了安民先生的诗作，特别是读了诗集《卷下·西域叙事》之后，我为自己的肤浅而汗颜。《西域叙事》是一卷幽远的新疆诗歌历史，悠悠岁月从远古走来，又引导我们走进悠悠的远古岁月，跟着诗人的叙述融入遥远的故事，亲历一次西域文明的旅程。如果说，《天山放歌》是一位诗人足之所至、情之所至的任兴挥洒，那么，《西域叙事》则是一位学者钩沉历史、探索幽秘的诗意铺陈，铺陈出一部西部文明发展的长卷，铺陈出一串开凿西域文明的艰辛卓绝的故事，铺陈出一列致力西域进步的可歌可泣的人物，铺陈出一条东西文化交流的丝绸之路的辉煌。这是一位学者诗人的宏大、精致的诗性构架，这是一个旷远、深邃的系列工程。

说它宏大、旷远，是因为它展示了从中华人文初祖“远古在黄帝，即与西域通”（《黄帝时期西域探险》）到“销烟禁毒是英雄，却被朝廷罪抵功”（《林则徐谪戍西疆》）的晚清时期约5000年间的文明发展进程，包括玉石之路、丝绸之路的开辟和繁荣，包括周穆王、张骞、岑参、王延德（宋朝）、耶律楚材（元朝）、陈诚（明朝）、林则徐探险、出使西域的历程和功绩，包括晋僧法显、唐僧玄奘远赴天竺取经、求学的传奇和影响，囊括着一部西域文明史和东西文化交流史，真是巍巍群山逶迤连绵，洋洋大海波澜壮阔。

说它精致、深邃，是因为它具体、真切地描述了每一次西域探险的经过，故事波诡云谲，人物栩栩如生。诗人自己在《后记》里说：“《唐僧玄奘西游记》，用118首七言绝句叙述唐僧西游取经往返经过”。118首，近500行，在旧体诗里，真是洋洋大观，可以容纳多少内容，涵盖多少层面，那是要深入研究才能说清一二的。其余各篇，也是一口气几十首、上百首，字里行间都可读出诗人对西域人文历史的深刻研究，都可感受到诗人对新疆这块土地的深沉热爱。

短短八个月的挂职，业余却有这么一部深沉恢宏、色彩斑斓的著作，创作、复制出一个立体博奥的新疆，真是让人心生敬畏，望而却步，不能不钦佩作者渊博的学识和激荡的诗情。来吧，喜欢阅读的朋友，让我们一起走进西陲这块博奥悠远的神奇土地。

2017年2月6日于邵阳

（刘宝田，著名作家、诗人。湖南邵阳市文化局原局长，邵阳市作协原副主席；现任邵阳市诗词协会顾问，邵阳市楹联学会副会长）

洵美且好，洵美且武

——赵安民《新疆诗稿》读感

李 红

张掖·草滩·战场
汉服持节，十年风骨。
“匈奴营中十年羞，持节不失志不丢。你是张骞？”
——“是的，我是张骞，我是使者。你也是使者。”
“我也是使者？”
——“万里援疆，难道不是使者吗？”

汉张骞出使西域，开辟了丝绸之路。其间被匈奴兵包围俘获，十年不失汉节，历经艰险十三年方完成使命。后又再次出使西域，终使西域广大地区正式归入汉朝版图。赵安民用史诗般的笔触重现了这一历史画卷。

巍巍天山、荒茫大漠，一曲羌笛、几声胡笳，新疆的过往会这样浮现在人们的脑海里；遍地牛羊、欢歌热舞、花海涌动、地气蒸腾，新疆的现在会这样展现在人们的眼睛里。然而，很少有人知道黄帝时期的西域探险，很少有人知道殷商时代就早有玉路相连，就连大家口中相传的西王母在周代的时候就与周穆王有过瑶池欢宴……这些是历史，刘向会写、司马迁会记……，很多很多的史官都会挥笔直书。然而这一卷卷西域文明的画卷、这一个个鲜活灵动的人物、这一幕幕丝路上的历史场景，伴随着沙漠的风沙，被埋在了故纸堆里，如同沙漠吞噬了丝路，风雪消尽了车辙……这一切多只在学者们的笔尖上清谈，多只在孙悟空大闹火焰山的传说中复现。历史在哪里？怎么去触摸，怎么去流传，怎么让它激荡人心？古希腊的吟游诗人们写下了《荷马史诗》，中国缺少诗人吗？中国是诗的国度，总会有一个诗人踏上寻找历史的征途。于是，一个跨越时空的吟游诗人出现了，如张骞一般，打起行囊，以吟游诗人的赤诚成为了沟通古今的使者。他在历史中钩沉，他与每一位历史人物进行灵魂的访谈；他在史籍中探索，将西域历史上的光环串起文明的历程。他用诗的语言，传达着诗性的信仰；他用诗的浪漫，书写卓绝的历史故事。他是一个架构师，用诗的语句，搭建起史诗的框架，让上下五千年的历史故事一幕幕展现。这是一个系统工程，纵向立体地展现了新疆的时空画卷，在历史的风云面前让人肃然起敬。

“君子如玉，洵美且好”，以诗写史，是诗人独特的视角，是历史的诗化，是诗人的升华。

敦煌·白骨·黄沙
僧袍敝履，经书袈裟
“行者，法显这厢有礼了！”
——“大师，佛国求经千古功泽。”
“行者，你带了什么来？”
——“我带来了书和信念。”

晋法显，公元399年，62岁高龄出长安、经西域、至天竺寻求戒律，游历30余国，收集了大批梵文经典，历时14年，义熙九年（413）归国。法显、玄奘将佛教文化引入中国，对中国历史、文化产生了很大影响。法显翻译了经典六部六十三卷，计一万多言，对中国佛教界产生了深远的影响。法显不但带来了书，还写了一本《佛国记》，成为佛学典籍。来到新疆的赵安民也写了一本书，更重要的是他带来了书。

赵安民是带着使命奔赴新疆的，作为“文化援疆”的一分子，他更是一个战士，只不过他的武器是书和理念。郝振省（2012年）写下了送别诗：“西北边陲，战略要地。左公在前，我等相继。”这首诗写出了文化援疆的重要性，也写出了援疆者的坚定信念。赵安民带着一腔热情赴疆履新，他写下：“遥寄左公柳，西陲送我行。洞庭无限意，丽句故乡情。文化新丝路，春风绿北庭。千年传古韵，万里赴新程。”这时的赵安民，是背负着文化交流使命的行者，他要去走丝绸之路，他要编织文化纽带。文化的滋润最是“润物细无声”，文化是一个群体在一定时期内形成的思想、理念、行为、风俗、习惯等的综合体，及由这个群体整体意识所辐射出来的一切活动。若想改变群体的意识，就要使群体的心灵受到浸染。授人以鱼不若授之以渔，新的理念与发展的方针策略，成熟的经验体系是新疆最需要的援助。赵安民去了，在新疆人民出版社挂职，他为新疆出版业的春天种下了一片森林。书是文化的承载，法显西行背书回，沙漠迷绝，矢志不渝；赵安民西征送书去，阳关唱彻，才能尽献。他汲取着新疆的点点滴滴，红柳木、坎儿井、葡萄沟……他一口气写下了八首《新疆》赞歌，尽显热爱情怀。他在天山上放歌，高歌渭城曲，他在沙漠中咏叹，说尽塞外情。离疆之时，朱兆川赋诗赞叹："万里传经辞北京，边疆半载历风尘。无垠戈壁荒芜地，文化耕耘有志人。"没经历过新疆，不会爱得那般深沉。不经历奉献，不会恋得那般执着。

"君子质矣，洵美且武。"大义赴疆是为武，心无所私是为武。

胡风白草•漫天梨花

"忽如一夜春风来，千树万树梨花开。"

——"千古佳句，诗人岑参。"

"你是谁？"

——"我也是诗人。"

岑参两度出塞，策马西行。边塞成就了岑参，他长于七言歌行，有关边塞风光、军旅生活的诗多为佳作，《白雪歌送武判官归京》脍炙人口。赵安民用古调赞颂了岑参"君不闻边塞诗声剧高亢，唐诗神采添豪放；时空穿越遏云歌，策马天山骋雄壮。"赵安民以《岑参天山放歌》为这首诗命名，而同时又以"天山放歌"为《新疆诗稿》的上卷命名，正如他自己所写"时空穿越遏云歌"，诗人向诗人致敬，诗人与诗人相惜。

赵安民的诗没有岑参笔下的荒凉，星移斗转，诗人所担负的使命也不尽相同，但诗的情怀同样引人共鸣。赵安民的诗"清淡"，尤如一道小菜，虽只有盐渍的味道，却有余香润喉，最适合下粥。《新疆美术馆参观毛玉龙油画展》："长河塞外绿胡杨，大漠牛羊大牧场。烈彩浓颜何处是？天山南北美新疆。”这首诗没有炼字，没有炼句，也没用心设诗眼。平铺直述，没有“捻断数根须”，只将所见的油画描述出来。“绿胡杨”表现了油画色彩的浓烈，“大漠大牧场”表现了油画构图的舒阔，“牛羊”表现了油画细节的处理，“美新疆”表现了油画主题的构思。第三句“烈彩浓颜何处是？”一句反问，将赞叹之情尽数表达！据说，国宴上有一道清水白菜，女宾客认为肯定寡淡无味，迟迟不愿动筷。在周总理几次三番的盛邀之下，女客才勉强用小勺舀了些汤，谁知一尝之下立即目瞪口呆，狼吞虎咽之余不忘询问总理：为何白水煮白菜竟然可以这般美味？赵安民的“清淡诗”与这“开水白菜”异曲同工。

赵安民的诗“随性”，任文字流淌，任情思流淌。他的笔下有“绿也白杨，肥也牛羊”的俗世闲情，也有“茗香禅味沁心中”的禅趣雅情，雅俗一念间不必雕琢。遥望天山月，他幻想着广寒宫中“嫦娥舒广袖，玉兔捣声频”，我想此时的他很想去轻叩宫门，讨一杯热气腾腾的桂花酒吧！诗人的浪漫还没尽性，漂亮的维族姑娘把他拉回了新疆，“弦歌十二饶风味，维女翩翩炫彩裳”，从浪漫到写实，作者的笔触就这样随性流转。诗的价值在于引起多少共鸣，感情是诗歌的生命，有没有引起读者的情感，是评价一首诗最重要的原则。另外，诗歌需要有表达情感的载体，例如，“驿外断桥边，寂寞开无主。”这样不被重视的梅花，就是表现诗人高洁品质却不被人识的恰当载体，很易引出“零落成泥碾做尘，只有香如故”的抒情表达。第三，诗歌要有音乐美。写诗最宜自然，从心底自然抒发的情感超越于笔下做作出的情感。贴近人的普通物情，较阳春白雪受众更多。自然发出的声音，才是现今的汉语韵律。赵安民的“随性”，摒弃了写旧体诗常见的“吊书袋”，摒弃了逐古人旧韵，摒弃了格律的束缚，摒弃了对用词的堆砌造作。以我情写我诗，以我声发我音，正如他笔下的“大块文章任我裁”“对友挥毫尽纸材”。他随性，是因为他的诗是给现代人读的。

“如切如磋，如琢如磨”，赵安民的诗随性清淡，但处处体现出精致，如同和田玉一样，只有经历过冰雪拥抱、河水冲击才能成为敛天地灵气的籽料，摄取月华晶莹温润。

紫禁城内·翰墨飘香
“梦回西域已久，君当醒来了！”
——“不愿醒！我还没当过英雄。”
“笔墨世界，亦是英雄。”

（李红，吉林大学古籍研究所硕、博士，厦门大学博士后。首都师范大学文学院副教授、硕士生导师。主要研究方向：音韵学、古典文献学、少数民族汉语教学。首都师范大学京疆学院骨干教师，曾多次赴疆调研。）

《踏莎行·易学与科学玄想》读后

方 夷

在国际易学联合会2018年新春学术交流暨联谊会上，孙晶会长欣然接受赵安民老师向大会赠送的词作《踏莎行·易学与科学玄想》书法作品。展示作品，赵安民老师即兴朗诵之，一时间会场上一片寂静，只闻鸿音绕梁：

踏莎行·易学与科学玄想

2017年12月24日，国际易联邀请天体物理学家在北京师范大学哲学院举行“引力波·暗物质”学术沙龙。

太极追寻，昆仑探测，茫茫宇宙能穿越？春风引力浪千层，冬云暗物寒无色。　头顶星空，心中道德，人生万象何由彻？三生万物化无穷，阴阳交泰恒分蘖。

赵老师这首《踏莎行·易学与科学玄想》的写作，首先有一个背景和缘起。2017年10月份，诺贝尔物理学奖颁给了美国LIGO引力波实验室的三位科学家。当月，中国贵州的“天眼”射电天文望远镜与LIGO实验室都宣布：分别通过电磁波和引力波观察到同一个新脉冲星。这种“不可见”

的暗物质和“可见”的明物质同时被“看”到和“听”到，在天体物理学界还是第一次。随后，《自然》杂志又发表了中科院粒子探测卫星“悟空”测绘的宇宙线能谱，显示了可能是暗物质行为的蛛丝马迹。总之，2017 年，国内外在引力波和暗物质领域捷报频传。正是在上述背景下，为交流学术信息，交换学术观点，追问“暗物质”“暗能量”，探寻阴阳之道的新领域，国际易联于 2017 年 12 月 24 日在北京师范大学举办了一个小范围的学术沙龙，邀请在物理学、天文学第一线从事研究和教学的著名专家教授，介绍前沿动态，与易学同道及各界专家学者对话切磋。赵安民老师作为国际易学联合会理事，也应邀参加了本次学术沙龙。《踏莎行·易学与科学玄想》，正是赵老师参加本次会议时所作。笔者也应邀参加，并受委托为本次学术沙龙做纪要，期间曾多次向赵老师当面请益交流，因此对其写作《踏莎行·易学与科学玄想》当时的背景和心情，是非常了解的。

中国传统文化浩瀚汪洋，博大精深，但追本溯源，统而言之就是两个字：道和德。用现在的话简单说，道就是自然规律，德就是人类遵循和效仿自然规律做人行事的规范和标准——这其中包括人类如何做好自我，如何处理好人与人之间的社会关系，如何治理国家，关怀民生，即儒家所谓修身齐家治国平天下，以及如何处理好人与自然的关系，如何处理好人与人的关系。《易经》云：“易有太极，是生两仪（阴阳），两仪生四象，四象生八卦，八卦定吉凶，吉凶生大业。”《易经》为六经之首，《易经》所宗的太极阴阳之道，又是中华道德海洋的源头活水。这源头活水，凝聚了华夏老祖先探索天地奥秘的几乎所有的智慧在里面。看似简单，实则奥妙无穷，非车载斗量所能尽言之。所以在中国传统文化的世界里，“太极追寻”，“心中道德”，追寻太极，走进道德，就算是走进家门坐到炕头儿上了。

昆仑山，在新疆西藏之间，西接帕米尔高原，东延入青海境内。山势高峻，多雪峰、冰川，最高峰达7719米。古代神话传说，昆仑山上有瑶池、阆苑、增城等仙境。仙境里自然住着很多神仙，西王母就是其中之一。有关昆仑山的神话传说很多，最著名的就是牵涉到西王母的一些故事。譬如西王母赐后羿不死之药，嫦娥偷吃后飞升到月亮上去；《穆天子传》记载周穆王西游昆仑山，和西王母结下了一段不解的情缘；《汉武帝内传》记载西王母见汉武帝有志学仙，便下凡赠与武帝蟠桃数只，并教给他长生之道。历史上很多神仙譬如姜子牙等，都曾经在昆仑山学道修仙，探索天地奥秘。神话传说，究其本质，其实都是人类在蒙昧时代思考人生万象探索天地奥秘的产物。或许正因为如此，我国第一个南极内陆考察站，也是我国继长城站、中山站之后建立的第三个南极考察站，即被命名为“中国南极昆仑站”。据介绍，之所以使用这个名字，一是因为昆仑山在我国历史文化中具有重要意义，二是因为长城是我国著名的人文景观，中山是取孙中山先生的名字，而昆仑山则是自然景观又兼人文景观，这几个名字相得益彰，相映生辉。此外，该站建在南极大陆的最高点，而昆仑山是中国境内最著名的高山之一，象征着制高点，因此最终入选。不过在这里最值得一提的是，据国家海洋局极地考察办公室主任曲探宙介绍说：“在那里（南极大陆的最高点）建立天文观测站，相当于在太空站观测天文，有助于研究暗物质、暗能量。”因此，在这首《踏莎行·易学与科学玄想》中，继开篇“太极追寻”之后，紧随一句“昆仑探测”，作者追昔抚今，俯仰中华五千年文明史，前虽不见古人，后却有来者，开篇已听到了作者心灵深处的波澜壮阔，气象万千。

另外，赵安民老师曾于2012年履职新疆人民出版社副社长（中宣部委派援疆挂职），足迹踏遍天山南北昆仑上下。其诗集《新疆诗稿》，正是反映新疆新貌与西域历史的专题诗词集。其中《黄帝时期西域探险》《周穆王远巡西域》《昆仑玉河》等诗词，便直接描述了与昆仑山有关的地理风貌和历史传说。可见，作为易学家和诗人的赵安民老师，在“太极追寻”之后，紧随一句“昆仑探测”，恐怕不仅蕴含着作者对于我国人民自远古迄今探索天地奥秘艰辛历程的赞美和思考，同时也少不了自己独有的一份幽幽情怀在里面。

“茫茫宇宙能穿越？”这一问，是“太极追寻”之后的苦苦冥思？还是“昆仑探测”所带来的无限感慨？抑或是从远古老祖先那里传来的一声悠悠不绝的呼唤？曾经一百多年积贫积弱落后挨打的中国人民，曾经创造了以太极图（考古已确认属于新石器时代）、浑天仪、地动仪、造纸术、指南针、火药以及胶泥活字印刷术为标志的五千年华夏文明的中国人民，在今天终于走上“比历史上任何时期都更接近中华民族伟大复兴的”历史新征程。在航天以及太空探索方面，科学界也是捷报频传。这其中就包括贵州“天眼”射电天文望远镜与LIGO实验室都宣布：分别通过电磁波和引力波观察到同一个新脉冲星。随后，《自然》杂志又发表了中科院粒子探测卫星“悟空”测绘的宇宙线能谱，显示了可能是暗物质行为的蛛丝马迹。2016年8月16日，中国在酒泉卫星发射中心用长征二号丁运载火箭成功将世界首颗量子科学实验卫星“墨子号”发射升空；2017年6月，“墨子号”实现1203公里光子纠缠，刷新世界纪录；2018年1月22日，“墨子号”成功实现洲际量子密钥分发，并利用共享密钥实现加密数据传输和视频通信，该成果标志着全人类第一次具备实现洲际量子保密通信的能力。量子卫星首席科学家潘建伟院士说，我国古代科学家墨子最早提出光线沿直线传播，设计了小孔成像实验，奠定了光通信、量子通信的基础。以“墨子”命名量子卫星，将提升我们中华民族的文化自信。茫茫太空中，迄今为止有中国170多颗卫星在轨运行，正推动着中国向航天强国的目标大步迈进。民族复兴事业的蒸蒸日上，祖国航天以及太空探索方面诸多的骄人成绩，岂能不触动着一个易学家和诗人敏感的神经？于是所有的感慨、追忆和倾诉，在“太极追寻、昆仑探测、茫茫宇宙能穿越？”的拷问和冥思之下，瞬息间猛烈爆发，看！贵州“天眼”来了，中科院粒子探测卫星“悟空”来了，世界首颗量子科学实验卫星“墨子号”来了！来了，摩肩擦踵争先恐后地来了！来了，相逢在作者的万千思绪中，相逢在《踏莎行·易学与科学玄想》中，相逢在“春风引力浪千层”的时代大潮中，激荡澎湃，撼天动地，高歌猛进！

如果说激情在某种程度上是诗人的专利，冷静则注定是易学家的天性。据参加沙龙会议的专家介绍，经初步推算，具有吸引力的暗物质约占宇宙物质总量的22%，具有排斥力的暗物质约占宇宙物质总量的73%，排斥大于吸引，因而会加速宇宙的膨胀。但推算归推算，约占宇宙物质总量95%的暗物质、暗能量，迄今为止依然是“不可见”的。虽然可以确定它们不是恒星、行星等星体，但也不是黑洞、尘埃、气体、引力波等。对暗物质、暗能量，目前还只能说是发现了某些蛛丝马迹，远远没有认识到它们的真实面目。另外，所谓暗物质、暗能量并不是黑暗的，也不能将它们想象成“黑不溜秋”的；相反，它们或许应该是透明的，像玻璃一样。因为透明，所以我们看不见。上述种种未知、疑问、困惑，像一个巨大的磁场，牵引着作者在发出了“春风引力浪千层”的讴歌之后，似乎又不得不将目光投向春意盎然气氛热烈的会场之外。时逢元旦临近，会场窗外片片寒云低压，日色灰暗朦胧，“冬云暗物寒无色”，宇宙世界中那些未知的领域，诸如暗物质、暗能量，就像冬云一样遮蔽笼罩在科学探索的道路上。我们通过科学手段所能够看到听到的遥远世界的各种形状、颜色、声音，都是真实的吗？莫非只是一些凌乱破碎的影子？它们的真实面目到底是什么样子？

伴随着目光从会议室内投向会议室外，掠过霭霭冬云和灰蒙蒙的日色，此刻，作者的思绪仿佛又从东方飞翔到了西方。德国哲学家、天文学家、星云学说的创立者之一康德（1724 年 -1804 年），在其哲学著作《实践理性批判》中有一段话：“有两种东西，我对它们的思考越是深沉和持久，它们在我心灵中唤起的惊奇和敬畏就会更加日新月异，不断增长，这就是我头顶之上的星空和心中的道德律。”这是人类思想史上最气势磅礴的名言之一，它最终被雕刻在康德的墓碑上，永远伴随在主人身边。由此可见，对于道的追寻、德的思考，是全人类一个共同的命题。道、德，在一代代先哲身上，已经凝聚为他们生命的一部分。“头顶星空，心中道德”，作者浮想联翩，追随着思绪的翅膀，在开篇“太极追寻，昆仑探测，茫茫宇宙能穿越？”所引领的激情澎湃跌宕起伏之后，承上启下，遥相呼应，再一次发出了诗人热烈似火的追问：“人生万象何由彻？”但是，“人生万象”以及人类赖以生存的自然世界万千气象，都是从哪里来的呢？譬如星空从哪里来？太极从哪里来？昆仑山从哪里来？春风、冬云从哪里来？引力波和暗物质从哪里来？乃至人生悲欢离合从哪里来？“人生万象何由彻？”想彻底弄明白“人生万象”的真实面目，实现“茫茫宇宙能穿越”的宏伟梦想，首先就要弄明白，包括暗物质、暗能量在内的大千世界，从根源或者本源上说都是从哪里来，也就是如何形成的。这个问题，无疑是所有先哲们最关心的一个问题，也是道最原始最核心的一个命题。“三生万物化无穷，阴阳交泰恒分蘖。”这最后两句话，便是作者在“头顶星空、心中道德”所开启的辽阔无垠的大自然屏幕上，从宇宙世界及其万物生成演化的角度，为我们打开了一个别有洞天的“道”的世界。

《道德经》：“道生一，一生二，二生三，三生万物。万物负阴而抱阳，冲气以为和。”冲气以为和的“和”，是指太极阴阳二气激荡交合相互作用彼此达成一种动态平衡的存在状态。在易学世界观（道）中，宇宙世界及其万物，包括恒星、行星等天体，包括黑洞、尘埃、气体、引力波，包括暗物质、暗能量，包括春风、冬云、昆仑山，自然也包括人生悲欢离合，无一例外，都是太极阴阳二气在运动变化中激荡交合相互作用（阴阳交）所“化”生形成的产物。这就是气本源论或者说太极本源论思想。大到宇宙世界、天地日月、一山一水，小到一草一木、一虫一鸟、一兽一人，乃至现代科学所揭示的一个分子、一个电子、一个夸克，追其本源，都是一气，都是太极。一物一太极；一草一木一山一水一天一地皆太极；人身小宇宙、宇宙大人身—— 这几乎都是易学爱好者们的口头禅。中国古人一直抱有的“天人合一”的观念，正是建立在气本源论或者说太极本源论思想的基础之上。

《易经·地天泰》：“泰，小（阴）往大（阳）来，吉，亨。则是天地交而万物通也，上下交而其志同也。”地天泰，究其本质就是太极阴阳交泰。泰，通达之义。地气为阴，天气为阳；地气在上，天气在下；地气下降，天气上升，彼此激荡交合相互作用，这样天地阴阳二气（太极）的运动变化才能通达顺畅，天地间的万物众生才能“负阴而抱阳，冲气以为和”，各自才能求得自身的通达顺畅，平和安宁，所以说“天地交而万物通也，上下交而其志同也”。另外，太极阴阳交泰的地天泰卦还是十二消息卦之一，所谓三阳开泰，在节气上代表着立春、雨水，一年之计在于春，此时春风吹来，正是万物复苏生长的好时节。万物复苏生长，自然就会出现植物分蘖的现象。分蘖 fēn niè，禾本科等植物在地面以下或者近地面处萌生分枝。这些分枝萌发于比较膨大而储藏有丰富养分的分蘖节上。直接从主茎基部蘖节上萌发出的称一级分蘖，在一级分蘖基部又会萌发新的分蘖芽和不定根，形成次一级分蘖。在条件良好的情况下，可以形成第三级、第四级分蘖。如此一株植物才形成了许多丛生在一起的分枝。《易经》说“一阴一阳之谓道”，又说“生生之谓易”，生生不息、“化无穷”、“恒分蘖”就是易。《易经》：“易有太极，是生两仪（阴阳），两仪生四象，四象生八卦。”《道德经》：“道生一，一生二，二生三，三生万物。”无论一二三，还是一二四八乃至六十四，都蕴含着太极阴阳二气激荡碰撞分分合合化生万物之义。因此，和上句“化无穷”相呼应，“阴阳交泰恒分蘖”的“恒分蘖”，以春风吹来植物分蘖万物复苏生长，来比拟“道生一，一生二，二生三，三生万物”以及“易有太极，是生两仪（阴阳），两仪生四象，四象生八卦”的生生不息之义，形象地描述和赞美了大自然太极阴阳二气激荡碰撞分分合合创造新生事物的脚步，亘万古犹一日，恒久而持续。稍微辨析一下就会知道，此处“恒分蘖”三个字，显然是从十二消息卦地天泰所代表的立春雨水时节中顺手拈来，实属最简单平常的三个字，不过是客观描述了春风吹来万物复苏植物开始分枝萌芽的一种自然现象，与诗词歌赋这类专注于抒情的高雅艺术，本来是毫无瓜葛的，但一旦让这三个字分枝萌芽于“阴阳交泰”之后，“阴阳交泰恒分蘖”，顿时如虎添翼，气吞山河，一下子囊括凝聚了华夏老祖先关于宇宙世界及其万物形成的一系列精妙绝伦的易学思想和精神。乍读到结尾这句话，尤其是最后这三个字，心口便不小心被猛烈撞击了一下似的，仔细品味才发现，这竟然是遭遇了一场没有暴风雨也没有任何预警迹象的大江决堤，蓦然间洪水滚滚而来，一泻千里，任凭你重峦叠嶂，群峰耸立，也挡不住这铺天盖地的洪流！仿佛记得有一位大诗人曾说：诗词写作，往往在平常笔触中才最见真功夫，看来是很有一些道理的。老辣圆润，不露痕迹，娓娓道来，明明是“心事浩茫连广宇”，却偏偏让人“于无声处听惊雷”（鲁迅），藏锋守拙，“绝圣弃智”（《道德经》），悠然自在，达到这般境界，或许才称得上是真正的“平常笔触”吧？

当然，作者这种“平常笔触”功夫，并不仅仅体现在“恒分蘖”三字，其实在整首《踏莎行·易学与科学玄想》中，字字句句，都无不浸润着一种“平常笔触”的深厚功夫。不说别的，还说结尾两句——“三生万物化无穷，阴阳交泰恒分蘖”，望文生义，就是指太极阴阳二气激荡交合相互作用，不断实现着自然世界整体上通达顺畅动态平衡的和合状态，所谓“乾道变化，各正性命，保合太和”（易经乾卦彖辞），从而确保宇宙世界及其万物生生不息，并持续分蘖孳生出各种新事物、新气象、新生命。但临案掷书，浮想联翩，回眸上阕“春风引力浪千层”所激荡起来的时代大潮，极目展望作者今天所处的这个大众创业、万众创新、创新驱动、跨越发展、撸起袖子加油干的豪迈时代，一个日新月异、“苟日新、日日新、又日新”、新生事物如雨后春笋般层出不穷的辉煌时代，一个“比历史上任何时期都更接近中华民族伟大复兴的”崭新时代，结尾这两句话，无疑就会有着更加深远的现实意义和历史意义。

“蓦然回首，那人却在，灯火阑珊处。”统揽全篇，这一首《踏莎行·易学与科学玄想》的上阕，应该主要是着墨于“太极追寻、昆仑探测”抚今追昔的畅想、“春风引力浪千层”的感慨和赞美以及作者内心世界的跌宕回旋波涛起伏。而下阕，作者则以近乎自拍照的方式，为我们集中勾勒了身处“三生万物化无穷、阴阳交泰恒分蘖”的伟大时代，一个“头顶星空、心中道德、人生万象何由彻”的易学家和诗人的光辉形象。

夜阑人静，不见了灯火明灭；一人独坐，如一株枯树萧瑟！但心，却在萧瑟中飞翔——飞翔在“太极追寻、昆仑探测”

的茫茫征程中，飞翔在“头顶星空、心中道德”的辽阔世界里。飞翔，向着远方，向着未来。

一声清脆的鸟鸣，一缕朦胧的曙光，一片春意盎然的世界。在《踏莎行·易学与科学玄想》所引领的无边无际的飞翔之后，我此刻正坐在崂山脚下一扇风景如画的小窗前。手头这篇《〈踏莎行·易学与科学玄想〉读后》的拙文，初稿本写于2018年2月3日，后于2018年3月26日发表于国际易学联合会官方网站《易学传播》栏目中。原是春寒料峭时节，此刻已是“吹面不寒杨柳风”，处处莺歌燕舞万紫千红。令我意想不到的是，就在昨天晚上，赵老师忽然微信告诉我，有意将这篇拙文收录于他即将出版的诗集附录中，问我意下如何。作为赵老师诗词书法的铁杆儿粉丝，一个默默无闻的易学爱好者，我当时高兴的心情，三言两语真是无法表达出来。但高兴之后，我还是马上静下心，连夜对拙文原稿认真做了一番修改润色。大家现在所看到的这篇文字就是我连夜修改出来的。只可惜本人水平实在有限，其中浅陋不当之处，一定在所难免，还望赵老师以及众方家海涵并多多指正之。

方夷呈上

2018年4月15日

（方夷，山东青岛人，国际易学联合会理事，国际易学联合会学术部副部长，国际易学联合会地理环境科学专业委员会会长。著有《易学真象》《河洛风水》《方夷命理学》等易学著作。）

以理进技，运斤谋篇

——赵安民书学解读

张乾元

称赵安民先生是学者型的书法家，或精于书法的易学家、诗人，或从事古籍整理出版的书家、医家，都是实至名归的。

安民先生学出中医，是二十世纪八十年代末的北京中医学院的硕士研究生，师从国学大家钱超尘教授。受其师影响，渐转入医古文、古代文献的综合研究。九十年代初进入古籍专业出版社中国书店出版社开始国学图书出版工作，主持或参与种类繁多的国学经典的审稿编辑工作，包括《黄帝内经》《本草纲目》《伤寒论》《针灸甲乙经》《中藏经》《周易》《老子》《新编中国哲学史》《步天歌研究》等，自己也由此进入相关的专业理论研究的领域。在二十多年的编审工作中，其始终保持着严谨的治学态度与严肃的校勘原则，也非常稳固地打下了深厚的古籍、训诂、史学、音韵等文献学功底，这是当代艺术家很少具备的国学实力。众所周知，中国书店是北京琉璃厂文化街的老字号古籍文献书店，沿用古代前店后厂的经营形式，以出版和展销历代线装古籍、新印古籍文献和中国书画艺术典籍驰名，安民先生正是这里的主要编审和出版人。在中国书店工作将近十六年后，奉调线装书局主持国学（诗词）编辑部工作。现任中国书籍出版社副总编辑（其间2012年曾参与中宣部援疆活动担任新疆人民出版社副社长）。他编辑出版了大量的书法图书，如线装本《三希堂法帖》《金代官印》《历代书画艺术典藏：王铎卷》，平装本《书谱解读》《古代书画》《古代玺印》，并与人合作策划主编有精选解读历代行草书墨迹的《行书经典》《草书经典》《唐四家墨迹经典》《宋四家墨迹经典》《元四家墨迹经典》《明四家墨迹经典》《清四家墨迹经典》、《古代禅宗墨迹经典》等中国书法名帖系列经典。通过传统书学的研读考察与编辑整理，对传统书法的历史和历代著名书迹有了较为全面的探索。这也是他涉足书法艺术的积学、研阅、酌理与修文的缘起因果，更是他笃志书学、临池不息的动力。凭着这些博学的文化实力、钻坚仰高的书法眼力和每日操笔、夕惕忘疲的书写，他坚信自己的书法也一定能超越凡俗，登临高境。

我与安民先生的认识，是通过出版我的易学书画论著《象外之意：周易意象学与中国书画美学》，在中国书店出版社初见的。九十年代末我就阅读了他编辑的易学书籍，他主持策划的“易学文化丛书”、负责编辑的东方国际易学研究院组织的“易学智慧丛书”等易学系列文献，在易学界有较大的声望。我选择该出版社就是奔着他的学术影响力和易学界的组织力慕名而去的，没想到他竟是一位功力雄厚的书法大家。所以一见如故，谈笑无拘，并在后来的庐山易学与科学大会、安阳河洛文化研讨会等国际国内的重要学术会议上多次相聚，成为知己朋友。

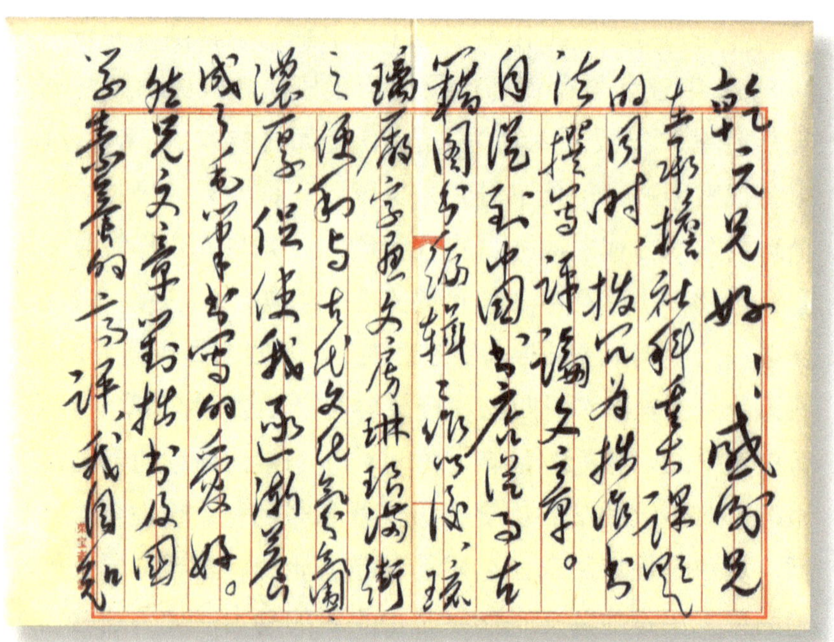

乾元兄好：感谢兄在承担社科重大课题的同时，挤时间为拙作诗撰写评论文章。自从我离开中国书店古籍图书编辑工作以后，琉璃厂客居文房琳琅满街之便利与古代文化氛围淡薄，促使我逐渐荒废了毛笔书写的爱好。然兄文章对拙书及国学素养的高评，我自知

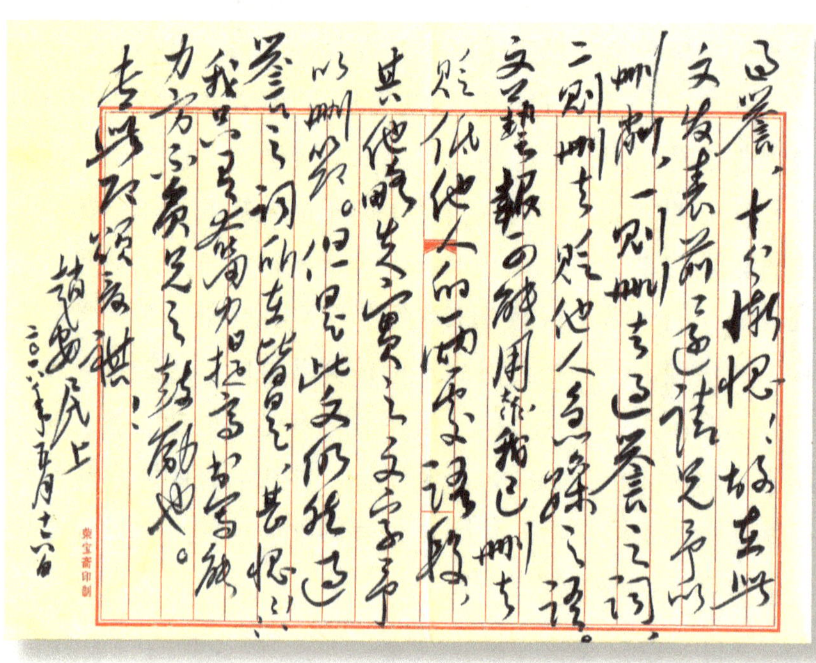

过誉，十分惭愧！故在此文发表前，还请兄予以删削，一则删去过誉之词，二则删去贬他人为衬托之语。文艺报可能刊用，我已删去贬低他人的两处语段，其他既失实之文字亦予以删略。但是此文仍能过誉之词所在皆是，甚愧！我只是希望尽力日后提高书写能力，方不负兄之鼓励也。

专此　即颂
安祺！

赵安民上
二〇一八年五月十六日

致张乾元教授信

安民先生的书法基于汉魏晋唐隶楷行草书，成于今草，近年转入“毛体”研习。“毛体”虽然不在传统书学之列，但仍系传统一脉，兼“羲、献”之秀逸，“张、素”之狂峻，“苏、米”之豪放，且古意雄浑，信道抱真，纵横驰骋，帖学正宗，固为楷则。安民认为“毛体”的狂草一点一划皆遵循古法，一笔一字皆独具体势，靡形不判。安民的草书正具备了每一字划形体皆可分解判察的严谨与跌宕，而且他的诗词、信札皆是毛笔书写，他研究的是“毛体”诗、书、文、道交融互渗、兼收并蓄的内在机制，而不是简单笔迹临摹，这是他近年以来研究“毛体”的心法心得。

安民先生的书法表现出以下多种人文情怀和学术意境。

首先，是深厚的笔法功夫。笔法的精研和锤炼非一日之功，一朝之悟。学书既离不开展指画地、指爪摧折之功，也离不开博学运心、思悟会通之才。安民练习书法，操毫面壁，不舍昼夜，并能将易学的乾旋坤转之理用入笔法的探赜思悟之中。其行笔刚劲，骨力雄厚，线条奔放，气势豪迈，有乾阳之健；其体势婉转，云行雨施，藏头护尾，流美含章，有坤阴之柔。书法用笔能得乾坤刚柔之合泰，天地本体之创生，从其消息而用之，则妙境生辉，得之要道。

其次，是幽深的诗文意境。中国艺术离不开因文明道，应物象形。先古圣人仰观俯察，品类辨物，莫不原于文心，原于自然道心。艺术家观物取象，稽诸天意，心目经营，并非简单地画线写形。艺术的理想境界应依赖于艺术家的文化素养和人格品操，书法的神境需通过文心、文德、文明来缔造，所取之象乃是超验思维、宇宙领悟、知觉情感、整体形式构成与无穷空间境界的综合体，悟道味象，直参造化，这是“书法”不同于西方“书写”（calligraphy，penmanship，handwriting）的关键。安民先生从事古籍编辑工作，并直接编辑大量书法碑帖图书，日常陶冶其中，研读书学是其文化修养的一部分，并非单纯的为写而写。三年前出版的用传统诗词形式讲述丝绸之路精彩故事的专题诗词集《新疆诗稿：丝路新貌与西域故事》，去年被选入中国新疆文化出版社与美国克鲁格出版社联合出版的“中国新疆丛书”，是繁体汉字与英文对照的版本，在美国发行。他的书法，内容大多是他自己的古体格律诗词，是赞美自然山水的诗境和乐境，是诗意画境、书学空间与人文情怀的相互渗透，诗书合璧，文道并重，直贯玄理。没有对儒道文化全面的认知与体验，则无法营造太极化生、无往不复、思接千载、视通万里的时空意境。

其三，是平和的心灵世界。平和简净的心境是容纳万象的精神形态，是人生体验和立志修养的自觉修持，也是审美创作与审美判断的观照前提。扬雄曰：“书，心画也。”张怀瓘曰：“从心者为上，从眼者为下。”此处“书”虽不特指书法，但书法同语言、文辞等艺术形式一样都是心灵的映射，从心所为，心学通理，内外通透，与天地万物共美。安民先生一直把自己定位在一个古籍文献的编审来昼夜伏案，酌古钩深，朴素简洁，气正心正，一尘不染，三十年不改其乐。

虽不轻易所述所作，然诗、书、易、医皆精，其《周易注解》融入其气化阴阳、三才五行、阴阳平衡的中医观念和美学思想，堪为独步。虽然从事书法文献编审几十载，研古师古，役心精微，但始终不以善书自喜，平淡寡欲，从意适便。狂草舞动，淋漓挥洒之中现出碧虚寥廓、空寂明透之意境，是“心画”与“造化”的咸交，“博古”与“铸今”的相推。此与今天书法界不研古法，不读古籍，游扬虚誉，“趣时贵书”，投机钻营之流弊，判若霄壤。

安民先生的书法还在不断地图变更新之中，愿其覃思精进，以理进技，运斤谋篇，多出妙品。

（张乾元，安徽砀山人，毕业于南京艺术学院美术学院，文学博士。东南大学艺术学院教授，2011 年中国文联、中国美术家协会“中国中青年美术家海外研修工程”十位派出专家之一。美国夏威夷大学哲学系访问教授（2009-2010），美国德克萨斯大学达拉斯校区孔子学院中方院长、教授（2014-2016），中国美术家协会会员。其绘画作品多次参加中国美术家协会主办的展览并获奖，作品为天安门城楼、国务院机关事务管理局、中国艺术研究院、美国乔治•布什总统博物馆、美国卡特总统中心等机构收藏。）

（此文刊 2018 年 6 月 15 日《文艺报》时有删改）

浩然老师：

您好！今天收到寄来大作书稿以及书信、文章、报纸报道及文章复印件，一一拜读了，知您在二十多年中学语文教学中注重诗词创作的传授，并取得可喜成绩，可喜可贺，不胜钦佩！作为多年从事诗词出版的一名出版工作者，看到您精心结撰的诗词曲联鉴赏创作之书稿，十分高兴，正如您书信及文章中所谈要补齐短板，我们一起来做好这件工作，我想把大作书稿作为重要选题列入社里年度论证会上讨论，争取纳入我社自主投资出版项目。

谨信致意，合作愉快！

赵安民上

二〇一七年七月廿四日

附赠拙作《新疆诗稿》一册供参考，请批评！

致《诗词曲联鉴赏创作二十二讲》作者陈浩然信

梦中见安民草书因赋五十韵并序

田望生

己亥正月初五，余自寓所驱车八十华里，游海南文笔峰。近前下车，穿林里许，径路绝。扪壁而上，直抵盘古道观。登云阶，迤逦而南，凭栏远眺，蜃楼腾阴，海市呈霁，涛翻岳立，洵为巨观。目不暇瞬，喜不自禁，游兴大炽，乐而忘返。

俟午后，闲邀道隐，共酌龙泉，侑觞海侃；酒酣耳热，醉卧山门，倏忽一梦。入幻境，先觉耳鸣，慨然听之，恍惚马笛龙吟，而苏门凤啸也。须臾，忽见吾友赵君安民大字草书若蓝天白云飘然而至。展幅廿余字，看来似随手挥洒，漫不经心。实则飘逸而不浮，流走而不滑，笔笔精神抖擞，处处合乎法度。清虚荡漾、俊逸流美的神采，清新疏朗、简淡古雅的韵致，又给人一种高山流水、清泉洗心之感。

墨沈未干，梦醒。摩挲手迹，慕心拳拳；诗思涌动，占句频频。袜才不跻，亏有神助；操觚弄椠，谨录如次。肤见谫识，难尽其妙；倘有几谬，望开茅塞。

七五叟，桐城皖公山人是年于海南省定安县黄竹镇。

三楚才俊赵安民，九门象管倾群英。[①]
吟哦随风生珠玉，诗书掷地作金声。
得句直疑无太白，草书真个比癫君。[②]
等闲尺素落人间，坐使书坛更澄明。[③]
莫言老身耷呓语，日有所思梦里真。
梦中展卷一以观，醒来犹记意转亲。
毛生点头墨卿舞，伯牙鼓琴期知音。
如园获赠《汉字颂》，超乎象外堪神俊。
托物微渺寄忠怀，意内言外耐思咏。
管中窥豹曾何识？但凭触处洞原因。
书如其人亮高节，涵养弥深结撰精。
七步之才可倚马，曲水流觞卓不群。[④]
犹拣新声作令词，乐寄诗友一家春。
才高难得锋芒敛，书好亦赖为人清。
忆从书局调书籍，[⑤]一缕清风一舟轻。
出风入雅存温厚，闳博淹贯不邀名。
兰台石室藏墨宝，金马玉堂倍当珍。[⑥]
书成绣梓惊海内，[⑦]起凤腾蛟曜艺林。
谁笑囊空墨书满，一寸尺素一寸金。
君才八斗固可贺，面壁九年苦含辛。[⑧]
宇宙万有皆摹品，书法自然书道行。
朝天凌云看春燕，临池倚竹观纤鳞。
神思妙想深玩索，染翰天趣自充盈。
健笔阳刚以立本，优游不迫自怀阴。
苦志萤窗持恒久，潜心蠹简为求成。
心斋水沁砚屏润，陋室香薰墨汗温。

案头吮毫门虚掩，邺架尘编自检寻。[9]
寻绎玩味纳百家，旁搜远绍善钩沉。
习从唐人临晋帖，出入方家擅清新。
墨分五色学齐璜，[10]诗解平仄过庖丁。
知君业余无他事，濯砚钟王试一临。[11]
心与字涉意笔先，神与物游荡幽灵。
瑰博周赡写大造，笔走龙蛇抒性情。
随手万变虫兽鸟，汇通三才天地人。
走笔异形不执泥，道化瞬间为永恒。[12]
谋篇布白能契阔，白雪阳春岂韵赓？
咄咄一挥薛涛笺，逼近二王气力增。[13]
虎跃龙骧腕遒劲，奔雷掣电笔生风。
翩若惊鸿腾空起，矫如游龙逍遥津。
渴笔枯墨陈肉骨，[14]苍劲朴拙扫千军。
龙翔凤翥显风采，牵丝萦带姿态生。
俯仰揖让适其所，左摇右曳有欹正。
跌宕起伏出奇趣，简泊古雅悦双睛。
动静交错成佳构，意象相生赛丹青。
密不容针蓄浩气，疏可走马见胸襟。
得失忘怀浑忘我，翰逸神飞总应心。
不是玉壶曾濯魄，焉能驰骋净无尘？
德艺双馨夙所慕，抚觞而歌甘苦吟。
酒非贪杯唯知己，诗不求工贵适情。
但使忘年成莫逆，[15]索句豪饮两销魂。

【注】

① 三楚：明清湖广地名，此指安民故里湖湘。九门：以明清皇城九座城门喻今首都北京。

②癫君：草圣张旭，与诗仙李白齐名，同为大唐酒中八仙。性嗜酒。每每醉后挥毫，甚至以头发濡墨作书，如醉如痴，如癫如狂，世称张癫。

③坐：因，因为。如“停车坐爱枫林晚”。

④曲水流觞：文人墨客林中水边饮酒赋诗的一种助兴游戏。

⑤此句谓安民从线装书局调任中国书籍出版社。

⑥兰台石室：藏珍之所。金马玉堂：翰林屋宇。此谓羡才子之身价。

⑦书成绣梓：著述杀青。

⑧面壁九年：羡人术业精通，曰面壁九年，始有此神悟。

⑨邺架：书架。

⑩ 齐璜：国画大师齐白石原名。白石老人深谙墨色层次，晚年悟出墨分五色六彩。

⑪ 钟王：汉晋大书法家钟繇、王羲之。

⑫ 道化：道阴阳变化。司马迁《史记·自序》：“《易》以道化。”

⑬ 二王：魏晋大书法家王羲之、王献之父子。

⑭ 此句谓所书得山谷书道：“肥欲有骨，瘦欲有肉。”

⑮ 莫逆：心志相孚。

（田望生，中国作家协会会员，《中国铁道建筑报》原副总编辑，革命军人出身，曾任中国传媒大学特约研究员，中国根艺研究会秘书长等职。出版《智者无为：天趣堂美文》《人间辞话：古典诗词修辞例话》等著作20余部。）

千年承古韵，万里赴新程

——我的编辑文化生活回眸（代跋）

《出版史料》副主编卓玥今年 8 月底在微信里突然发来一段抬捧我的话：“您在诗词书法与历代经典为特色内容的国学图书编辑方面成果颇丰。尤其是书法和诗词方面，既是您的工作又是您的兴趣所在，特别是近年来您还创作了大量诗词书法作品，造诣颇深。”这条微信之后紧接着另一条微信就提出要向我约稿，说《出版史料》有“文化自述”栏目，要我写一篇。从 2001 年《出版史料》在北京复刊，尊敬的出版前辈、《出版史料》执行主编吴道弘先生提携后学，让我十几年来一直荣幸获赠拜读《出版史料》。然而为刊物写作供稿却零星有限。卓玥多年来只提出这一次约稿要求，我不好意思回绝，于是回信表示“感谢信任”并要好好拜读“文化自述”的文章再说。卓玥紧接着回长信历数我的编辑经历，提示我如何写我的“文化自述”。我这里就根据卓玥提示，从国学经典文化、书法文化和诗词文化三个方面略叙我的“文化自述”。

一、国学经典文化

我1989年刚从湖南来到北京中医学院（后改名北京中医药大学）攻读医古文专业硕士学位，就随同导师钱超尘教授（北师大陆宗达高足）、易晓航师姐以及医古文教研室的几位老师，到北京南城琉璃厂文化街的中国书店购买古籍，没想到就此开启我和琉璃厂、和传统文化出版的缘分。那次购书，导师为我购买《说文解字注》（16开精装1卷）、《十三经注疏》（16开精装3卷），都是两节楼影印本，我如获至宝。在导师安排下，就此开始点读《说文解字注》和选读国学经典的课业。三年后以《〈金匮玉函经〉文献研究》通过论文答辩获得硕士学位。毕业时我前往琉璃厂中国书店联系工作单位，得到总经理沈望舒的积极支持，就此开始，1992年至2008年在中国书店出版社从事古籍编辑出版工作经近16年。其间编辑的图书很杂，有文史古籍、文物鉴赏、书法篆刻等多个方面。出版社出版的古籍，无任是旧版新刷的线装古籍，还是影印、排印的精、平装古籍，有大量的古代经史子集的品类。其中有不少乃号称“群经之首”的《易经》类古籍。而作者投稿的古籍整理、学术研究等类书稿中，也有不少是有关《周易》的内容。大约1996年，我开始策划、组织有关学者编写一套“易学文化丛书”，聘请北大易学博士、师兄张其成教授任丛书主编。我的编辑生涯便在其成师兄等引领下和《易经》结下了不解之缘。到2008年我调到线装书局担任国学编辑室主任为止，《易学文化丛书》出版了16种。2008年该丛书中的《易纬文化揭秘》出版时，我用手机短信写了一首藏头诗向作者萧洪恩教授表示祝贺：

易学源泉汇大河，纬潮涌动汉朝波。
文明惠宇文明盛，化境仁寰化境多。
揭去蒙尘呈异彩，秘宣密码步天歌。
成篇巨著崇文献，书使人生志不磨。

其间，2000年，北大朱伯昆教授任院长的东方国际易学研究院组织编写的《易学智慧丛书》第二辑八种书交由我编辑出版。加上其他零星单本的易学图书，十二三年间经手编辑、审稿出版的易学类图书有三十来种。其中有十四种书还陆续在台湾出版了繁体字版本。2001年9月初，北京国际图书博览会上，台湾大展出版社蔡森明社长在中国书店展台上看到《易学文化丛书》已出版的前几种，在展会上和我谈繁体字版权贸易意向，回台湾后我们通过电话、电子邮件和传真继续商谈。每年一次的北京国际图书博览会期间，我和蔡社长都要晤谈一次。我们陆续合作在台湾出版繁体字版易学图书。2006年的北京国际图书博览会上，我将自己主编的一本书赠送蔡社长时，在书前空白页写了几句打油诗记录我们的版贸活动和友谊：

冬去春来夏到秋，时光长恨不回流。
书缘牵渡海峡近，版贸多年情谊稠。

就在这年中秋夜，看到电视播放中秋晚会上有海峡两岸的节目，我想起海峡彼岸老朋友，即兴用手机短信拟小诗发给蔡社长祝贺节日：

天凉好个秋，遍野菊花稠。
今夜魂牵月，海峡不用愁。

当即得到蔡社长回复短信：“北京之行未能与您长谈，深感遗憾！希望下次有机会再相聚，祝中秋佳节愉快！”

我们通过祖国古老尤新的易学文化的出版传播而结成的友谊，是十分珍贵而令人难忘的。

《易学与儒学》《易学与道教符号揭秘》《易学与佛教》《易学与生态环境》《易学与天文学》《易学与中国传统医学》《易学与数学奥林匹克》《易传通论》《易学与史学》《易学与人文》《谈古论今说周易》等十一种易学图书，通过我和蔡社长的多年致力，于 2001 年至 2007 年间已陆续由台湾大展出版社出版了繁体字版本。另有《易道主干》《易图探秘》《易学与中医》三种由作者张其成博士本人联系已先在台湾学生书局出版了繁体字本。

通过易学图书的出版活动，我有幸结识了易学界的很多学者朋友，还有幸参与亲历有关的全国性或国际性的易学会议活动。其中最值得记录的是由国家领导人 2003 年 6 月亲自过问审批成立的国际易学联合会，2004 年 4 月在北京的钓鱼台国宾馆、香山饭店分别举行了成立大会暨第一届国际易学与现代文明学术会议；2008 年 11 月在北京西山饭店举行了国际易学联合会第二次会员大会暨第四届国际易学与现代文明学术会议。这两次会议我都有幸躬逢其盛。在 2008 年会上有幸结识了香港大学周锡馥教授，并在会上拜读了他 2004 年春天会后所写的《香山绝句》四首。2008 年会后才几天，又从电子邮件读到周教授从香港发来的《西山绝句》四首。收到邮件的第二天，我乘兴通过电子邮件回复奉和了八首绝句，命题为《西山八咏》，呈周教授吟正。

（周教授原诗及拙作和诗均见本书正文2008年相应内容，此处省略）

该诗通过电子邮件同时群发给国际易联的各位理事学者们。不久后，国际易联副会长兼秘书长丘亮辉教授编印2009年第一期《国际易学联合会会讯》时，将周教授的八首绝句和拙作和诗一并编录其中。这些诗词从一个侧面反映当今易学学术文化活动的面貌，也折射出中国传统文化复兴的崭新气象。在2011年2月由台湾大展出版社出版的繁体汉字版本的拙编《周易注解·后记》中，我特意记录了这段诗词唱和内容。

2008年初，《光明日报》举办诗词征稿专栏，拙作《水调歌头·初访井冈山》获选刊出：

水调歌头·初访井冈山

久仰凌云志，今上井冈山。千里来寻圣地，胜景不虚传。八面层峦耸翠，林涧奔流飞瀑，天险铸雄关。五井红军寨，帷幄靠中坚。　黄洋界，空城计，退敌顽。胸有雄兵百万，掌上史千年。霹雳一声暴动，唤起工农革命，星火竟燎原。敢辟长征道，筚路纪新元。

正是以这首步韵奉和毛泽东《水调歌头·重上井冈山》的词作的发表作为媒介，我于2008年5月调任线装书局国学（诗词）编辑室主任。当时，线装书局总经理兼总编辑、资深出版家、著名诗人易行（本名周兴俊）编审主编的《国学十三经》，正在整理编纂之中，其中的《周易》尚未物色好整理者，刚到书局我就荣膺该书的整理校注任务。利用2008年夏到2009年春的将近一年业余时间，我完成了《周易》经传注释整理任务。注释时利用中华书局影印阮元校刻本《十三经注疏》，读到叶圣陶先生1934年编纂的《十三经索引》的《自序》，谈到他编纂此索引的缘起，乃是“始业编辑”时，有感“采录注释”时查检古籍之不便，“一语弗悉其源，则摊书巡检，目光驰骤于纸面，如牧人之侦亡畜，久乃得之，甚矣其惫”。他是苦于编辑工作中查检《十三经》原文之不便，于是发奋编此索引以免“摊书巡检”之麻烦。我这次注释《周易》，对“摊书巡检”四字体会尤深——以《说文解字》等古文字工具书为基础，在古今众多《周易》注本中巡检对比往哲时贤的注释，采用其中自以为优胜者，或者自己另拟新注，深感“折中”之不易。三百年前李光地奉康熙敕命编注《周易》，书名《周易折中》，原来别有深意如此。对此曾经有诗为记：

夏去秋来又逾冬，摊书巡检一年功。
阳台窗日晨昏就，注易传经费折中。

二、书法文化

作为专业古籍出版机构的中国书店出版社，书法图书是其出版内容的一大宗。20世纪80年代影印出版的《三希堂法帖》几十年来反复重印，滋养了国内外大量的书法同好。后来陆续出版了各种书法篆刻读物，从影印古籍到新编字帖，林林总总，满目琳琅。作为出版社编辑的书法爱好者，我自然受惠多多。我虽然不专门编辑书法项目，但是在自己编辑的图书中经常涉及书法篆刻。记得比较典型的是我刚到出版社三四年时负责一套由西北大学文博考古专家编著的《中国文物序列》丛书（赵丛苍教授任丛书主编），其中就有《古代书画》《古代玺印》等专题项目，其中《古代书画》里的书法章节中的插图就是我从自己出版社的出版物里复制添补的（原稿绘画部分有插图而书法内容缺图）。业余时间则开始练习书法。那时和作者交流还用到书信，经常用毛笔和作者写信交流编辑问题。因上班就在琉璃厂文化街，这条街上不仅有荣宝斋、中国书店、北京市文物公司这三大经营古今字画、文房四宝、古籍碑帖、古玩杂项的专业单位，还有文物出版社、中华书局、商务印书馆的专属书店，以及戴月轩、一得阁等老字号笔墨门店，平时出入徜徉其中，购书选帖，受到熏陶，获得陶冶。工作的需要，业余的爱好，环境的熏陶，自己的书法文化修养获得提高。大约2004年时，结识了著名的书画家、碑帖收藏鉴定家、传统文化学者彭兴林先生，共同鉴赏到一批古代书法的墨迹图片。自己平时对于行草书法偏爱有加，我提出策划方案，编辑出版彩色印刷的《行书经典》《草书经典》，前者首选著名的行书三帖：晋代王羲之《兰亭序》（冯摹本）、唐代颜真卿《祭侄文稿》、宋代苏东坡《黄州寒食诗》，再根据掌握的资料选用元代赵孟頫《行书心经》和明代唐寅《行书七律诗卷》；后者选用唐代张旭《古诗四帖》、唐代孙过庭《书谱》、宋代黄庭坚《刘梦德竹枝词》、元代鲜于枢《秋兴诗》《秋怀诗》、明代宋克《进学解》。这两种彩印书法名迹不是单纯供书法临习用，还注重书法文化的呈现，所以特意安排三方面内容——所选墨迹概述（书家及作品介绍，并附古代名家所绘作者画像及有关古画彩图或照片），墨迹图版（墨迹正文、题跋墨迹及收藏印鉴）和释、评文字（当页旁注楷书释文和历代名家品评文字）。这些特点与市面上一般单纯的字帖就大有区别。这两本书出版后效果不错，我和彭老师紧接着往下又将历代行草名迹按照同样体例编了一个系列——《唐四家墨迹经典》《宋四家墨迹经典》《元四家墨迹经典》《明四家墨迹经典》《清四家墨迹经典》《古代禅宗墨迹经典》。该系列丛书总名之曰“中国法书精选”。

因为自己喜欢书法，所以投入其中乐趣无限。核对释文时实际上就是逐字逐句地学习，一方面学习名家墨迹所写诗文内容，一方面也学习各位名家行草书的笔法、字法和章法。该丛书编辑工作的最费时费力的地方，则是大量的历代品评文字的点校整理。开始两本的品评文字是彭老师找人排出校样后我来审核把关，后面好几本的品评内容是彭老师将《书史会要》《书林藻鉴》等书的相关内容选择复印下来，复印件是无标点的竖排繁体字，由我来改写成简体字加标点的手稿后，再交给排版处录排出校样，然后我再核对。有时为了参加订货会赶进度，我必须连夜加班，有时干到凌晨一二点，第二天照常上班。这样自己也不觉累，大概是因为兴趣所在，同时也考虑到多加些名家品评文字对读者有益。与此同时，我还要编辑易学文化丛书和其他零星古籍项目。当时写过一首五律“读书诗”，后来这首诗连同一段叙谈诗作缘起与经典阅读的文字，在《光明日报》刚创办不久的国学版发表时，标题就作《读书诗一首》：

君闻新书出，开卷读旧书。
神游八面景，意访百家儒。
故纸留香远，华章载道初。
千年承古训，万里赴新途。

该诗首联出自南京大学徐雁教授《旧书业的郁闷》“编后记”，说是翻译的一句欧洲名言。我在文中谈到这首诗的写作中，受到当时正在编辑的《行书经典》校样上、赵孟頫《心经》墨迹边空处、所印湖州古渡桥旧照片图下注文中“风去桥亭古，雨来烟柳新”的启发，是毫无虚拟的。

编辑这套《中国法书精选》丛书，陶醉在名家墨迹的精彩挥洒中，受到历代书法艺术的兴发感动，我写了《中国书法》七律一首：

淋漓点线涌文泉，曲水流觞润砚田。
秦汉雄风铭峻岳，晋唐雅趣赏云笺。
万方仪态传神韵，千载楮缣展圣颜。
烂漫苏黄松雪境，中华翰墨暖人间。

2009 年 1 月，西安美院周晓陆教授主编《二十世纪出土玺印集成》由中华书局出版 8 开 2 册精装本，周教授短信发来《今夕印谱成》诗一首：

廿年沃灌印花红，图谱晚霞艳绕中。
白下钟山迷道路，长安渭水启帆篷。
秦皇已献成千玺，私爱难回虑万重。
相对无言凝倦眼，辛劳汗血此时功。

我曾一度涉其编辑工作，今由中华书局出版，周教授短信发来诗作深情感人。回忆七八年来在琉璃厂多次对于该书的编辑进行探讨，耳闻目睹周教授往来于西安、北京、南京三地的辛劳，其孜孜求索之情可感，特短信回和《〈二十世纪出土玺印集成〉出版志贺》一首以申祝贺之忱：

斑斓纸上蜕殷红，印谱成编热望中。
故国遗存君遍访，今都厂肆我欣逢。
三京馆阅书千种，四海家传爱万重。
汉字文明温亮眼，中华不负寿时功。

2009年在线装书局，与三希堂公司合作做影印宣纸线装仿真版《三希堂法帖》，我主持将全部内容做简体字释文的工作，包括该帖所收魏晋至明末的135家的340件楷、行、草书作品，连同题跋200多件、印章1600多方，总共90000多字。之前编辑《中国法书精选》丛书8种的行草书释文经历，无疑为这次《三希堂法帖》释文打下了基础。而之前所编《草书经典》中收有孙过庭《书谱》，2010年在线装书局编辑《书谱真草对照文白对读》时也就轻车熟路了。

《三希堂法帖》出版即事

石渠宝笈重三王，翰墨精华萃一堂。
寿益贞珉垂圣迹，花生妙笔镌华章。
崇文盛世传佳话，旧拓新刊付线装。
大麓缥缃推极品，三希再造誉流觞。

这首《三希堂法帖》出版即事诗，还有前面的《中国书法》《〈二十世纪出土玺印集成〉出版志贺》后来都在《书法报》上发表了。

我后来于 2011 年 10 月从线装书局调到中国新闻出版研究院主办的中国书籍出版社任副总编辑。次年 4 月底即被派往新疆挂职履新，在新疆人民出版社任副社长八个月。

在疆期间，业余时间创作诗词、练习书法，并为新疆各界朋友创作书法作品，参加过多次笔会。如全国插图、装帧艺术展巡展在新疆巡展期间，随来自全国各地的十几位画家前往东疆吐鲁番地区采风，在鄯善县文联、吐鲁番地区文联两次笔会上为新疆朋友创作多幅自书诗作品。在天山北麓石河子大学参加庆十八大诗会的笔会上为诗友们创作书法作品。这次笔会上，石河子地区沙湾县诗友见我写字非常喜欢，特邀我周末去沙湾县天山书画院举行专场笔会，一整天为沙湾县各界朋友创作大量书法作品，当天晚上天山书画院黄祥峰院长授予我“名誉院长”聘书，等等。有诗为证：

天山北麓农家小院为朋友写字

大块文章任我裁，天山好景为君排。
农家院静农家乐，向日葵圆向日开。
饭碗权当盛墨砚，餐桌且用作书台。
天光洒共墨光耀，对友挥毫尽纸材。

2012 年 8 月

沙湾县仲冬笔会题句

雪飞遍地絮，云起一天山。
何处人文盛？西域有沙湾。
青松经冻翠，疏影傲寒妍。
狼毫挥有意，心写咏梅篇。

我离开新疆后不久，我国著名诗人和散文家、冰心散文奖获得者、新疆文联《新疆文艺界》执行副主编孤岛先生（本名李泽生），将我在新疆多次参与笔会书写大量诗词书法作品的情况，写成文章《我书写我诗：论赵安民的毛体书法》在《新疆文艺界》（2013 年第 2 期）刊出。此文连同多幅书法图片在 2015 年 7 月 24 日《中国新闻出版广电报》“艺苑”专版予以转载。

2014 年 7 月，我去日本参加东京国际书展，特意写了一幅自作诗的书法作品，在书展期间举办的第三届中日出版界友好交流会上，由中国出版代表团赠送给日本全国出版协会理事长上泷博正先生。这幅书作所写是一首七言绝句《东京书展赠日本书友》：

天舟云海渡扶桑，卷帙琳琅会岛邦。
陌上樱花开易落，诗书继世日方长。

这首诗后来在当年 10 月《中华诗词》杂志发表。

2014 年 8 月，应湖南湘阴县诗词界邀请，为湘阴四中开展诗词进校园活动，选书毛泽东诗词 24 首刻碑建立校园诗词碑墙。

2015 年，中国新闻出版研究院和中国书籍出版社的书画爱好者发起成立书画传习社，12 月 23 日中国新闻出版研究院会议室举行书画传习社成立仪式，魏玉山院长、黄晓新书记均与会讲话给以支持，推我为社长。有诗为记：

（一）

右安门外雾霾轻，凉水河流已破冰。
阴极阳回冬至后，群贤雅集庆新生。

（二）

书法人文倍足珍，神州根脉笔为魂。
传习书画非书画，翰墨氤氲写我心。

东南大学艺术学院博士生导师张乾元教授是我老朋友，他不仅是著名书画艺术家，而且对中国古代经典与美学研究深入，2006 年即著有《象外之意：周易意象学与中国书画美学》，由我当时就职的中国书店出版，我任责编。由此结缘，我们多次一起参加易学界学术活动。后来他逐渐了解到我喜欢书法，2017 年秋冬之际我们共同参加一个易学会议同住一个房间，他鼓励我应当将自己书法向外推广，建议我要印制一个介绍自己书法的宣传册，并主动提出为我写篇评介我书法的文章印在介绍册前。他此时正日夜兼程忙于撰写自己承担的有关易学与美学的国家社科基金重点项目，仍然在百忙之中拨冗为我撰文评论拙作书法，而且从理论学术角度对拙作书法予以揄扬，这就是他 2018 年初撰写、载于本书“诗书评论”篇的《以理进技，运斤谋篇：赵安民书学解读》。

萧校长：

您好！原来给南湖洲风骚集第十辑出版的贺诗原件奉寄，并遵嘱附上近书数纸供参考，请赐教正。请南湖洲诗联学会的同志们批评指正。你们诗联文化建设付出努力，成绩大，值得其他地方学习。特信致敬，

顺颂

春祺！

胡安民上

二〇一七年二月三日

致湖南湘阴《南湖洲风骚集》萧建军主编信

贺部长您好：

这次得到为您出版诗集的机会，我们十分荣幸。然因时间仓促，重印时又没找到我们首印时的最后修改电子文件，致使留下大量鱼鲁亥豕之遗憾，深为惭愧。幸赖尚长书房陈世军先生再次慷慨作资，终于得以改正差错，弥补遗憾，皆大欢喜。由此而为您的诗词留下较好版本，是乃诗词艺术之幸，亦乃出版文化之幸也。前往拜访时当面向您提到拙作二绝句，当时未将刊物带呈，此次借陈世军先生造访之机会，奉上该期诗刊，以向您汇报，并请赐予教正。

去年十二月随中华诗词研究院组织了雅韵山高·壶边川上两岸诗词交流团访台，撷得组访台诗词，亦顺便将拙诗打印稿奉上，请赐審正。若能为拙诗提出修改意见，自乃荣幸之至也。拙书毛主席诗词十九首，若能得到您在题签，亦乃荣幸之至也。特此信呈致意，

顺颂

兴居佳吉！

后学胡安民敬上

二〇一五年三月十二日

致著名诗人贺敬之前辈信

三、诗词文化

我因了上述那首发表在《光明日报》的《水调歌头·初访井冈山》词作之缘，2008年5月奉调线装书局。刚到书局，就参加了5月13日在三联书店大楼内的出版之家举行的易行主编的线装本《中国诗词年鉴》（2008）定稿会暨袁行霈教授诗文选集线装本《愈庐集》出版座谈会，来自中国版协、中华诗词学会、《中华诗词》杂志社、《诗刊》杂志社、《文化月报》杂志社、《光明日报》报社、《中华读书报》报社的诗词出版、研究的专家和诗人、记者，集会座谈中华诗词书刊出版，展望中华文化复兴，此乃诗国当今的文化盛事。会后我曾拟诗记事，在《诗刊》发表：

出版之家气象新，诗人雅集论诗文。
愈庐集谱千秋韵，年鉴诗吟万种情。
实至诗人唯灼见，名归出版不虚闻。
泱泱大国风神在，国学昌明智慧深。

紧接着参与《缀英集——中央文史研究馆馆员诗选》的编审工作。该书由中央文史研究馆现任馆长袁行霈教授发起，选编90位馆员诗词共约2000首，是文史馆成立以来的首次结集。2008年12月23日，中央文史馆、中华诗词学会、诗刊社、线装书局在人民大会堂隆重举行《缀英集》编辑出版暨中华诗词创作座谈会，冬日阳和，雅集高致，躬逢其盛，感而成咏，拟得《中华诗词盛会感赋》七律一首：

诗词艺术韵悠扬，民族精华意蕴长。
河岳英灵新缀集，宫商谐律复平章。
紫云翔暖长安日，雅客谈欢大会堂。
国学喜看兴盛早，开来继往脉雄强。

盛唐开元天宝间，曾有时骚诗选《河岳英灵集》问世，至今是唐诗文献宝典；今天出版《缀英集》是昭示当今比盛唐更盛的诗国文化盛事。

2009年2月，由我责编的香港树仁大学何祥荣教授新著《四六丛话研究》由线装书局出版。20世纪初从欧洲传来做毛边书的风气，鲁迅等自诩为毛边党，并被时人推举为毛边党党魁；藏书、书话大家唐弢先生将毛边书比做蓬头艺术家。经与作者商定，将《四六丛话研究》试做少量毛边本作纪念。来到印装车间见工人们在机声嘈杂、异味刺鼻的环境下工作，比自诩“为人作嫁”的编辑工作更加艰苦，因而感拟《初做毛边本，感拟代言诗》七律一首，为之代言。

一度书装沐异风，蓬头魁许豫才翁。
参差觅趣毛边党，裁切升华典籍情。
出厂偏遗开卷力，登阶切记枣梨功。
为人编辑休言苦，作嫁茹辛有弟兄。

2009年8月，参与编校马凯先生自选诗词集《心声集》，依其《读沈鹏先生〈三余诗词选〉》诗韵奉和一首，在《心声集》出版座谈会上将此诗抄赠马凯先生。该诗后来在《诗刊》发表：

新诗先睹快，编辑慰平生。
一吐真心话，犹闻空谷声。
民生怀远虑，故国寄深情。
笔底波澜涌，胸中浩气升。

马凯同志（时任国务院秘书长）《读沈鹏先生〈三余诗词选〉》原诗：

三余读恨晚，景慕肃然生。
一纸真心话，八方风雨声。
感时怀远虑，作嫁淡虚名。
废草三千后，雕龙腕底升。

2010年前后，在线装书局上班，主要负责编辑当代诗词图书，此外还做国学图书编辑工作。记得手头正负责编辑彩色线装版《历代名家名品典藏书系·书法·王铎卷》，同时参与双色（红格黑字）线装版《毛泽东选集》的审校工作。午休时或临帖练字，或去楼下广化寺内辨读古碑上文字。有一首《后海东岸即事》记录当时情景：

频年伏案鼓楼西，旭日东迎紫气微。
诗词平仄费推定，文字简繁慎转歧。
毛选蓝图摊急件，王书校样候多时。
挥毫晌午临名帖，或入寺中读古碑。

2011年9月，三希堂文化公司与线装书局合作仿真影印线装本《四库全书》，应三希堂公司傅双全先生嘱，为即将出版的二十套仿真影印线装本《四库全书》赋二十字诗，打算为20套书各取诗中一字组成“文×阁”作为别名。即拟得五绝一首相付：

仿真影印线装本《四库全书》出版赋贺

国运昌明久，锦缃翰墨香。
宏通饶雅韵，华夏脉雄强。

作为文化援疆的重要举措，中共中央宣传部组织中央宣传文化单位与新疆宣传文化单位进行干部交流活动，我作为新闻出版总署代表，2012年5月至12月在新疆挂职（拟任新疆人民出版社副社长，因成立总社后，新疆人民出版社领导班子尚在组建中），前六个月在新疆人民出版总社（简称总社）作为总编室负责人，（经正式任命仪式）后两个月任新疆人民出版社副社长。我这次到新疆挂职本来预期半年。半年时间临近结束时，新疆人民出版总社党委书记、总编辑张新泰同志提议，并以新疆人民出版总社名义向新疆党委宣传部呈递书面申请，并呈报中宣部、新闻出版总署通过，经中国新闻出版研究院、中国书籍出版社同意，将我的援疆时间延长两个月，以便参加刚起步的《新疆文库》编辑工作，并参加新疆人民出版社领导班子组建工作、任命仪式，正式接受新疆人民出版社副社长的任命。

这八个月新疆工作，参与总社内外的图书出版与发行的多项调研活动，参与总社选题论证和总社工作会议，参与各项出版工程项目的论证或验收工作，协助总编辑终审书稿，为相关活动撰写宣传稿件、撰写新疆人民出版总社向总署调研组的汇报材料，参与总社党委对中层干部的考察测评工作，为总社编辑人员作古籍整理出版方面的讲座，参与总社为纪念中央新疆工作座谈会两周年、迎接党的十八大召开而举办“真情在百姓心中流淌”主题诗歌征集的评选并主持其中诗词卷的后期评审选编工作，为总社图书选题以及其他建设建言献策，等等。在如此众多工作中，向总社领导和同事们学习到大量的编辑出版工作宝贵经验，得到有益锻炼，更为重要的是见证了新疆民族出版的春天。作为国家扶持少数民族出版的重要举措，2011 年 7 月新疆人民出版总社（新疆少数民族出版基地）成立。总社下辖七社一厂，中央和新疆自治区政府资助的以“东风工程”为代表的多种惠民图书工程推行，新疆迎来出版的春天。有诗为记：

新客新疆有幸身，不辞虚位异乡心。
现代文明领西域，图书出版布卿云。
东风益物苏荒漠，细雨宜人浥渴尘。
丝路绿洲随处见，文化春天别样新。

从 2012 年起，新疆自治区将用 8 年左右时间，收集整理出版新疆自古以来至 1949 年 10 月前汉、维、哈、蒙、柯、锡等六种文字的重要典籍 1000 种左右，这项《新疆文库》出版工程是新疆历史上规模最大的文化工程。我在疆期间初涉前期工作，并应邀为总社编辑人员作了两个小时古籍整理方面讲座。当时我为《新疆文库》出版工程拟句题贺：

修书盛世正当前，西域文明史志全。
新疆典籍遴千卷，文化传承寿万年。

2012年12月初，为新疆人民出版社终审《新疆兵团史料·边境农场卷》书稿，书中概括边境农场“五好”建设是——好条田，好林带，好渠道，好道路，好居民点。对边境农场建设历史的艰辛艰险印象很深，拟得《一剪梅·新疆边境农场》一首：

无限山光与水光，绿也白杨，肥也牛羊。条田林带韵悠扬，美好村庄，美好家邦。　　带剑扶犁本领强，不着军装，不领军粮。雄浑西域挽弓长，富我边疆，固我边防。

新疆工作之余，谨记时任中宣部副部长的蔡名照先生在这次干部交流活动行前培训班所作动员报告中提出的，作为一名宣传文化工作者要创作更多更好的作品以加强宣传的嘱托，趁这次赴疆工作的难得机会，利用诗词与书法的形式创作一些作品，期以反映和宣传中央惠民富民政策和各项援疆举措对新疆地区和谐社会建设与经济文化发展繁荣带来的新变化、新景象；反映和宣传新疆区委区政府带领全区人民“热爱伟大祖国，建设美好家园”的生动实践与成就；反映和宣传新疆各族群众践行“爱国爱疆、勤劳互助、团结奉献、开放进取”的新疆精神，从而获得的政治经济和社会文化建设新成就，以及民族团结方面呈现的崭新面貌。

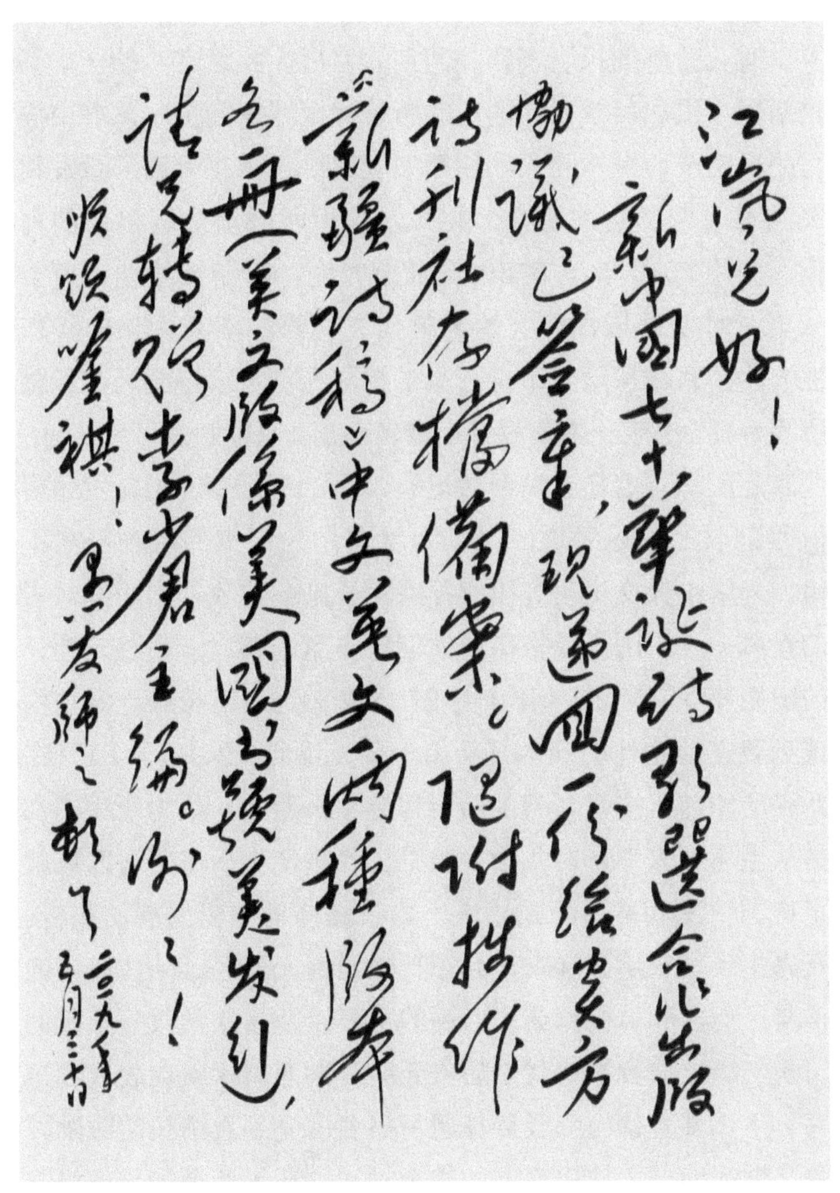

江岚兄好！

新中国七十华诞诗歌选合作出版协议已签章，现寄送回一份给贵方诗刊社存档备案。随附拙作新疆诗稿之中文英文两种版本各一册（英文版系美国出版发行），请兄转李少君主编。谢谢！

顺颂

吟祺！

[illegible] 敬上

二〇一九年五月二十日

致《诗刊》诗词版主编江岚信

西域远行，诗友唱和；大好河山，触景生情；经历见闻，感时记事，八个月所得诗词60多首。在新疆期间还阅读了不少有关新疆的报刊书籍，回到北京后，我经常看的一本书是新疆人民出版社出版的王嵘所著《西域探险史》，书中描写的一个个西域探险人物栩栩如生，语言富有诗意，激发我关注对西域历史的研究，并开始着手西域历史叙事诗的写作。利用2013年下半年部分业余时间，断断续续地完成了从黄帝时期西域探险开始至唐代玄奘西游取经为止的代表性人物的西域探险叙事诗。原本想这几首叙事诗配上在新疆所写诗词，出版一本新疆诗词专辑小册，似也勉强可以应付；尤其是所写《唐僧玄奘西游记》，用118首七言绝句叙述唐僧西游取经往返经过，自以为用它作为诗集的压轴应当不错。为请中央文史研究馆袁行霈馆长来参加我社出版的《古韵新风——中国当代格律诗词创新作品选编》（精装三卷）的出版座谈会，2014年1月27日我来到袁馆长家。袁先生谈到我之前赠他的那本《新疆吟稿》诗册（2012年10月在新疆所印前五个月新疆生活所写诗集小册），认为所写“都是从生活中来”，对我给以鼓励。我顺便将后来所写西域叙事诗的情况和准备正式出版一本新疆诗词专辑的想法相告。袁先生听了很感兴趣，谈起东晋法显西天取经、陆往海归的传奇经历，和林则徐谪戍西疆的故事以及左宗棠收复新疆的历史，提出要我把唐代以后宋元明清的西域探险代表人物再写一下，并且答应为我诗集题写书名。受到袁馆长的鼓励，我又继续旧业，挤用晚上的空余时间，花了两个来月，将宋元明清四朝各选一位西域探险代表人物，粗线条地完成了我国古代西域探险的史诗叙写。将八个月新疆工作期间所写诗稿和这部分西域叙事诗集结成册，书名《新疆诗稿——丝路新貌与西域故事》。2015 年 6 月该诗集出版时，正值新疆维吾尔自治区成立 60 周年，我特意填写《水调歌头·大美新疆》印在书前表示祝贺：

> 华夏山河美，大美数新疆。浪涌千山万壑，彩锦缀牛羊。峻岭高原盆地，瀚海森林戈壁，苍劲看胡杨。雪域冰峰耀，玉洁雪莲香。　　版图阔，民族众，好家乡。欢会麦西来甫，热烈舞刀郎。古道沟通欧亚，荟萃东西文化，驼旅万邦商。喜阅新时代，丝路大文章。

该词还刊载于当年 10 月 1 日《新疆日报》庆贺新疆维吾尔自治区成立 60 周年特刊，另在当年 10 月的《中华诗词》发表。后来还应张新泰总编之邀将这首词写成书法作品收入新疆人民出版总社组织的庆贺新疆维吾尔自治区成立 60 周年书法专辑。

新疆文化出版社于文胜社长将《新疆诗稿》选入新疆文化出版社（中国）与克鲁格出版社（美国）联合出版的中英版“中国新疆丛书”，请新疆大学黄润老师翻成英文。2017 年 10 月出版后，于社长电话通知我并快递样书。我特制《南歌子》词致谢：

> 时念天山峻，忽传电话来。听传嘉讯豁吟怀，诗稿汉英翻译早安排。　　大漠胡杨劲，和田子玉乖，丝绸之路卷新开，华夏骆驼登上大平台。

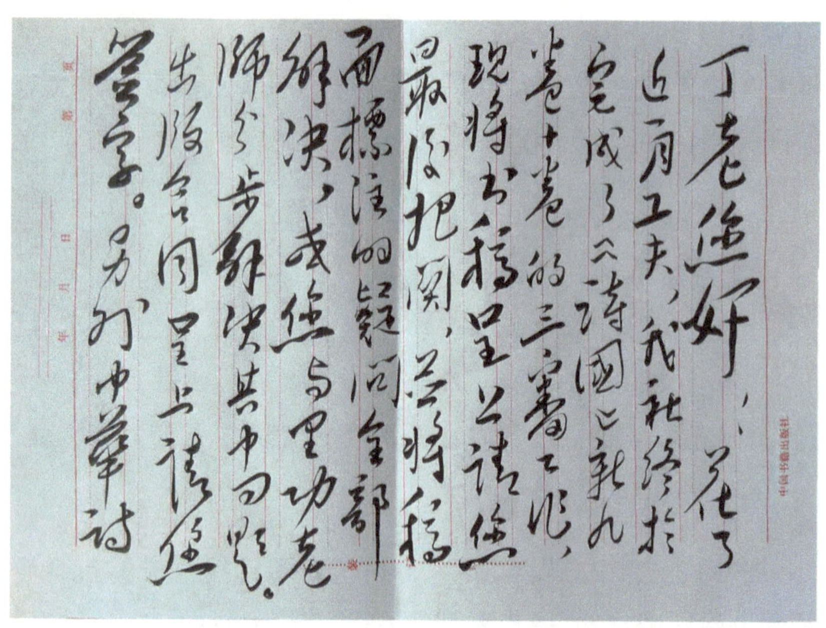

丁老您好：

花了近月工夫，我社终于完成了《诗国》新九卷十卷的三审工作，现将书稿呈上，请您最后把关，并将稿面标注的疑问全部解决，或您与星功老师分头解决其中问题。出版合同呈上，请您签字。另外，中华诗词

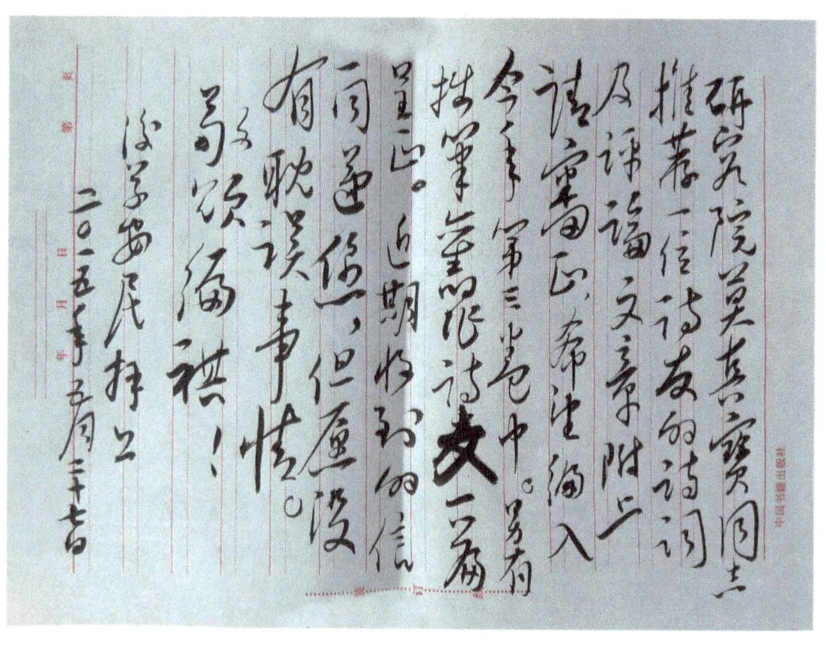

研究院莫真宝同志推荐一位诗友的诗词及评论文章附上，请审正，希望编入今年第三卷中。另有拙笔篆隶诗文一篇呈正。近期收到的信一同送您，但还没有耽误事情。

祝

编祺！

后学赵安民拜上

二〇一五年五月二十七日

就《诗国》编辑工作致丁国成主编信

2016年是中国书籍出版社成立30周年，我邀请诗词界朋友作诗纪念与庆贺。丁国成前辈主持组织的诗词丛刊《诗国》（每年4卷），多年来一直在我社出版，我经与丁老商量将征集到的贺作辟专栏刊载《诗国》2016年第4卷中。我自己也特拟“蝶恋花”词一首作为纪念：

蝶恋花·编辑自许，兼贺中国书籍出版社成立30周年

风雨雕虫君莫笑。欲上层楼，须把阶梯造。五味调和加佐料，吸收营养期高效。　面壁点睛高襟抱。活水勤添，助尔龙门跳。云影山岚相映俏，方塘鉴照风光妙。

自从我2011年调入中国书籍出版社以来，在王平社长与易行诗长支持下，与中华诗词学会与中华诗词研究院合作，在当代诗词出版上做了大量编辑工作，出版了约二百种诗词图书，为当前我国诗词文化复兴做了点工作。

中国新闻出版研究院策划组织的“口述出版史”课题，获得国家社科基金、国家出版基金双重资助。课题组委托我负责编辑学家、出版史学家吴道弘编审口述出版史课题项目。2017年10月13日我和中国出版网记者尚烨、实习研究生曾卓、速记员单宇月四人同赴吴老家启动首次访谈，曾填有一首《满庭芳》词记其事。该词还曾由《中国新闻出版广电报》发表（见该报2017年11月8日“采风”版）。

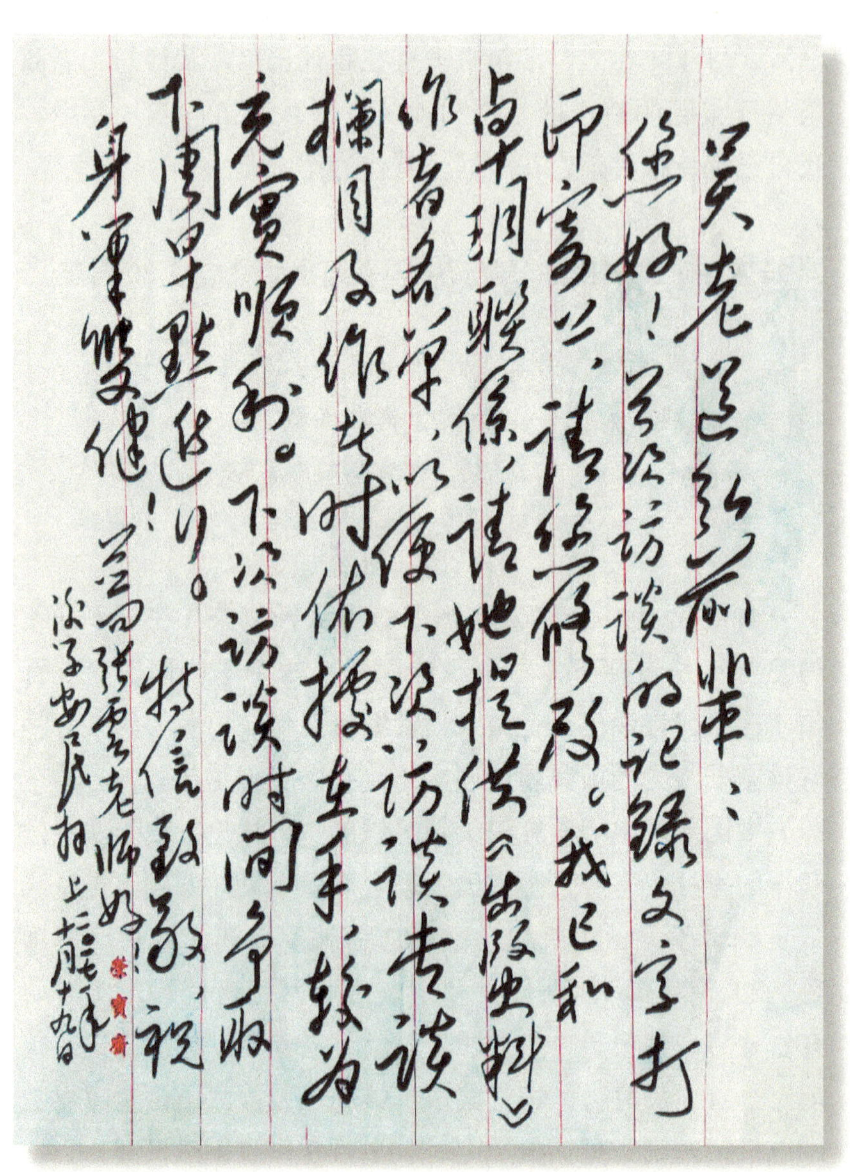

吴老道弘前辈：

您好！口述访谈的记录文字打印完了，请您修改。我已和卓玥联系，请她提供《出版史料》作者名单，以便下次访谈者谈栏目及作者时，依据在手，较为充实顺利。下次访谈时间争取下周四早点进行。特此致敬，祝

身笔双健！

并问张云老师好！

后学安民拜上

二〇〇七年十一月十九日

致吴道弘信谈“口述出版史”课题

满庭芳·“吴道弘口述出版史”访谈

坐拥书城，访谈口述，往事追溯从头。书坛耆宿，年少展鸿猷。上海三联就业，都旋入，“作嫁”春秋。生花笔，耕耘不辍，园艺乐淹留。　金秋，忙录像，键盘速记，日月回流。忆畴昔书缘，乐以忘忧。穿越芸编岁月，出版史，上下勤求。重开卷，对书中字，似旧友欣眸。

在卓玥的催促下，上面拉拉杂杂补缀追记自己这20多年来从事编辑工作的一些片段，自述属实，文化不多。虽然叙述时分三块进行，但是恐怕不免多有交叉之处。敬请《出版史料》的编辑同志们审正。

赵安民

（本文刊2016年第2期《出版史料》时略有删改，收入本书时对近两年内容有所补充。）

世平院长好！

拜读大作《中华诗词现代化教论》收获不小。近为我社出版中宣部、中华诗词学会联合主编的《「诗词教程」作品精选》撰写书评，由《光明日报》「图书版」刊出，我在文章末尾引用了习总书记讲话以及大作「教论」的文字，现呈上报纸复印件，请对拙文不吝赐正，尤其中引用大作处是否恰当予以指正。昨晚见周笃文老谈及你们的活动情况，祝贺！

即颂

时祺！

安民拜上

二〇一七年五月十五日

致中华诗词研究院原副院长蔡世平信

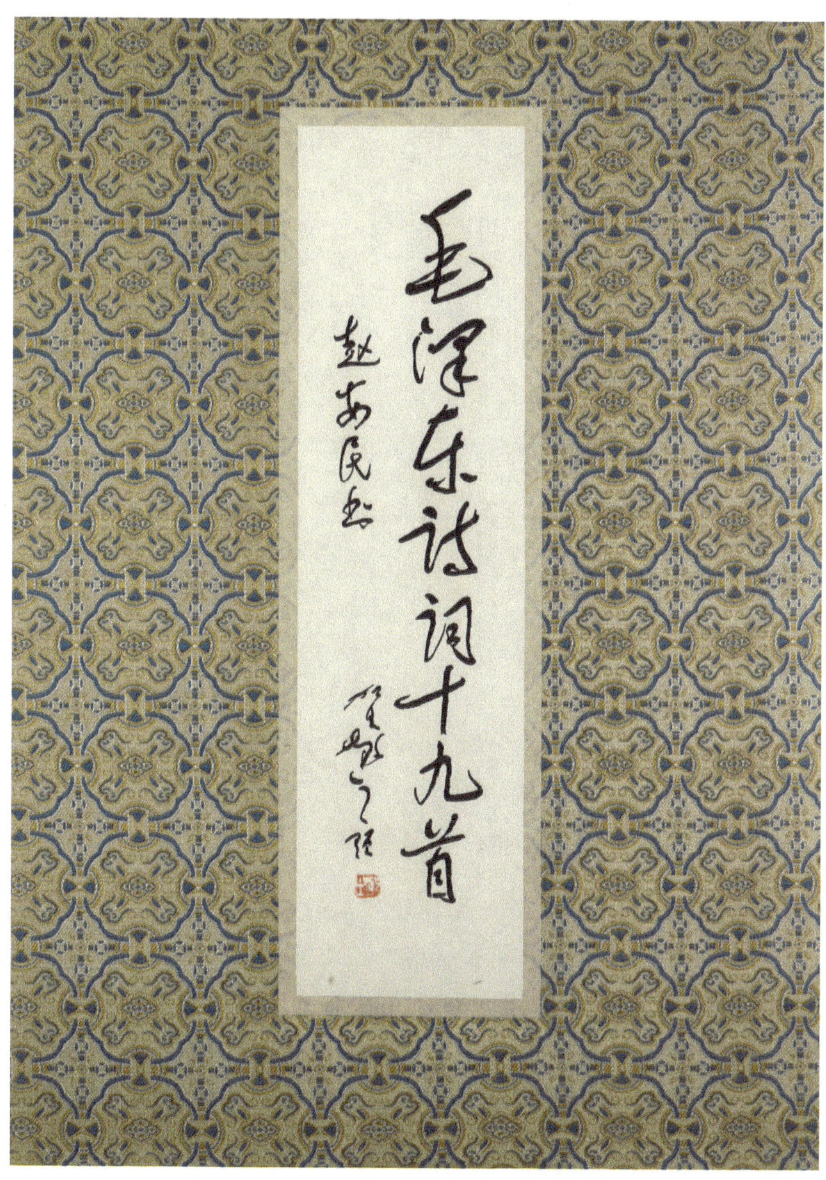
毛泽东诗词十九首
赵安民书

《赵安民书毛泽东诗词十九首》

目 录

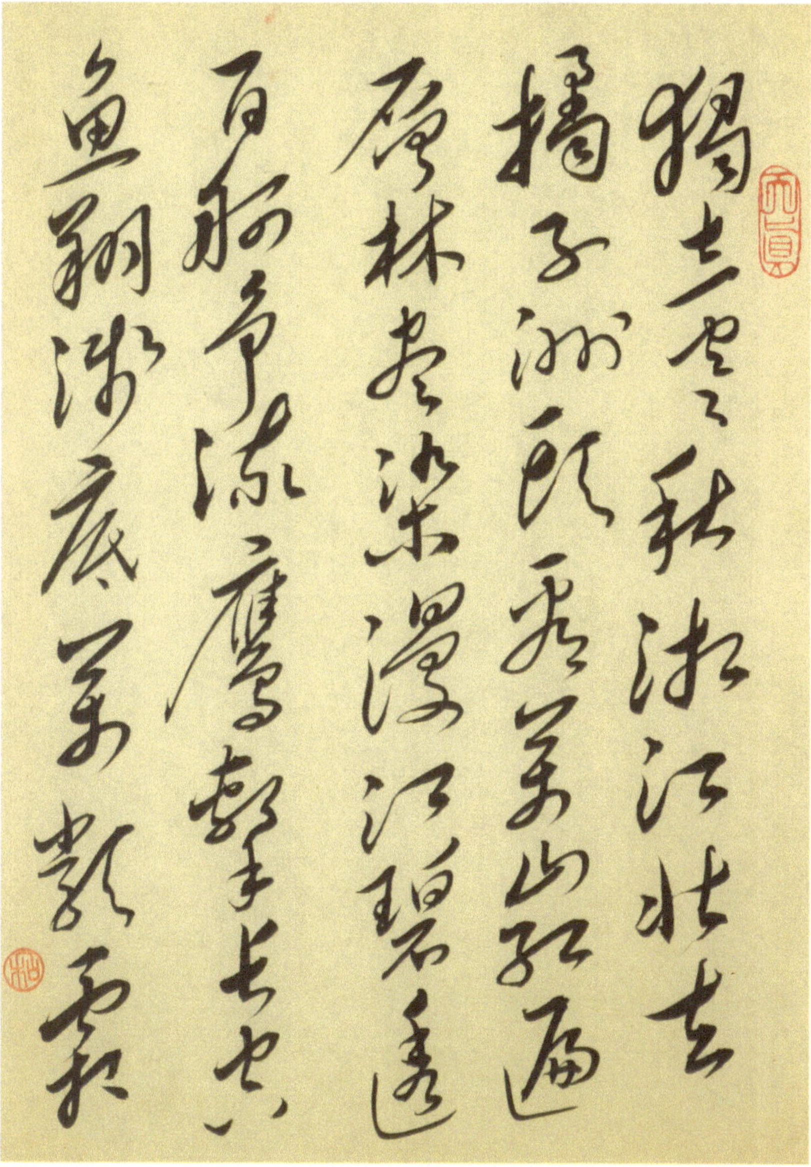
独立寒秋湘江北去
橘子洲头看万山红遍
层林尽染漫江碧透
百舸争流鹰击长空
鱼翔浅底万类霜

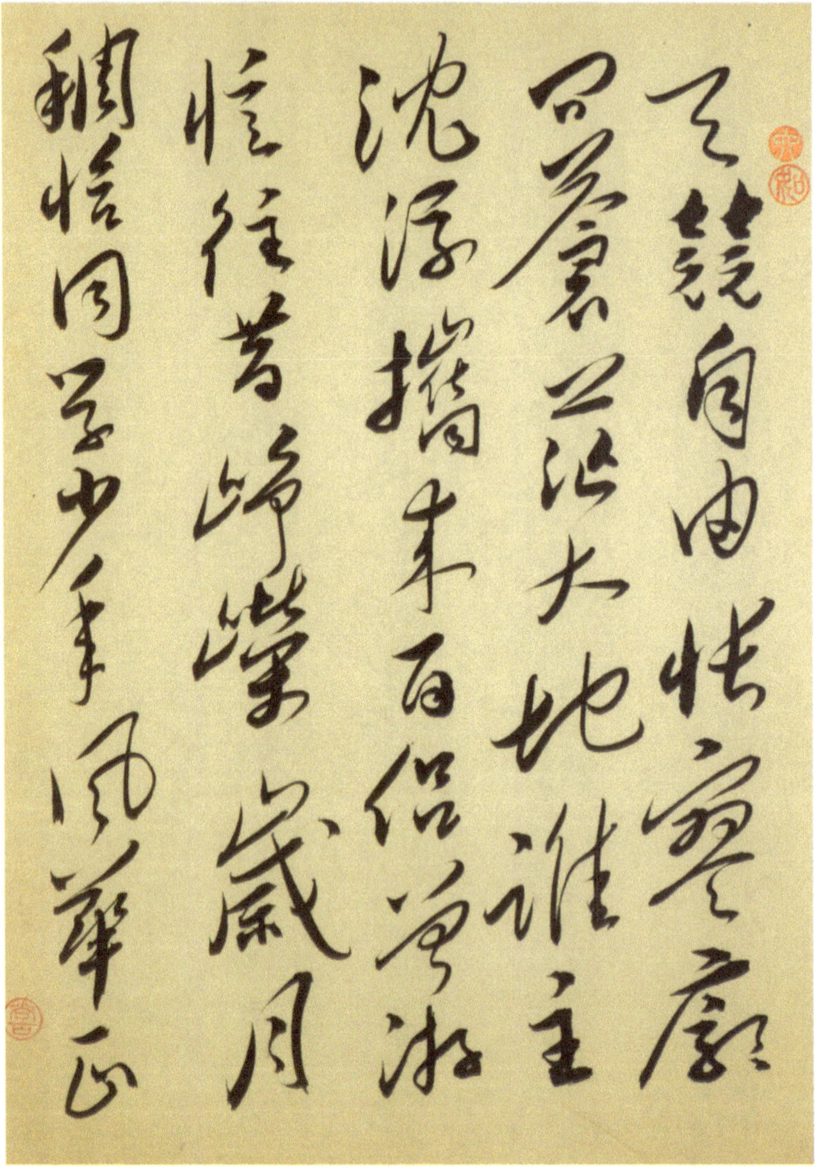

天競自由悵寥廓
問蒼茫大地誰主
沉浮攜來百侶曾游
憶往昔崢嶸歲月
稠恰同學少年風華正

茂书生意气挥斥
方遒指点江山激扬
文字粪土当年万
户侯曾记否到中流
击水浪遏飞舟
沁园春长沙

茫茫九派流中国
沉沉一线穿南北
烟雨莽苍苍龟
蛇锁大江黄鹤

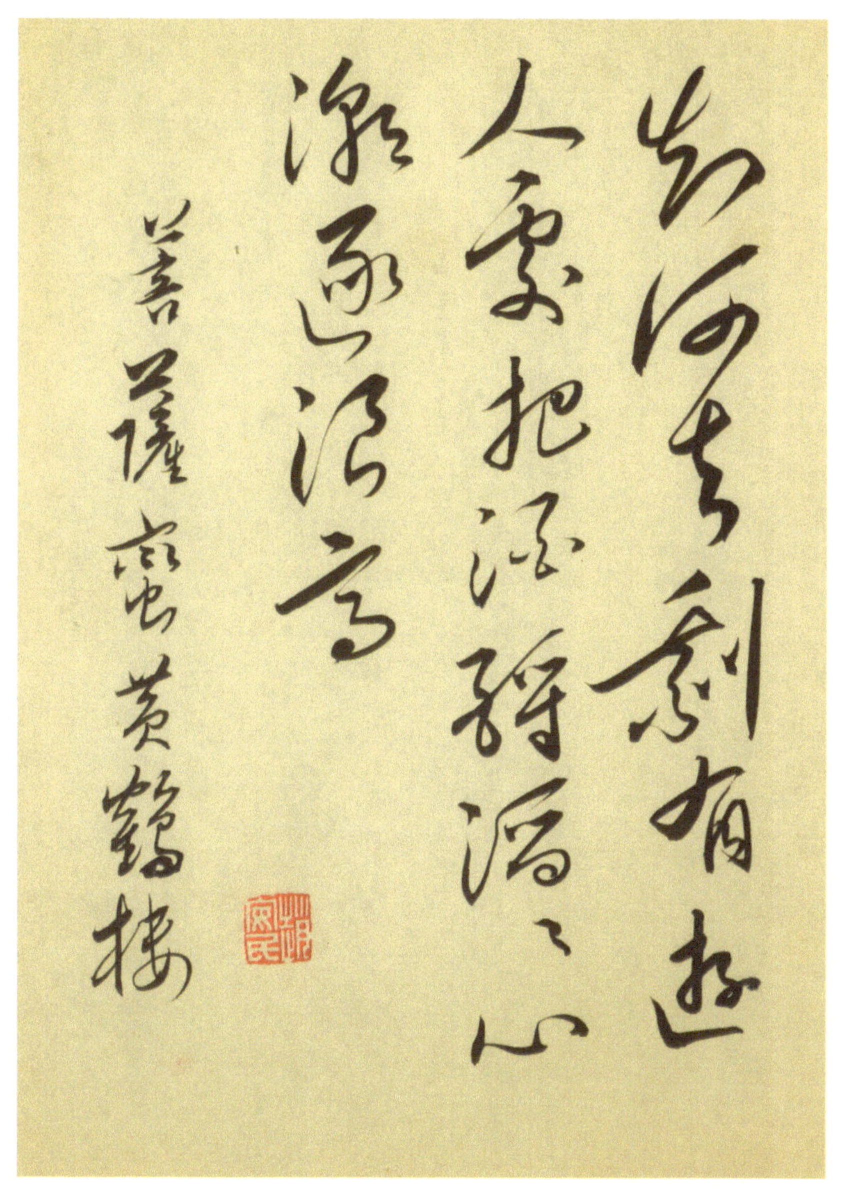

风云突变军阀重开战洒向人间都是怨一枕黄粱再现

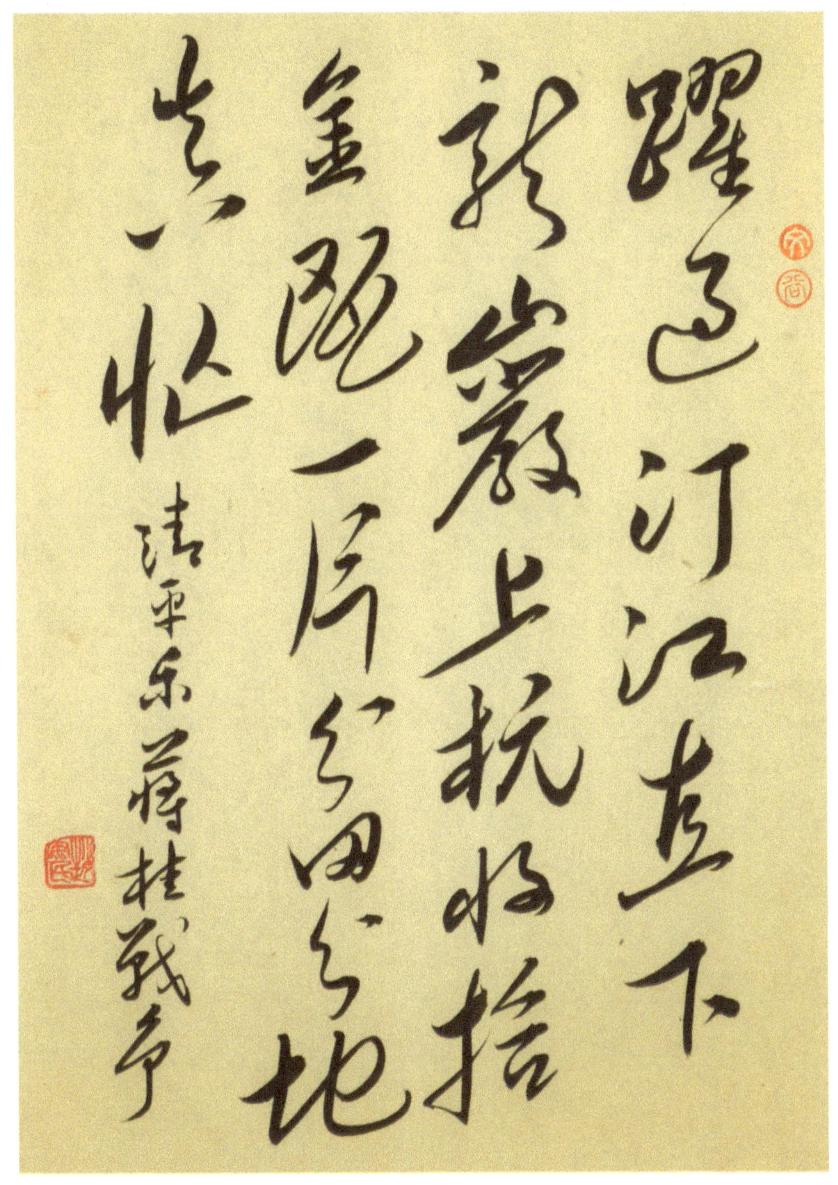

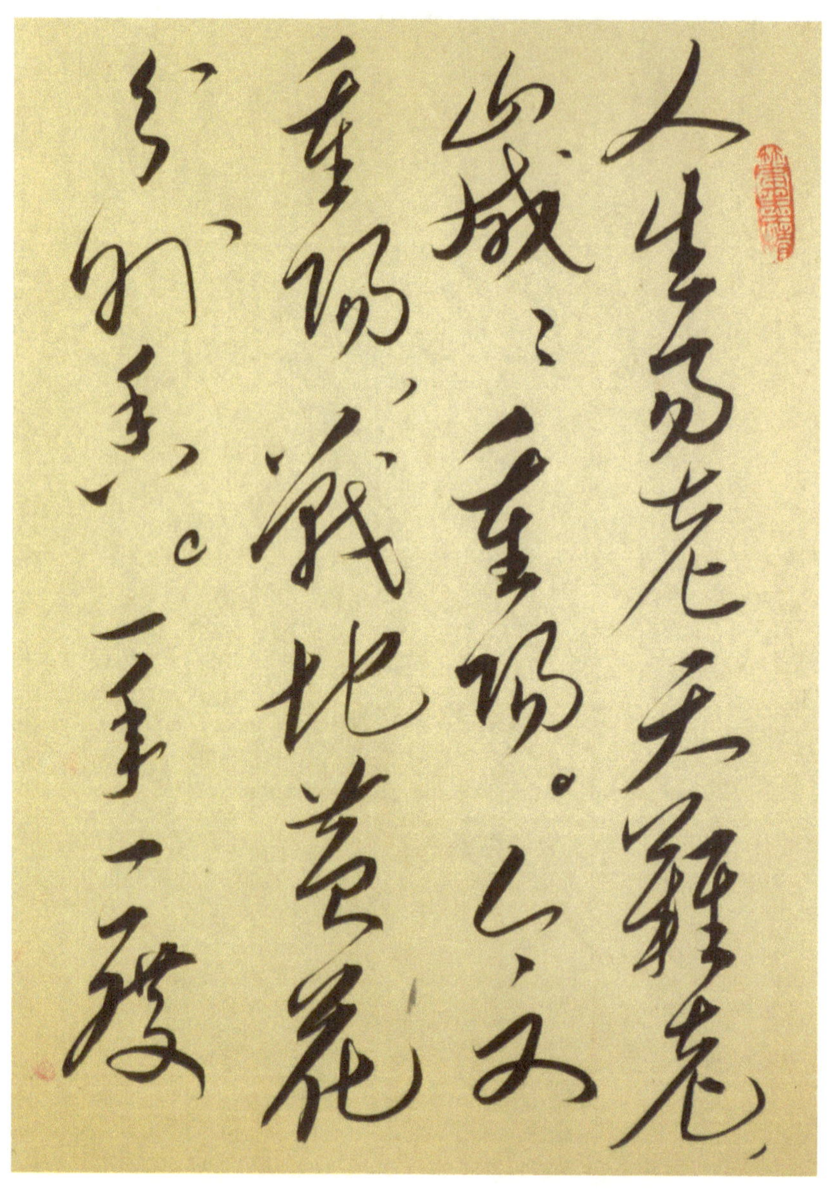
人生易老天难老
岁岁重阳今又
重阳战地黄花
分外香一年一度

秋风劲，不似春光。胜似春光，寥廓江天万里霜。

采桑子 重阳

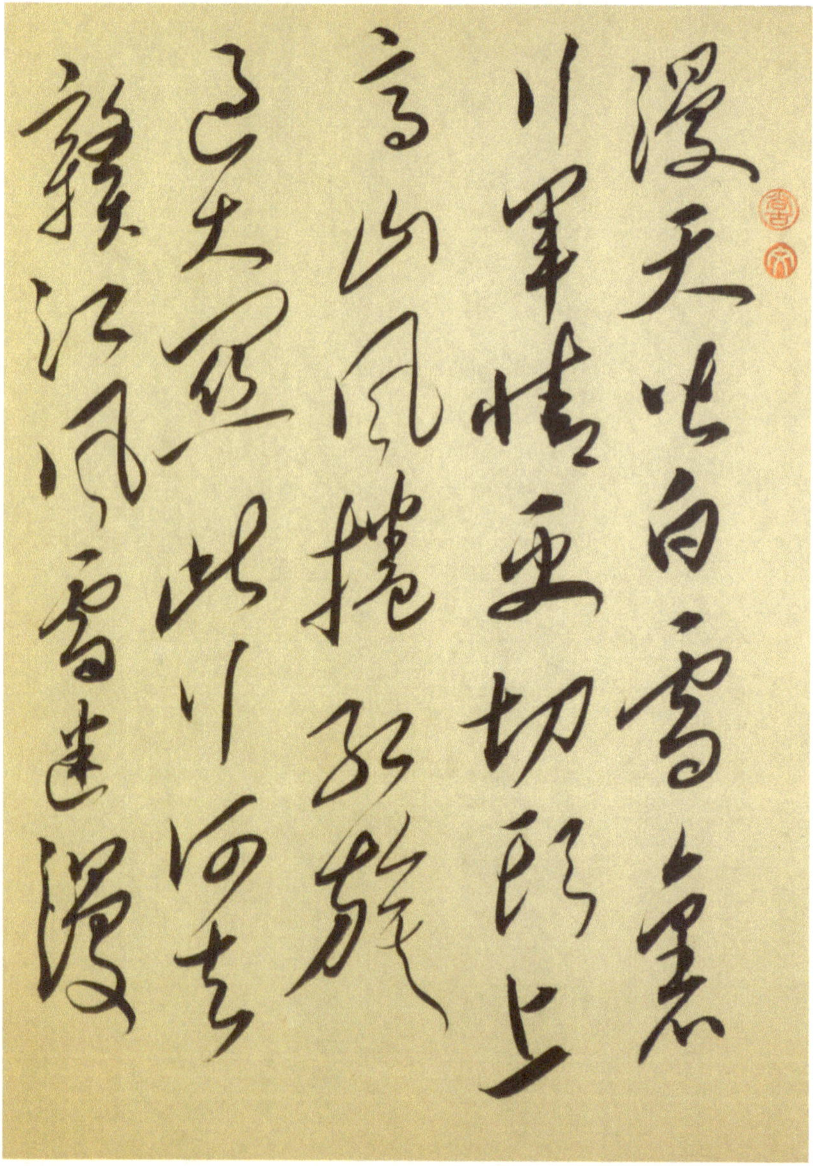

漫天皆白
雪里行军情更迫
头上高山
风卷红旗过大关
此行何去
赣江风雪迷漫

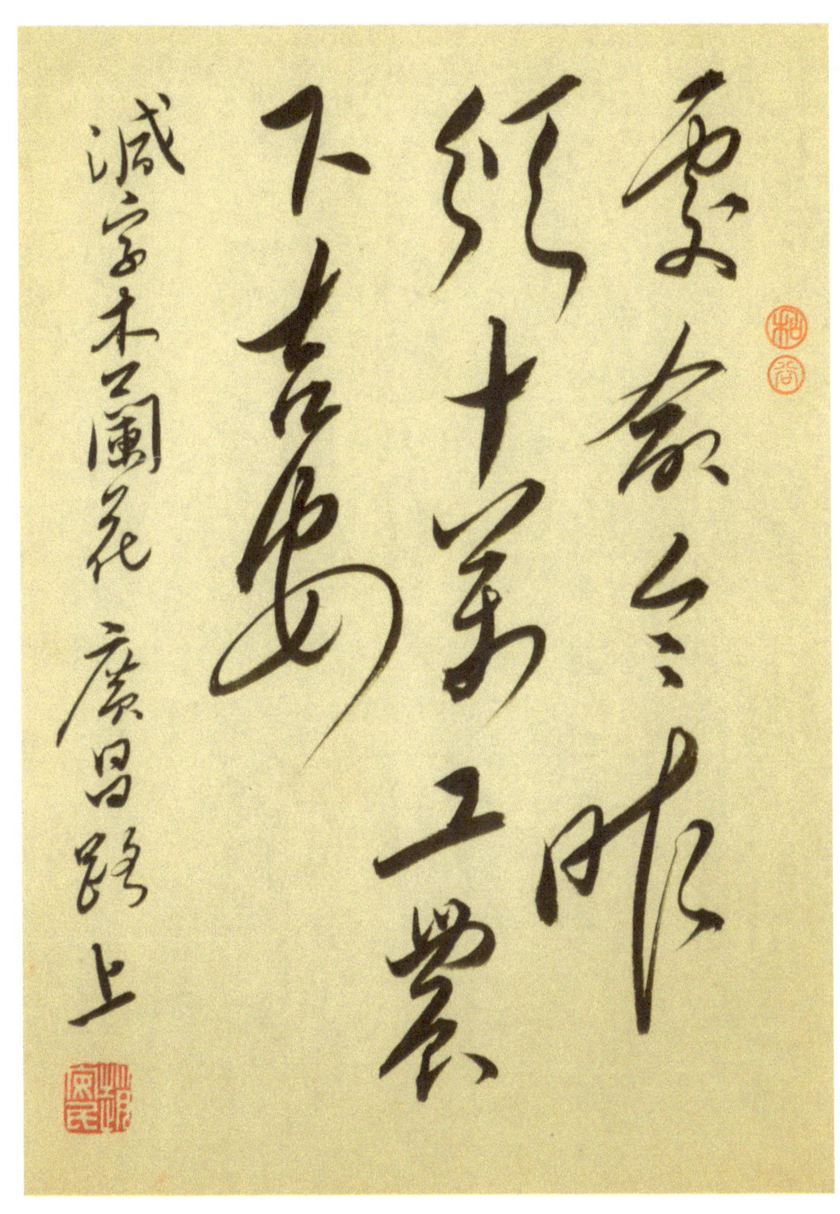
命令昨颁
十万工农
下吉安
减字木兰花
广昌路上

赤橙黄绿青蓝
紫谁持彩练当空
舞雨后复斜阳
关山阵阵苍当年
鏖战急弹洞前

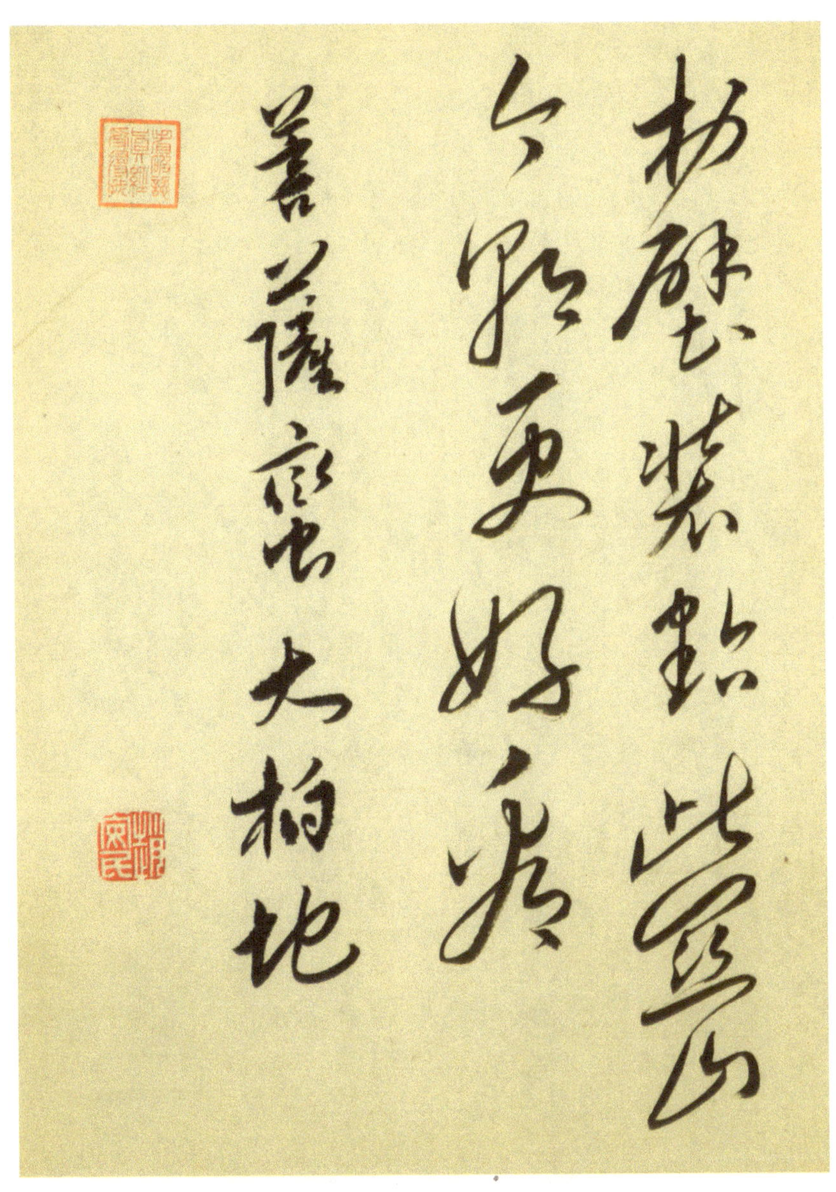

东方欲晓莫道
君行早踏遍青
山人未老風景這
邊獨好会昌城

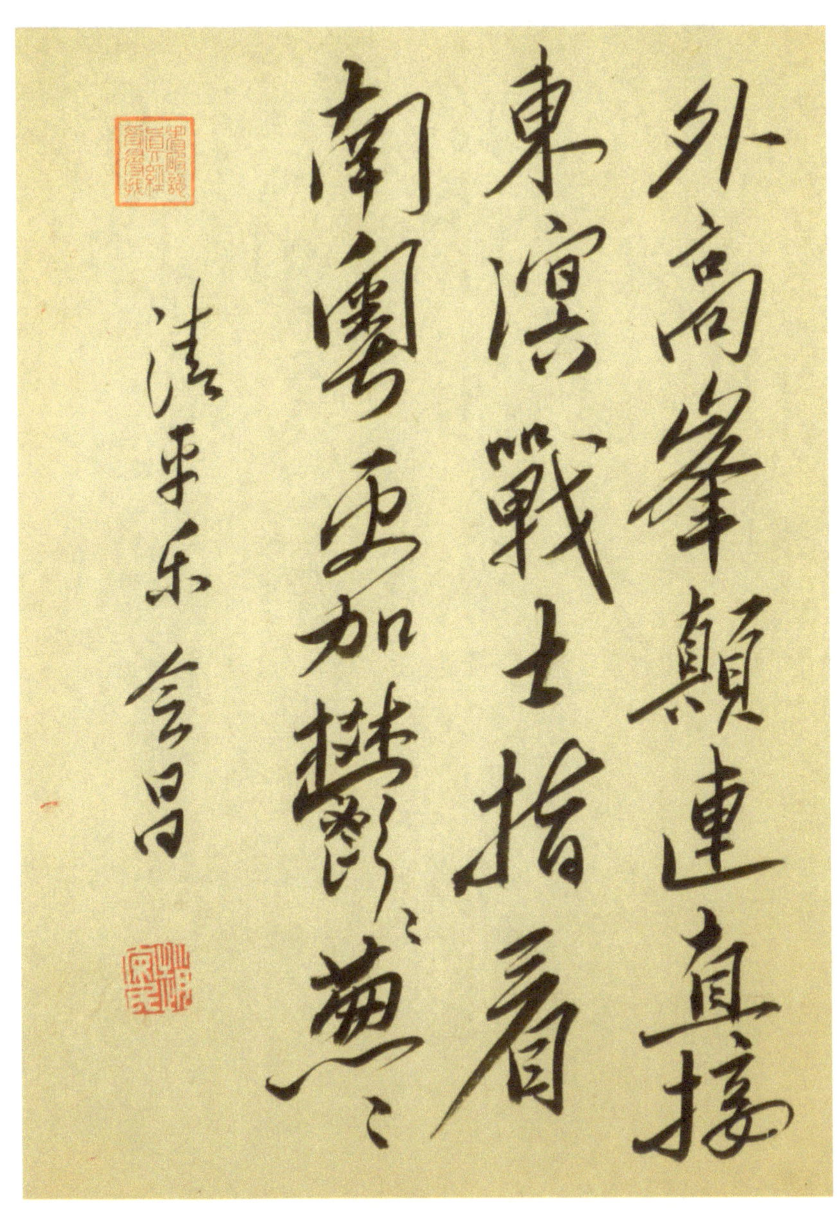
外高峰颠連直接
東溟戰士指看
南粵更加鬱鬱葱葱
清平乐 会昌

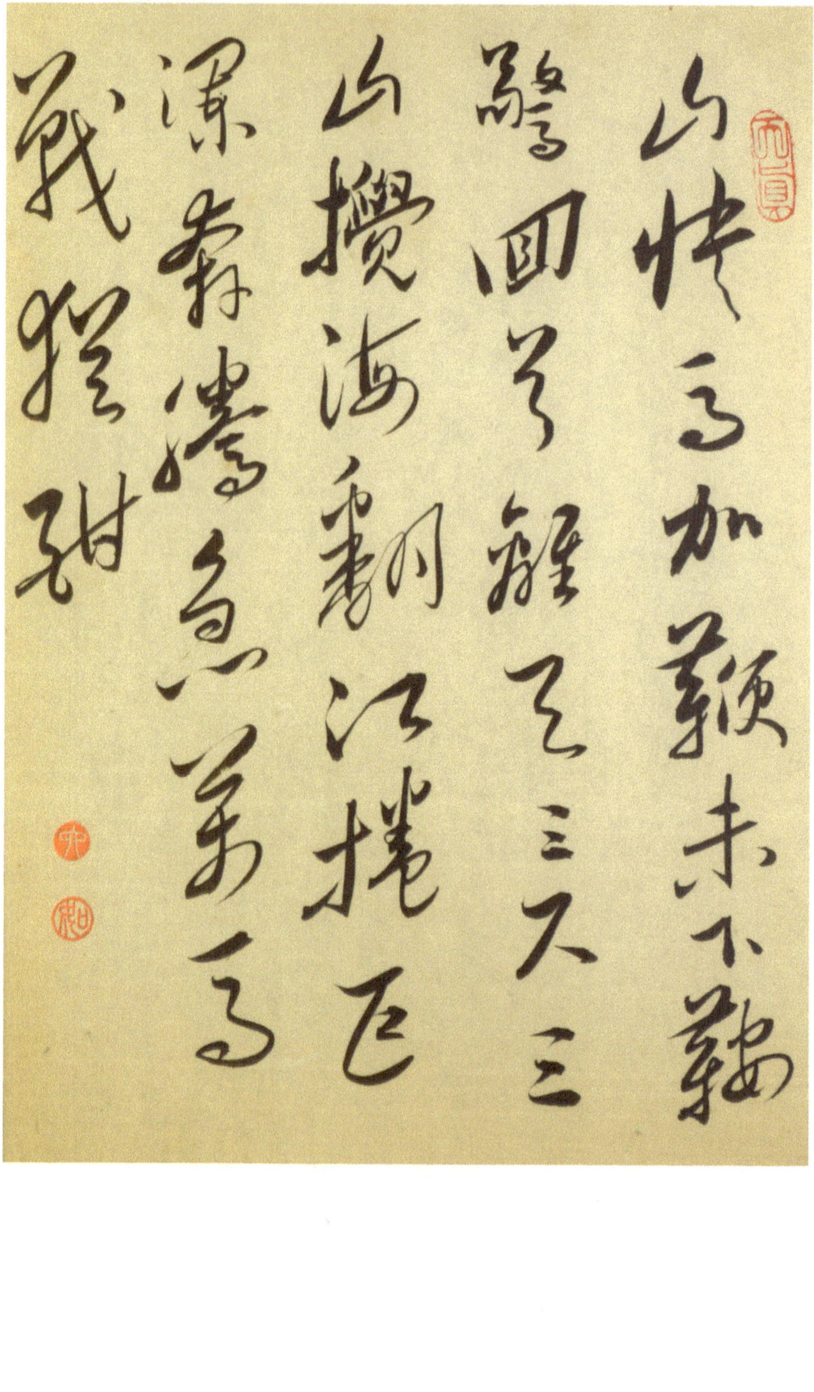

山
刺破青天
锷未残
天欲堕
赖以拄其间

十六字令 三首

西風烈，長空雁叫霜晨月。霜晨月，馬蹄聲碎，喇叭聲咽。雄關漫道真如鐵，而今邁

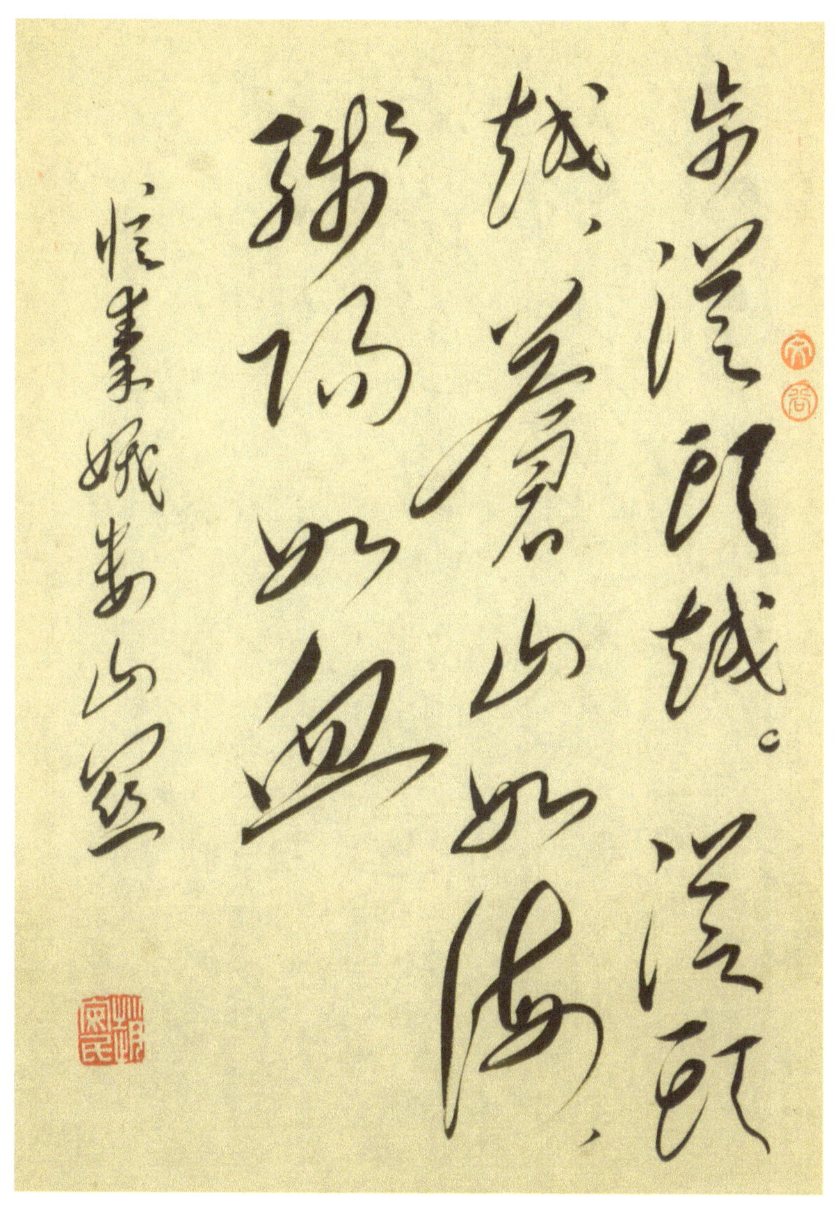
步从头越。从头越，苍山如海，残阳如血。
忆秦娥娄山关

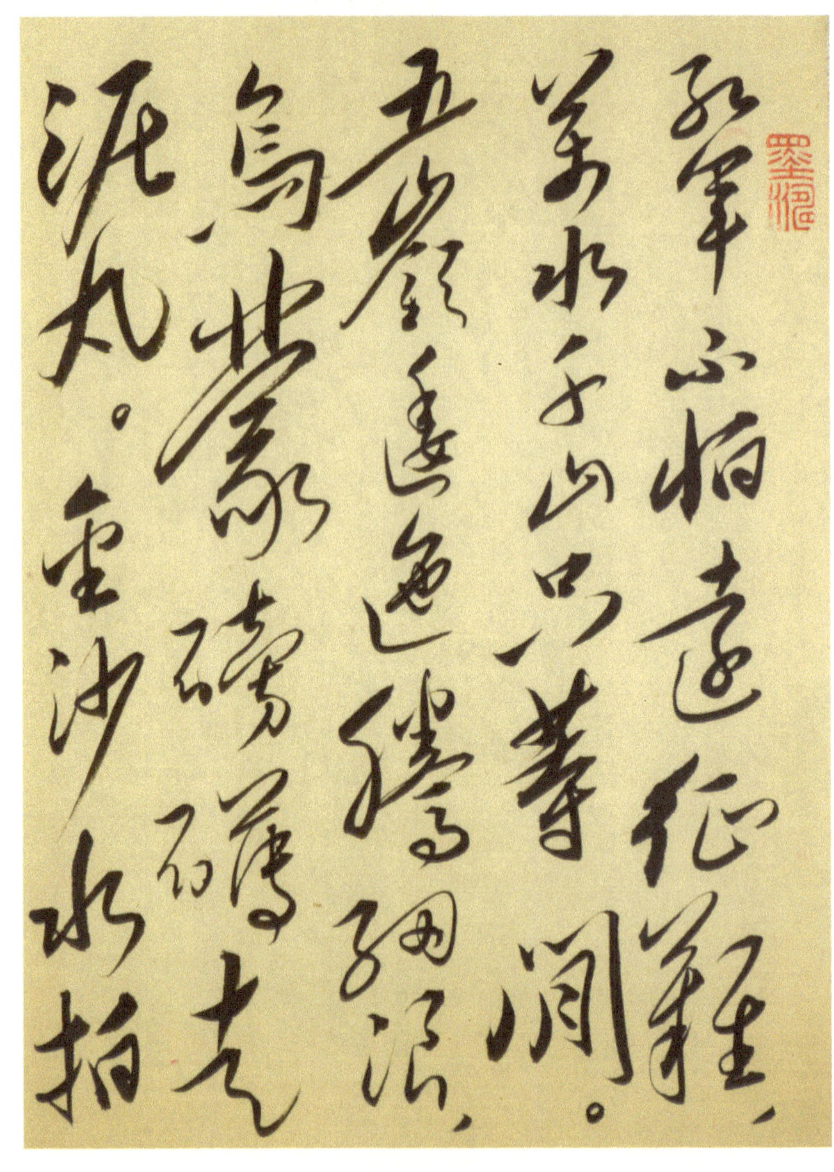
红军不怕远征难，
万水千山只等闲。
五岭逶迤腾细浪，
乌蒙磅礴走泥丸。
金沙水拍

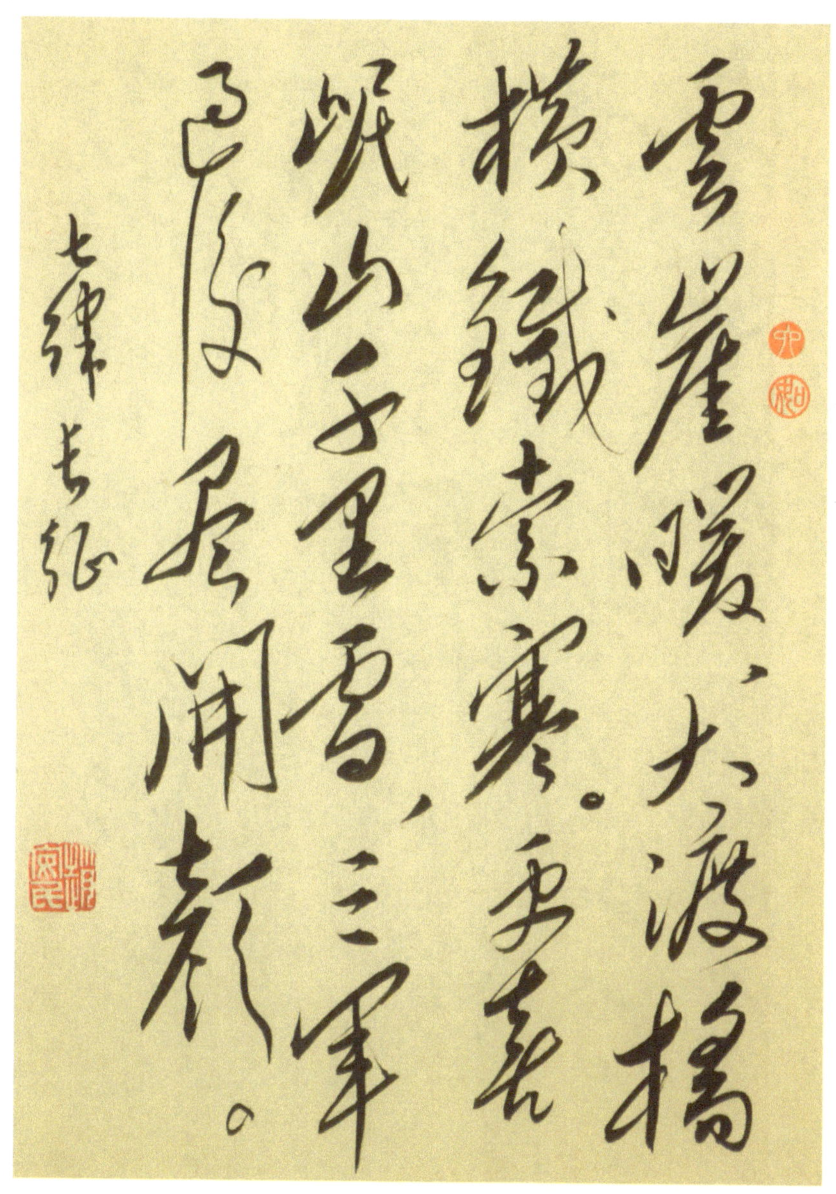
云崖暖，大渡桥
横铁索寒。更喜
岷山千里雪，三军
过后尽开颜。
七律长征

天高云淡望断南
飞雁不到长城非
好汉屈指行程
二万六盘山上高
峰红旗漫捲

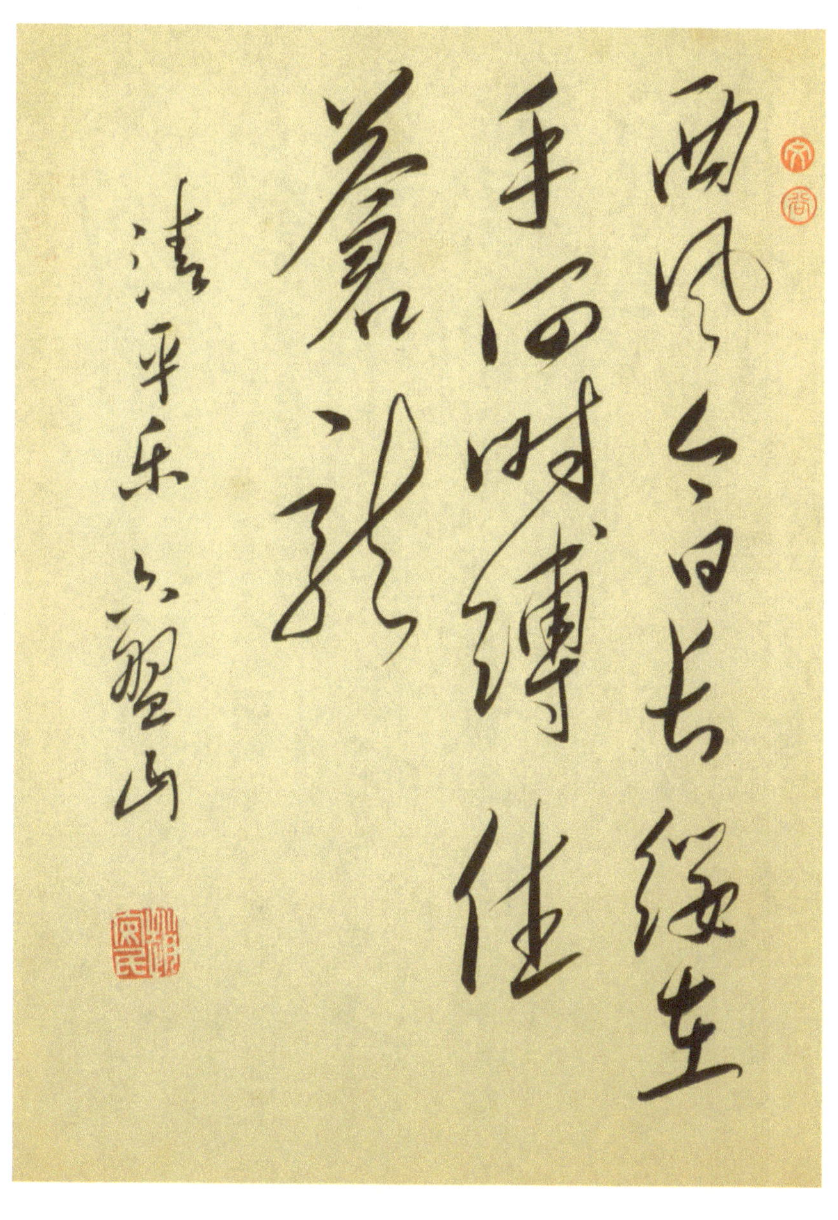
西风今日长缨在
手何时缚住
苍龙
清平乐 六盘山

北国风光千里冰封万里雪飘望长城内外惟余莽莽大河上下顿失滔滔山舞银蛇原驰蜡象欲与天公试比高须晴日看红装素裹分外妖娆江山如此多娇

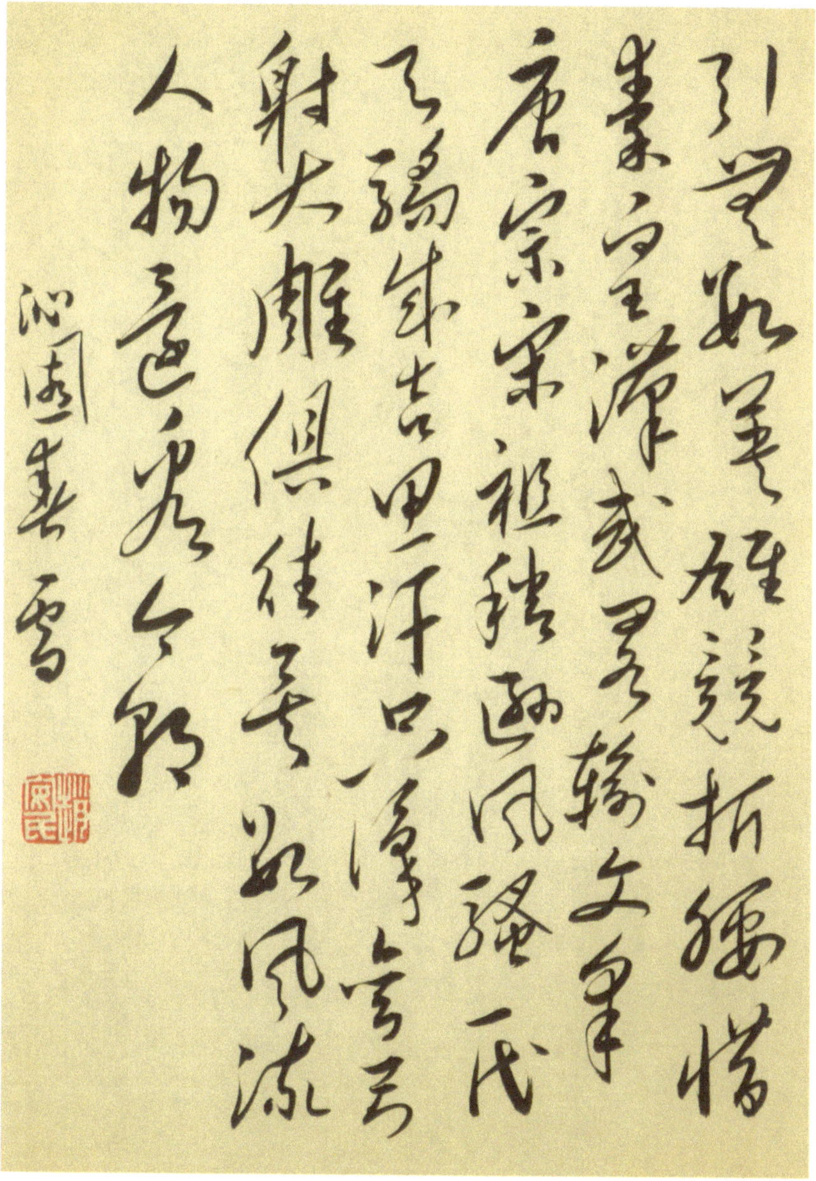

引无数英雄竞折腰惜
秦皇汉武略输文采
唐宗宋祖稍逊风骚一代
天骄成吉思汗只识弯弓
射大雕俱往矣数风流
人物还看今朝

沁园春 雪

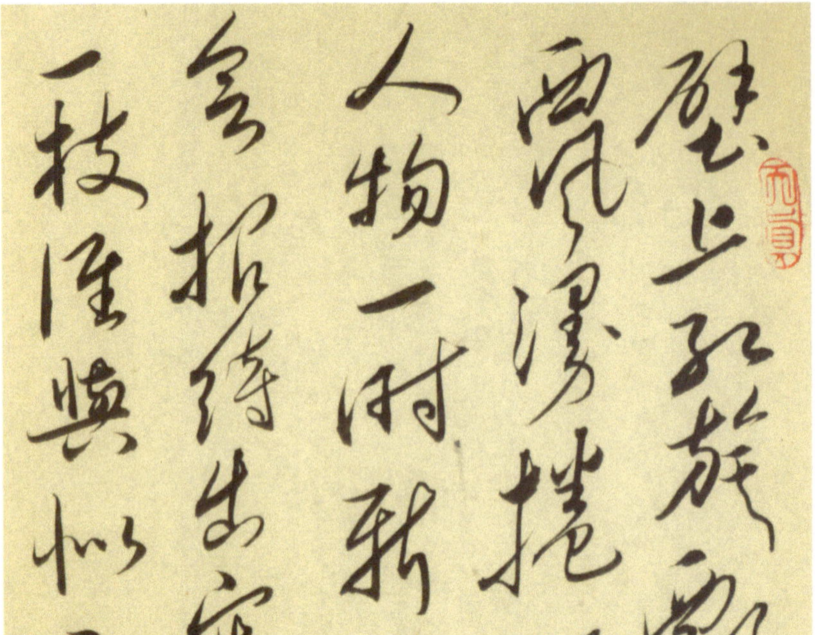

精兵阵图开向陇
山东昨天文小姐今日
武将军

临江仙 给丁玲同志

鍾山風雨起蒼黃
百萬雄師過大江虎
踞龍盤今勝昔天翻
地覆慨而慷宜將剩
勇追窮寇不可沽名

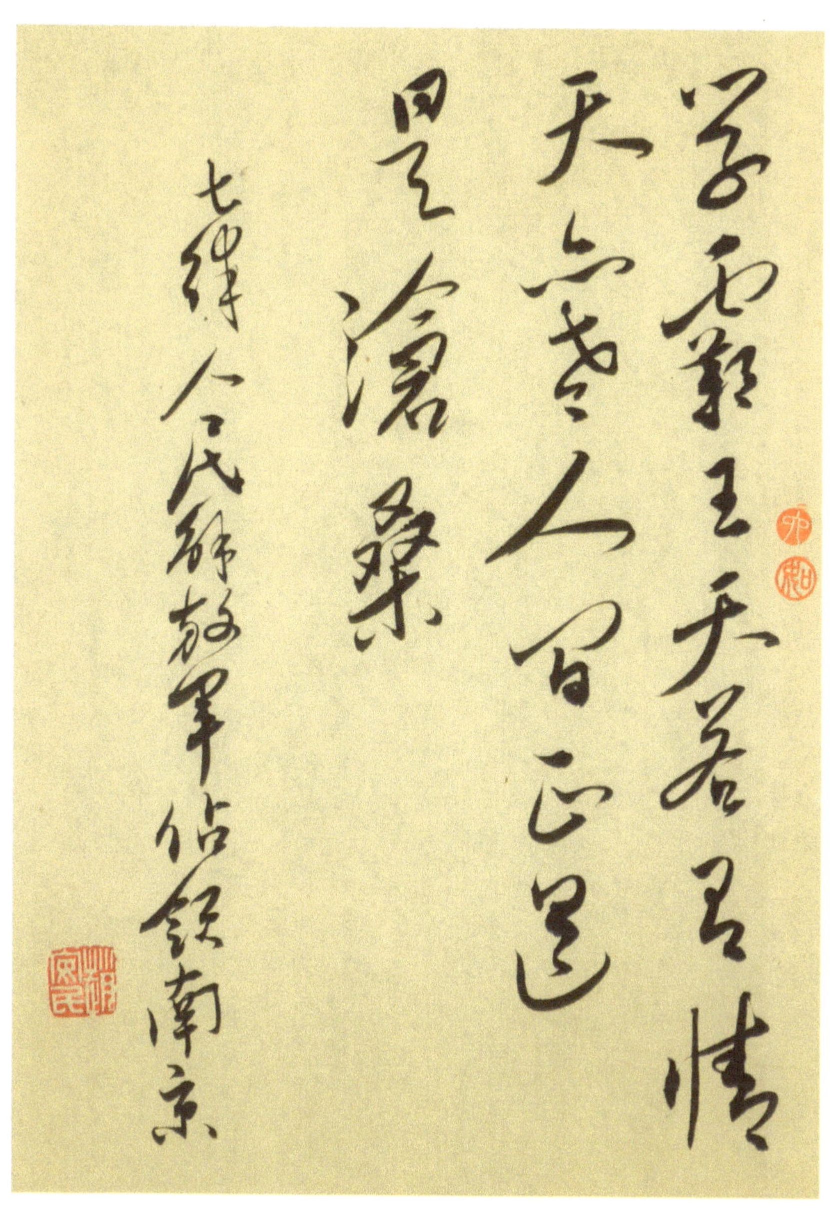
学霸王天若有情
天亦老人间正道
是沧桑
七律人民解放军占领南京

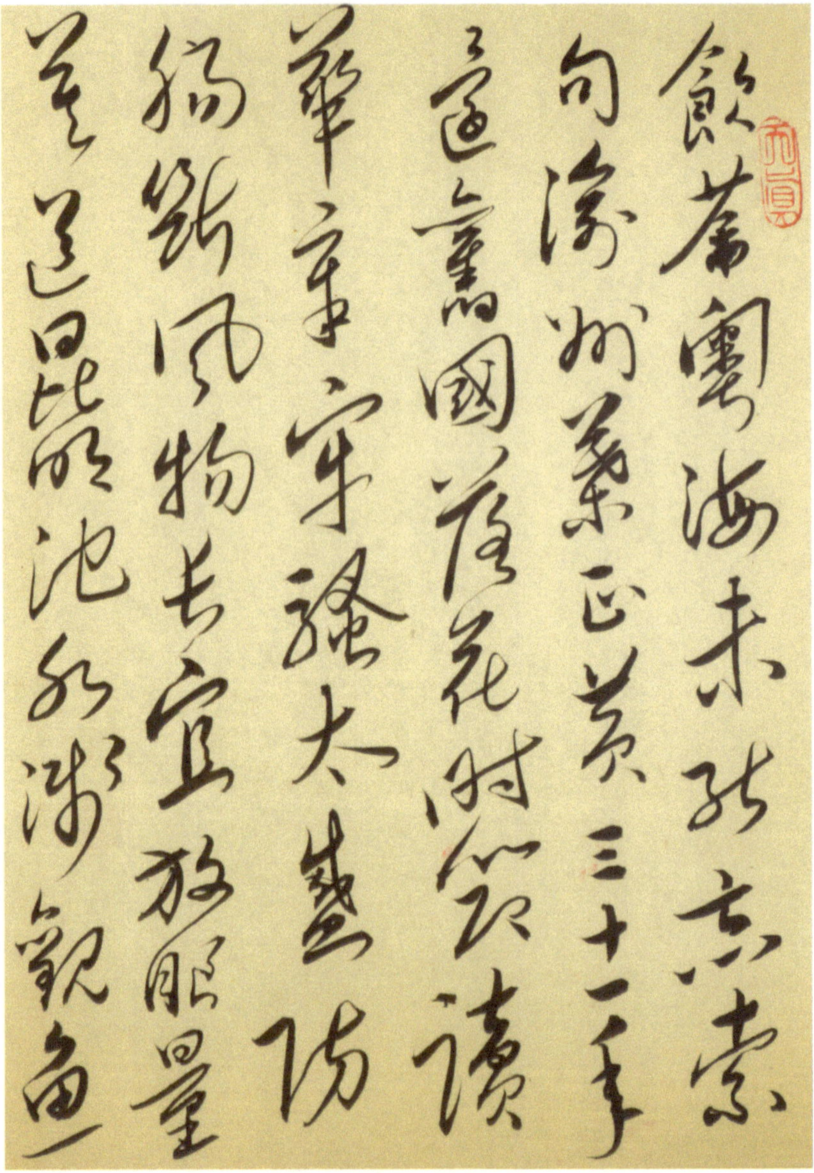

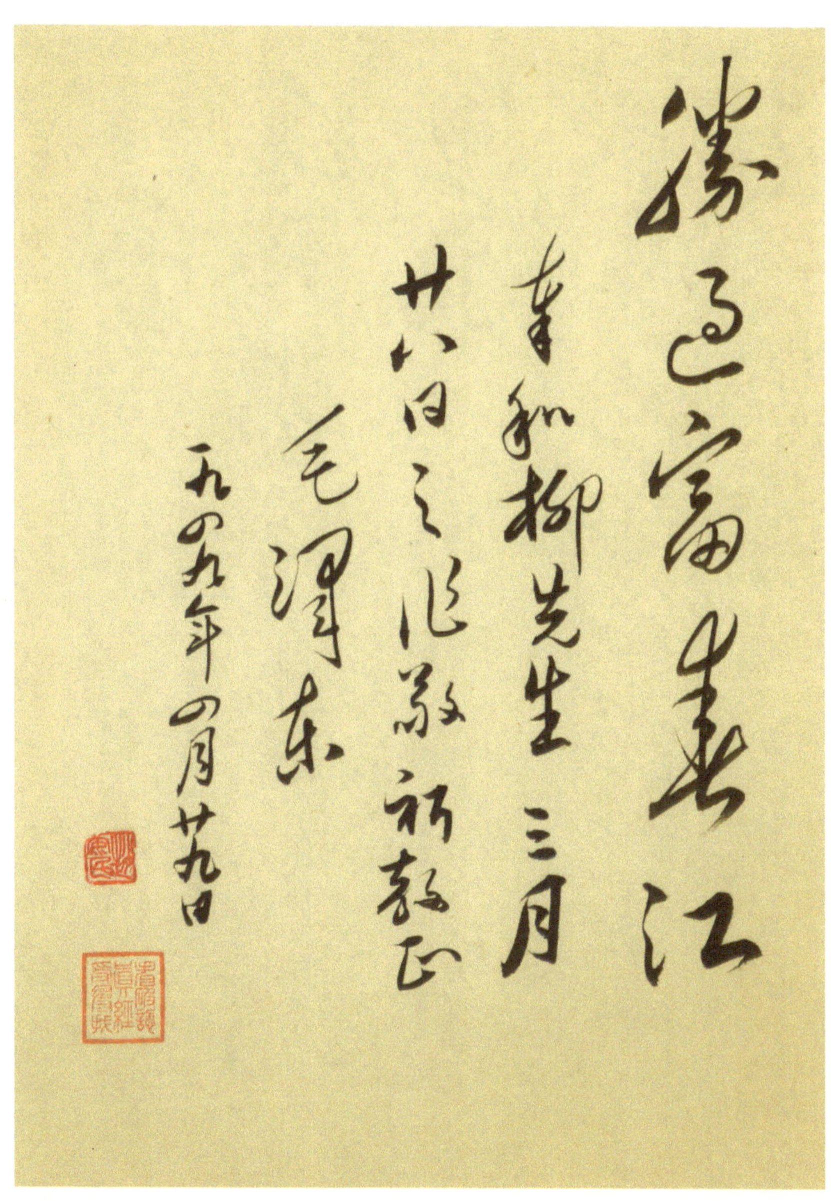
胜过富春江
奉和柳先生三月
廿八日之作敬祈教正
毛泽东
一九四九年四月廿九日

大雨落幽燕白浪
滔天秦皇岛外打
鱼船一片汪洋都
不见知向谁边
往事越千年魏武挥

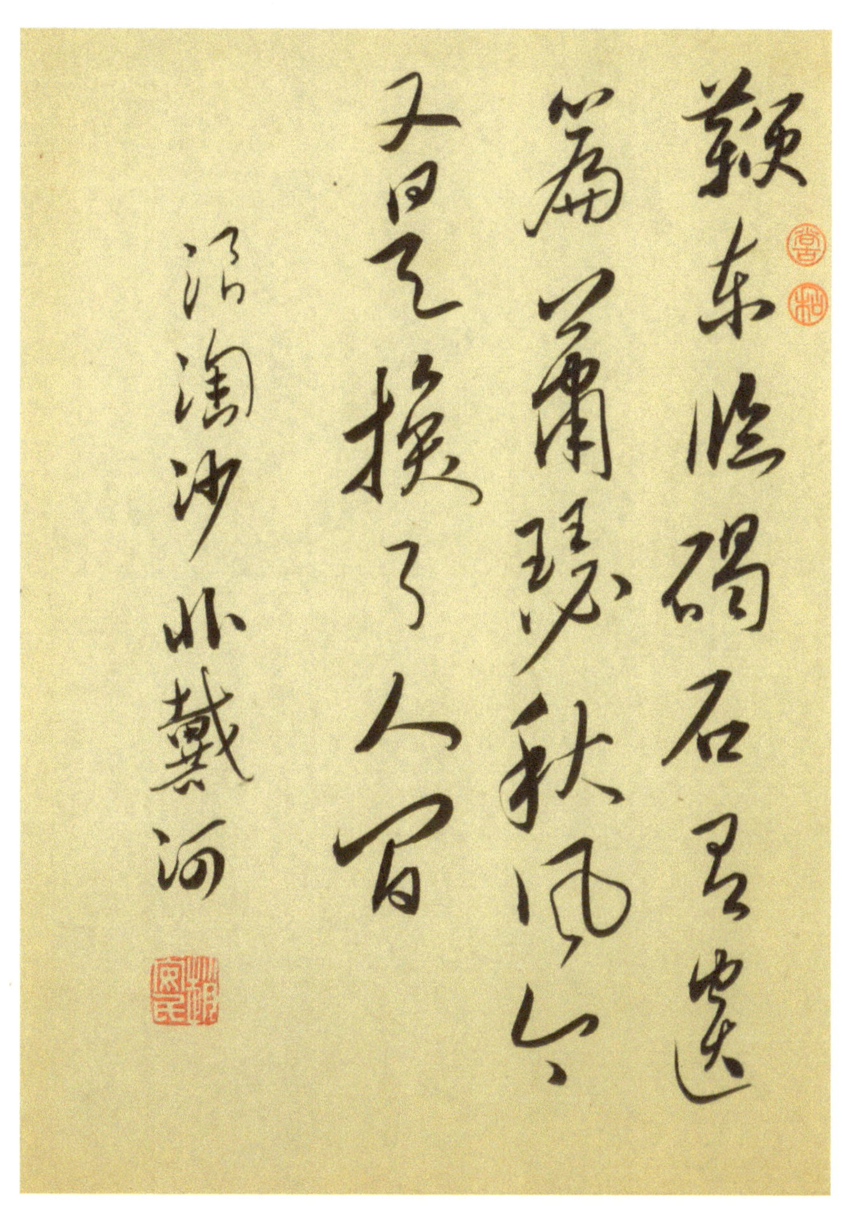
鞭东临碣石有遗
篇萧瑟秋风今
又是换了人间
浪淘沙北戴河

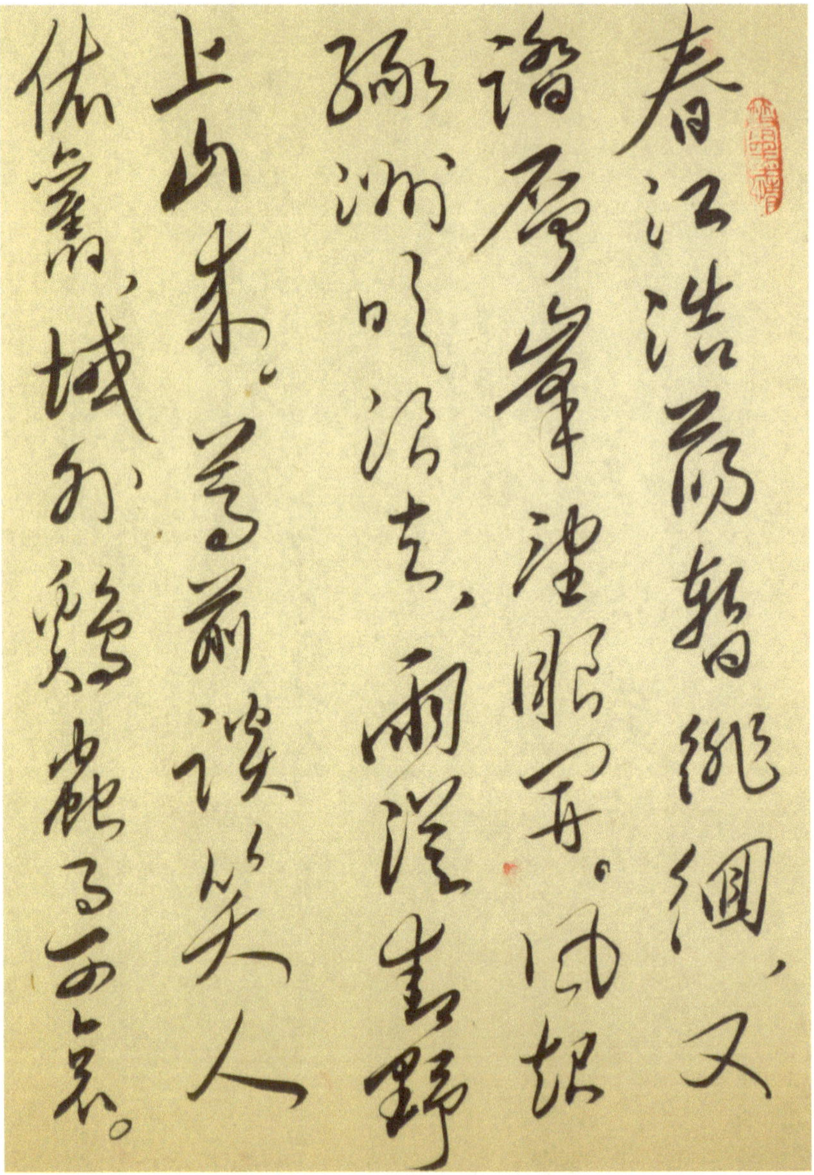
春江浩荡暂徘徊，又踏层峰望眼开。风起绿洲吹浪去，雨从青野上山来。尊前谈笑人依旧，域外鸡虫事可哀。

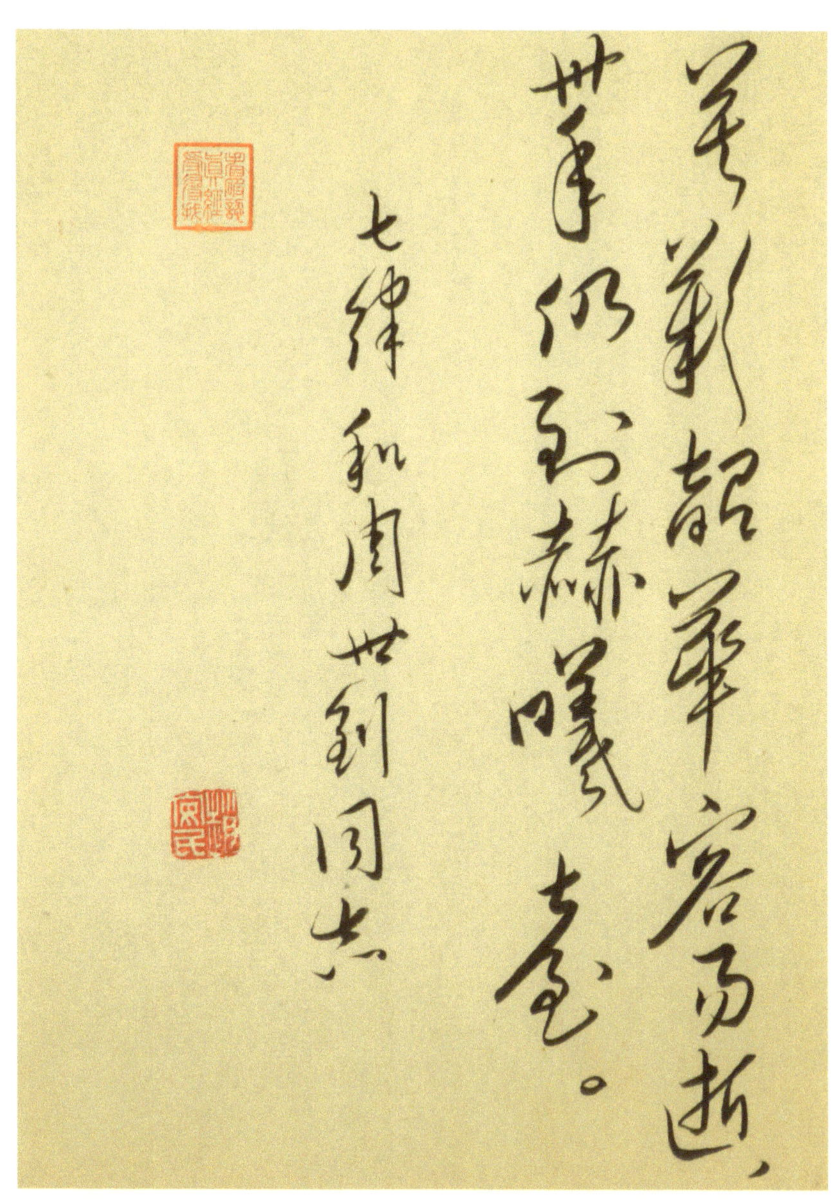
莫叹韶华容易逝，
卅年仍到赫曦台。
七律 和周世钊同志

后　记

从事当代诗词出版工作已经十一年有余，参与编辑审稿的当代诗词图书已有近三百种。从2008年9月出版的《缀英集：中央文史馆馆员诗词选》，到2018年重阳节前出版的《今又重阳：古今重阳诗词选》，在以现当代诗词为主、古今诗词兼备的诗词艺术之林中徜徉漫步，含英咀华，对当代诗词的丰硕成果有切身的体会和感受，发现当代诗词佳作如林，已然“跻攀唐宋宜方驾，不与明清作后尘”也（借改杜甫诗句），诗词艺术繁荣的大好形势，令人欣喜。

从湖南中医学院中医医疗专业本科毕业，到华容县中医院门诊部从事两年医疗工作后，考入北京中医学院攻读医古文专业硕士，有幸投入国学大家钱超尘教授门下学习训诂考据，钱先生于“文革”前北师大研究生毕业，是章黄（章太炎、黄侃）学派传人陆宗达先生的高足。记得读研时将自己当时习作（即本书附篇“旧作留踪”的作品）呈示恩师钱超尘教授，得到导师鼓励，并提示我应多向苏、辛豪放派学习。恩师后来每见我习作，总不吝鼓励之语（多在短信、微信中）。

周笃文教授曾在北京中医学院教授医古文。他是中华诗词学会领导，曾召我至他家中听诗词讲座，并推荐我加入中华诗词学会。其孜孜于诗词的研究与创作并成果丰硕，每次去其家中多有新作签赠，对后学提携勉励之情甚殷。

2012年利用援疆挂职的机会，主动搞了一次“专题文学创作”，2015年出版了《新疆诗稿——丝路新貌与西域故事》，小有影响。

在新疆文化出版社于文胜社长的支持下，2017 年入选“中国新疆丛书”出版了汉英对照选本美国发行，有幸成为用中华传统诗词形式讲述中国故事的“走出去”项目，给予我莫大的荣誉和鼓励。

出版前辈吴道弘特别关心关注我的诗词创作，好几年前就提出来要我整理出版自己的诗词集，尤其近两年我受中国新闻出版研究院“口述出版史”课题组委托，主持“吴道弘口述出版史”课题，常去吴老家进行访谈时，吴老多次提醒我整理出版自己的诗词。我自己也寻思，《新疆诗稿》只是短期内创作的专题诗词作品，自己平时的“偶一为之”的篇什，也可以再出版一本集子，做个小结，未尝不可。况且现在电脑整理也算方便，余事作诗，业余整理，而成此集。

我祖籍江西安福县，《安福县赵氏族谱》记载我支系出北宋德昭，祖传十四字字辈如下：德惟从世令子伯师希与孟由宜学。我父亲系第三轮“伯”字辈（名伯远，字忠良），我为第三轮“师”字辈，我名“师之”（字安民）。书名“师之集”本此。

自 2010 年在线装书局为贺敬之诗翁编辑出版《心船歌集》开始；到 2013 年为贺老祝贺九十大寿，由时任中国毛泽东诗词研究会副会长的易行诗长领衔，得到钟情线装书出版的老朋友尚古书房公司老总陈世军先生的支持，由中国书籍出版社出版《心船歌集》增补本；再到 2017 年中华诗词研究院杨志新副院长将贵院所编《当代诗词名家作品精选》（霍松林、贺敬之、丁芒、刘征四位“九零后”诗翁自选诗词诗论集），交由中国书籍出版社出版，由此多年的诗缘书缘，我和贺老成了忘年交老友。为其九十大寿贺寿所书拙作《〈心船歌集〉品读》绝句条幅，贺老一直挂在客厅对我“以资鼓励”。我喜欢毛主席诗词书法，尚古书房陈世军特意提供他收藏的玉扣纸散页，让我书写《毛泽东诗词十九首》，作为前任中国毛泽东诗词研究会会长的贺老，欣然应邀为我所书《毛泽东诗词十九首》装裱册页予以题签（见本书附图首页）。贺老听说我要出诗集，又欣然为我题写书名。

《中国铁道建筑报》原副总编辑田望生先生是安徽桐城人，深得桐城派的文章神髓，写下大量脍炙人口的散文佳作。其去年冬天客居海南时为我所作《梦中见安民草书因赋五十韵并序》（见本书《诗书评论》篇），长达百句的七言古风，雅句深情，用事精到。

2018年因了在北京贵州大厦参加《中华诗词发展报告2017》出版座谈会的机缘，由上海大学诗词创作研究中心主任曹辛华教授介绍，认识了图书出版文化人、采薇阁公司王强先生。他到我办公室看到大量诗词图书以及我刚整理好的自己诗词集稿件，便欣然提出让我组织一套诗词丛书，我们商量初定丛书名为“采薇阁诗丛”（后来扩展为“中华诗词丛稿”）。

拙作诗词稿件在采薇阁公司排版中，负责排版的郭保生先生，在增补书法插图和改善版式方面，反复修改不避繁难，做了大量工作。

本想不写后记了，但是面对电脑打开排版公司小郭微信发来的历经反复修改的书稿电子文件，面对经中国文联出版社袁靖编辑、我原来同事资深编辑张媛媛、中国书籍出版社副总编辑游翔轮番编辑修改的打印稿本，想到这么多促成诗集出版的师长诗友，于是谨写这几段文字，记录缘分，敬表谢忱。

赵安民（师之）
2019年3月15日7PM于北京右安门外
莲花河畔初稿，2019年7月30日改定
（联系电话：13671202549）